U0082424
關於我轉生變成史萊姆這檔事
19
Regarding Reincarnated to Slime
Story by Fuse, Illustration by Mitz Vah
伏瀨
插畫／みっつばー

決戰！天使軍V
傑西爾
札拉利歐
威格
菲德維
米迦勒

魔王聯軍
利姆路・坦派斯特
蜜莉姆・拿渥
坂口日向
戴絲特蘿莎
維爾格琳

他無視被嚇到
後退一步的菲德維，
一把抱起維爾格琳。
「——正幸？」

關於我轉生變成史萊姆這檔事 19

Regarding Reincarnated to Slime

Kadokawa Fantastic Novels

目錄 一 王都動亂篇

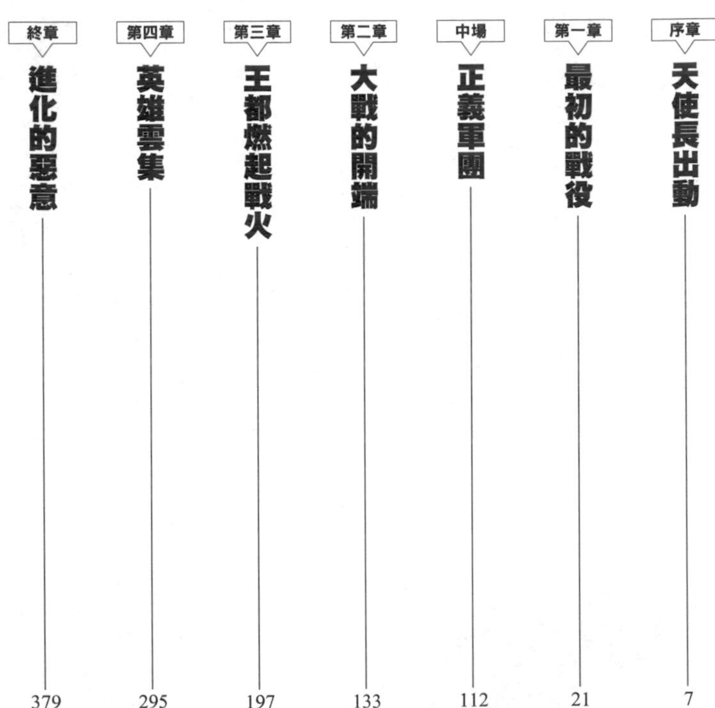

序章

天使長出動

Regarding Reincarnated to Slime

米迦勒明白自己是在痴心妄想。

那是個無法實現的夢想。

「正義之王米迦勒」不過是一介權能，不可能讓「星王龍」維爾達納瓦以完全的型態復活。

但他還是不禁懷抱這個夢想。

因為沒有維爾達納瓦的世界對米迦勒來說一文不值。

…………

…………

……

米迦勒睜開雙眼。

像要揮別感傷似的輕輕搖頭。

面對初次顯露情緒的自己，他不由得心生困惑。

（寡人原以為自己不像魯德拉那般天真，但看來並非如此。）

就結論而言，米迦勒就是這麼天真吧。

要是打從一開始別相信任何人、將所有人當作棋子使用，就能防止歐貝拉的背叛。

他是因為相信菲德維才沒這麼做。菲德維是自己的朋友，他認為菲德維信任的部下們應該都值得信任才對。

然而大錯特錯。

當自己一直監控的究極技能「救濟之王亞茲拉爾」回到手中時，他便意識到自己的失敗。

歐貝拉叛變了。

她不惜用管理者權限消除「救濟之王亞茲拉爾」，以逃離米迦勒的支配。

為了彌補這個過錯，米迦勒透過菲德維，利用「天使長支配」對自己控制下的天使系擁有者加強支配——

（這樣一來妖魔族的部分就沒問題了。蟲魔族雖有可能叛變，但我們利害關係一致。監視固然不可少，不過只要準備好戰場，之後他們自然會想辦法。）

所謂戰場，指的是約定好要給蟲魔族的土地。米迦勒答應過塞拉努斯，只要在指定區域內，蟲魔族攻占下來的土地直接歸他們所有。

是的。

這麼做的目的在於讓蟲魔族剷除住在那片土地上的人。換言之，米迦勒打算將最激烈的戰場交給塞拉努斯應付。

地點可以之後再慢慢挑選，當務之急是解決眼下幾個問題。

第一個問題不用說，當然是處置叛變的歐貝拉。

妖魔族對菲德維忠心耿耿，不用擔心士氣會因此低落。所以單就歐貝拉的威脅性來說，這件事可以挪到日後再處理，但米迦勒總覺得這樣不妥。

歐貝拉的任務是監視「滅界龍」伊瓦拉傑。然而現在這項任務已不再那麼重要。米迦勒才不關心異界發生什麼事。再者，伊瓦拉傑入侵基軸世界的狀況，也被他們列為戰略的一環。

也就是說，即使歐貝拉放棄任務也無所謂。不過若她和魔王利姆路、魔王金等敵對勢力聯手，可就另當別論了。

必須搶先採取行動以杜絕後患。

那麼，該派誰去？

這就是問題所在。

這也和下一個問題有關。

該不該按照原定計畫繼續下個步驟？既然要處置歐貝拉，或許也該重新審視原本的計畫。

這問題可不能輕忽。

畢竟歐貝拉麾下的軍團也是米迦勒大軍的一部分。

米迦勒對於自己的失誤導致損失戰力一事感到十分不快。這對他而言也是全新的體驗。

身為神智核（Manas）的米迦勒很難理解「情緒」這種東西。不過他最近時而感到思緒混亂，宛如樂曲出現雜音一般。

因此他轉念一想，打算好好享受這種感覺。

（如果這就是所謂的情緒，寡人或許反而該感到慶幸。就算最完美的答案只有一個，能達到目的的手段仍有無數種。走最短路徑不必然正確，稍微享受過程也沒關係。）

既然每次發生問題時情緒就會被攪亂，那就享受它吧。

焦急會讓眼界變狹窄，憤怒會讓思考變遲鈍。

後悔沒有意義，努力不重蹈覆轍才是更有建設性的作法。

那麼，對於如何處置眼前的禍患，米迦勒也得出了一個結論。

「……好，就由寡人親自去討伐逆賊吧。」

犯了錯應該在當天內彌補回來。

與其叫別人為自己善後，不如盡快做出補救措施。這樣就不用擔心傷害會擴大，而能冷靜面對下個問題。

米迦勒想出答案後，情緒變得亢奮。

這也是全新的體驗——

（沒想到有「情緒」意外地還不錯。）

米迦勒如此心想。

＊

異界沒有重力。

也沒有天與地的概念，這點和外太空有些類似。

那空無一物的空間中只散布著魔素凝聚而成的物體。那些物體的硬度堪比「魔鋼」，而且會形成超強的引力，只要加工之後就能當作據點。

曾經是天使族（Angel）的妖魔族為了不忘記在重力圈生活的感覺，便利用這些據點過著和基軸世界相同的生活。

歐貝拉的據點規模相當於一顆小行星，是對抗伊瓦拉傑的最前線基地。其強度讓其他的據點望塵莫及，堪稱妖魔族最重要的設施之一。

米迦勒朝該據點跳躍過去。

他從「天星宮」透過「空間轉移」移動到歐貝拉的據點，那裡早已人去樓空。不過米迦勒能感受到大軍就在附近。

在那裡啊——米迦勒放眼望去。

歐貝拉似乎也注意到米迦勒，隨即進入備戰狀態。她的部下井然有序地展開滿天陣形，對米迦勒釋放敵意。

這裡沒有天與地，所用的陣形和地面上不同。所謂滿天陣形是在敵方人數較少時採取的一種戰術，目的是從上下左右包圍並殲滅敵人。

這是對付幻獸族（Cryptid）時的必勝陣形。

幻獸族專精個別戰鬥能力，很少成群結隊行動。因此用包圍戰術對付他們非常有效。

歐貝拉不愧是長年鎮守在最前線的大將，指揮能力不同凡響。遵照她指示行動的將士們，表現也很值得讚賞。

（唉，太可惜了。真希望能有效利用這些戰力——）

米迦勒在心中嘆息。

他們是長年以來制衡幻獸族的猛將，利用價值自然高得沒話說，在此失去他們實在可惜。

然而雙方沒有談判的餘地。

米迦勒已決定剷除叛徒、彌補過錯，即使見到歐貝拉等人，這份決心仍未動搖。

「你的動作比我想像中還快呢。」

歐貝拉這麼說道。

米迦勒也開口回應她：

「妳的行動讓寡人意識到自己的失誤，所以並非完全沒有意義。但寡人不會因為這樣就原諒妳。」

「我本來就不打算乞求你的原諒。什麼米迦勒？管你是由權能產生的意識還是什麼東西，總之我們沒義務聽命於這種可疑的傢伙。」

雙方皆已表態。

戰事自然而然拉開序幕。

歐貝拉率先行動。

數十萬大軍遵照她的指示行動，整座異界充滿殺伐之光。

將士們從滿天陣形散開，圍成一個立體的半球形。前排站的是專職防衛的士兵，後面各排則不斷前後輪替，連續發動攻擊。

眼前的空間彷彿被光芒籠罩。

半球各個角落射出的光芒匯集成一道道射線，射向米迦勒。

這支軍隊透過應付幻獸族累積經驗，即使全軍出動也能完美發揮。他們的能量波攻擊以效率為重，就算部隊輪替也能毫不間斷地施放。

敵人當然無從閃避——這陣集中砲火擊中了米迦勒。

可是，米迦勒並未驚慌。

因為無論什麼攻擊，在「王宮城塞（Castle Guard）」面前都不管用。

——沒想到這時卻出了狀況。

「唔，這感覺——就是疼痛……嗎？」

本該讓所有攻擊失效的「王宮城塞」不知為何未起作用。歐貝拉大軍那陣重合在一起、能量驚人的集中砲火焚燒著米迦勒全身。

米迦勒感到難以置信。

自己的身體正逐漸受損。他沒有因此亂了手腳，而是冷靜地思考為什麼會這樣。

（……「王宮城塞」沒有接收到能量？原來如此……看來沒有任何一個人對寡人宣誓效忠。）

他認為這就是箇中原因，而這推論確實正確。魯德拉的領袖魅力贏得廣大帝國臣民的支持，米迦勒卻連一個忠心的部下都沒有。

這是當然的，因為世上認識米迦勒的人還很少，這些少數人也都有自己的主子。

米迦勒和他們的主子純粹是基於利害關係而結盟，既不信賴彼此，也絕對沒有義務宣誓效忠。

菲德維是唯一的例外，不過兩人是因為友誼而並肩作戰。而且米迦勒還將相當於自身並列存在的究極技能「正義之王米迦勒」給了菲德維，兩人因而被認定為同一個人。

自己對自己忠誠，無助於發動「王宮城塞」。這種事理所當然。

（原來寡人一點都不了解自身的權能啊。）

人們其實往往不了解自己。米迦勒也一樣，對於「正義之王米迦勒」抱有誤解。

之前在飛船上與利姆路一行人對峙時，米迦勒以為自己用「王宮城塞」保護了菲德維。

然而他錯了。

當時菲德維也動用了自身的權能。

和當時不同，米迦勒再也無法利用人們對魯德拉的忠誠心。所以「王宮城塞」才無法發揮效力。

這項權能可讓所有攻擊失效，發動條件自然十分嚴苛。米迦勒透過自身的疼痛深切理解到這一點。

身為攻擊方的歐貝拉也對這意外的發展感到訝異。

她聽說過關於「王宮城塞」的情報。

據說任何攻擊對米迦勒都不管用，現在對方看起來卻受到傷害，令她困惑不已。不過這絕對是大好機會，歐貝拉顧不得煩惱，趕緊下令。

「卯足全力持續攻擊！換手時再流暢些，別讓米迦勒有喘息的時間！」

將士們也很清楚狀況，未等歐貝拉命令就全力展開攻擊。

歐貝拉心想。

米迦勒的追擊實屬意料之內。她知道當自己消除天使系權能時，對方很可能發現她叛變並立刻採取行動。

因為換作是她就會這麼做。

萬一發生這種狀況，她打算像現在這樣一面全力攻擊，一面悄悄撤退。

逃至仇敵的疆域。

她想將米迦勒引誘過去，將他交給幻獸族對付。

不過現在看來沒這個必要。

歐貝拉推測米迦勒的魔素含量應該是自己的好幾倍。儘管擁有驚人的戰鬥能力，他的戰鬥經驗恐怕不如想像中那麼豐富。

（這樣下去說不定能打贏？不，這麼想太天真呢。雖然對底層士兵感到抱歉，但也只能拿他們當誘餌了。）

歐貝拉是個冷靜自持的優秀指揮官。

她能將軍隊視為數字，不惜犧牲能力較弱的部下。為了讓多數人活下去而橫下心讓少數人犧牲，也是統率大軍的必要條件。

因此可以毫不猶豫地命令部下去送死。

她已經決定要讓哪些人活下來。只要米迦勒沒有進一步動作，她隨時可以乘隙將那些人「傳送」。

既然米迦勒來到這裡，代表大門——「天空門」應該能從異界內側打開。

足智多謀的歐貝拉料到這一點，策劃了這齣逃脫戲碼。

「歐瑪，率領第一軍團離開戰線。去找我等的主子，魔王蜜莉姆大人。」

歐貝拉向忠誠的心腹歐瑪下令。她打算親自留在現場坐鎮到最後。

第一軍團是歐貝拉麾下最精良的部隊。歐瑪也是個優秀的副官，戰鬥能力十分傑出，獲得妖死族(Death Man)的肉身後力量大增，往後對魔王蜜莉姆而言肯定是不可或缺的人才。

歐貝拉如此相信，因而下了這道最後的命令。

然而——

歐瑪並沒有答應她。

成為妖死族時找回語言能力的歐瑪，流暢地說出自己的主張：

「請別開玩笑了。大門的門鎖只有身為『始源』的您才能開啟。就算不是這樣，身為武將也不能拋下應守護的主子，自己逃走。」

歐瑪說完，臉上露出平靜的笑容。

歐貝拉麾下所有將士也都贊同歐瑪的意見，聲嘶力竭地大喊：

「──「我等榮耀歸於歐貝拉大人！」──」

若歐貝拉不在了，苟活下來也沒有意義。這是他們真實的心聲，也是他們的驕傲。

如果歐貝拉擁有「正義之王米迦勒」，她所發動的「王宮城塞」肯定威力強大。她雖然有臨危不亂的指揮能力和忠心的部下，可惜這終究只是假設。

「各位……」

歐貝拉煩惱不已。

最糟的情況是所有人都會死在這裡。至少要讓一些人逃至蜜莉姆身邊，告訴她這裡的狀況以及目前所知的情報。

（該由我留下，還是該將這裡交給歐瑪──）

事到如今這已經和個人的私心無關。重點是判斷哪種作法的成功率較高。

歐貝拉正準備將最終決定說出口時──

「所有人立刻散開！」

她感受到異狀，連忙下令。

歐貝拉在思考之餘同時也注意著受到集中砲火攻擊的米迦勒。她並沒有蠢到會在戰場上給敵人可乘之機。

所以才能發覺異狀。

米迦勒的能量突然不再減少。

這代表他已不再受到傷害。在思考原因前，歐貝拉就先察覺到米迦勒正在凝聚龐大的能量。因此她沒有多想就趕緊開口。

在歐貝拉命令下，數十萬大軍一同動了起來。愈接近外緣的人速度愈快，所有人因而能流暢地朝四面八方散開。

然而米迦勒就像在嘲笑他們的行動般發動了技能。

「灼熱龍霸超加速激發（Cardinal Acceleration）。」

這是併吞維爾格琳時獲得的權能，他隨心所欲地用這招來攻擊。

擁有多個頭顱的深紅色之龍踐踏歐貝拉的大軍，使上萬人瞬間殞命。

那幅景象簡直宛如一場惡夢。

不過這樣的損失還算輕微。倘若歐貝拉沒有及時察覺，她的軍隊可能會在一瞬間全部消失。

「混、混帳——！」

心愛的部下遭到殺害令歐貝拉怒火中燒。即使如此依舊保持冷靜。

她分析剛才那一記攻擊，透過威力計算出雙方的戰力比，結論是雙方戰力天差地別。

這樣下去他們顯然會迎來最糟的結局。

事實上，歐貝拉大軍散開時仍試圖反擊，朝米迦勒射出數萬道光線，卻都被他設下的冰牆（Barrier）反彈。

（看來他不只吸收了維爾格琳大人的力量，連維爾薩澤大人的力量也——）

泛著藍白光芒的美麗冰晶（Diamond Dust）包圍米迦勒全身。即使異界連大氣都沒有，米迦勒仍能運用自身神氣（Aura）在此創造超自然現象。

該權能無疑是「白冰龍」維爾薩澤的「雪結晶盾（Snow Crystal）」。

這道堅固的屏障能擋下所有攻擊。雖被歸類為物理類的防禦技，其性質甚至能阻斷任何波長。

唯一能對抗它的就是靈子攻擊，但想要貫穿屏障，魔素含量必須高到能與維爾薩澤匹敵。

現在的米迦勒與維爾薩澤不相上下——不，甚至比她還強。也就是說憑歐貝拉一個人無法粉碎「雪結晶盾」。

歐貝拉的部下中能夠使出「靈子崩壞（Disintegration）」等靈子攻擊的人本來就不多。就算集結所有倖存者之力發動「靈子崩壞」，對米迦勒也不管用。

「歐瑪，由你執行任務。快點逃離這裡，去找蜜莉姆大人——」

「歐貝拉大人，我不能答應。身為『參謀』的我有權違抗您的命令。現在正是最需要動用反對權的一刻！」

歐瑪很少會忤逆歐貝拉的意思，如今卻再度提出異議。

這讓歐貝拉感受到歐瑪的決心。

那麼該採取的行動只有一個。

「這裡就交給你們了。請各位拚死一搏！」

歐貝拉等於在命令大家送死。

儘管如此——

她麾下所有人都露出欣喜的神色。

「「「我等性命屬於歐貝拉大人！」」」

而米迦勒將他們發出的宣言作為信號。

再次展開殘酷的蹂躪，然後——

第一章

最初的戰役

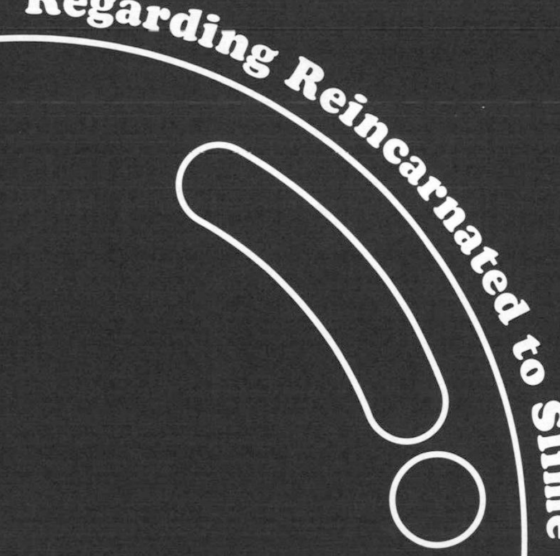

我和夥伴們「傳送」到極寒之地。

眼前是一片銀白世界。

讓我有種誤入金的城堡的錯覺。

本來想用「傳送魔法陣」前往戰場，魔法卻無法發動。於是我改為利用「空間轉移」移動到監視魔法「神之眼（Argos）」所能觀察到最接近核心的位置，想不到迎面而來的是一陣刺骨寒風。

冷到彷彿連心臟都要凍結。

所以我猜……

就連能夠關閉冷熱感知的我都覺得冷，肯定是維爾薩澤搞的鬼。

衝突激烈到大氣微微震動，顯示出這裡就是戰場。

其中最強大的力量來自金與維爾薩澤交手的戰場。他們創造出一個宛如要滅絕一切的空間，不容旁人介入。

所以我就撒手不管了。

有股視線朝這裡投來，但我選擇無視。

你這傢伙，竟敢無視老子——我感受到這樣的怒氣波動，但還是別想太多比較好。

自己畢竟是旁人，這裡沒有介入的餘地。

《……》

某人似乎對此感到傻眼，不過仍無法動搖我的決心。

身為一個明智的人類，才不會明知那裡有危險還硬要衝過去。

因此我繼續搜尋哪裡需要自己的協助。

下一個感受到的——這應該是迪亞布羅吧？

他的對手好像是札拉利歐，那裡也不需要我。

可不是嗎？

既然有迪亞布羅在，交給他就行了。

如果連他都束手無策，那我去了也沒用。

《不，這麼說也太——》

嘖嘖嘖，這你就不懂了，希爾大師。

我最近注意到，只要我在場，迪亞布羅那傢伙就會偷懶。

他本人大概沒發現，我猜他是因為想看我的精采表現才會罷工。

《……原來如此，這我認同。》

喔喔，久違地駁倒了希爾大師呢。

我懷著愉快的心情對眾人下指示。

「我們別管外面的人，直接去找雷昂吧。看來戰場不只一處，大家自己視情況應對！」

紅丸、蒼影、蘭加與九魔羅聽完我的判斷都點點頭。

雖然有點隨便，但現在是緊急時刻。總之先帶所有人馬過去應該不會有問題。

順帶一提，戶外的戰場還有另外一組（？）人馬。

地面附近殘留著濃厚的魔法氣息。

不過……直覺告訴自己，那裡也可以無視。

為什麼呢？

儘管沒有任何理由或根據，還是選擇相信直覺。

現在沒時間煩惱了，我決定立刻行動。

大家看來也沒有異議，我們便一同朝城內移動。

＊

視野糟糕透頂。我已全力發動「萬能感知」，卻連距離都抓不準。

原因很簡單，因為維爾薩澤的暴風雪受到魔素汙染。這樣當然會導致我的「自然影響無效」失效。

我們是透過大氣中的魔素反射來感知距離，若整片空間都充滿魔素，眼前就會變得模糊不清。

所以我們能做的，只有不斷朝魔素變化最劇烈的方向前進。這麼做是對的，一下子就抵達了雷昂的城堡。

城內的狀況稍微好一點。

視力也為之恢復，暫時可以鬆一口氣。

我隨即開始搜尋戰場。

「好，感覺到雷昂的氣息了。我和紅丸過去，你們去支援其他戰場。」

「了解！」

「奴家明白！」

「交給我們吧！」

蘭加、九魔羅和蒼影對我的命令沒有意見，立即出動。我沒有目送他們，直接帶著紅丸發動「空間轉移」。

因為在我們進入城內那一瞬間，戰鬥的氣息突然急速擴張。

那感覺令人毛骨悚然。我感知到一股強烈能量，強度甚至超越自己現在全部的力量，因而判斷情況危急。

飛過去一看，那裡果真在和時間賽跑。

我用數億倍的速度執行「思考加速」，試圖了解狀況——

最前面的優樹用盡最後一絲力氣，和拉普拉斯及蒂亞一同守護一名女子。

我對那名女子有印象，她是優樹的秘書——也是魔王卡札利姆用以附身的軀體。她叫卡嘉麗，最後一次見到時，她正被近藤中尉操控。

雖然不知道是怎麼回事，但她似乎找回了自主權。不，比起這個，現在更緊急的是敵人準備放出的大火球。

那顆大火球經過究極權能的強化，飽含純粹的熱度與破壞力，就連靈子也能擊碎。

換言之，它甚至能破壞「靈魂」。

而且敵人已經放出火球。

我自己是沒事。我的「虛空之神阿撒托斯」能將破壞力全部吞噬，完美防禦放出型的攻擊。

紅丸當然也受其保護，完全不需要擔心。

但暴露在大火球威脅下、想正面擋下攻擊的優樹等人卻已受到傷害。

看樣子他們可能已經──

《不會的，若用「虛空之神阿撒托斯」吞噬攻擊，說不定能──》

快上！

我沒等希爾大師說明完就立刻下令。

希爾大師也在同一時間採取行動。

然而──

最後還是發生大爆炸，導致城堡炸裂開來。

優樹的身影隱沒在光芒中，逐漸消失。

而拉普拉斯也是。

我已用自己的力量，大幅抑制這場足以扭曲空間的大爆炸。可是被大火球命中的那兩個人……

『利姆路先生，至今給你添了很多麻煩，但我並不討厭你喔。』

『窩也素。看到你來就放心啦。之後就交給你嘍！』

——我彷彿聽見這樣的聲音。

應該是幻聽。

因為優樹和拉普拉斯早已消失得無影無蹤。

優樹確實給我添了很多麻煩。

但他是靜小姐託付給我的同鄉。

拉普拉斯現在也讓人討厭不起來，甚至覺得可以和他變得親近……

《——他們兩位生命力頑強，仍有可能存活在某處。》

不用安慰我沒關係。

看看現在的狀況，就知道這不可能。

不過這句話還是將自己拉回現實。

我向希爾大師道謝並轉換想法。

優樹和拉普拉斯雖然不幸犧牲，但他們畢竟和這次的作戰目標無關。而且他們是我所知生命力最旺盛的傢伙，確實殘留著一線希望。

那麼之後有時間再來慢慢感傷。

我還有該做的事。

若因為沒有完成這些事而陷入後悔，才是對他們最大的侮辱。

優樹和拉普拉斯爭取到的時間沒有白費。

他們用最後一絲力氣布下的「結界」由蒂亞賭上性命全力維持，因此卡嘉麗並無大礙。

之所以知道這些，是因為我已將她們隔離在「胃袋」中，並持續觀察狀況。

實際上協助她們的雖是希爾大師，但終究——是因為優樹和拉普拉斯阻擋攻擊，我們才來得及救到蒂亞和卡嘉麗。

確認完她們倆的安危後，我望向敵人。

一人是菲德維。

另一人則是福特曼——不對呢。

從他的氣息感覺得出是不同人。

而我們最在意的雷昂，正和一個不認識的人戰鬥。不對，即使她長得和艾爾一模一樣，似乎也是不同人。

感覺和艾爾一樣實力超強，本質卻很不一樣。我打算待會再問她是誰，反之看起來像我們的同伴。既然和雷昂打得不相上下，這裡就交給她，我則專心應付剩下的敵人。

「早就料到你們會盯上雷昂，但你們的動作比想像中還慢呢。」

總之先挑釁對方。

儘管未表現出情緒，其實沒能幫到優樹他們讓自己很不甘心。我內心火冒三丈，一點也不想放過對方。

「你是誰？竟敢妨礙老夫，真是無禮至極啊。」

「傑西爾啊，他是最重要的人物之一，魔王利姆路。勸你最好記住他。」

原來如此。

侵占福特曼身體的男人叫作傑西爾。剛才那記攻擊就是來自於他，肯定強得不像話。

敵方有兩個人，我方也有兩個人。

我要和菲德維交手，所以傑西爾就交由紅丸應付。可是看樣子——

「你叫傑西爾是吧？就由我來當你的對手。」

哎呀，紅丸老弟？

他不顧我的擔憂，面帶喜色上前迎敵。

這下子擔心也沒用。我只好兩手一攤，決定順其自然。

「呵，沒想到得在這裡開戰，不過這樣倒省去不少工夫呢。」

「我才想這麼說！」

我嗆了回去，拔出劍來。

＊

既然要戰鬥就全力以赴。

米迦勒有「王宮城塞」這招，很難對付，幸好他不在現場。不如利用這次機會先把菲德維解決掉。

我一旦做出決定就不會再猶豫。

戰鬥時間若拖得太長，可能會有旁人介入，準沒好事。這種時候必須用一擊必殺的招式定勝負。

沒錯，我為這個時刻做了一項準備。

那就是古今中外少年漫畫主角都擁有的——必殺技。

「虛無劍擊（Imaginary Blade）！」

若問對付個人的劍技中，威力最強的是哪一招，答案無庸置疑。

當然是連靈子也能斬斷的崩魔靈子斬（Melt Slash）。

那麼若問對付個人的劍技中，技量最高的是哪一招，那肯定是「朧・百花繚亂」。

另有一項兼具兩者性質的招式，就是紅丸堪稱最終奧義的必殺技——「朧黑焰・百花繚亂」。

這招在形式上維持著原本的劍技套路，再加入究極權能藉此提升威力。因此其威力已能斬碎靈子，足以和崩魔靈子斬匹敵。

無論在威力上或技量上無疑都是最強的。

不過我心想——

自己怎麼能輸給紅丸呢？

所以就拜託希爾大師幫忙想了一個好用的必殺技。

我當然也有提供一些意見。

請它將我自己也聽不太懂原理的「虛無崩壞」挪用過來，提高劍技威力。

最後誕生的就是這招「虛無劍擊」。

其特色在於能夠吞噬靈子，而非將其斬斷。

吞噬後便會扔進「虛數空間」，強大的性能讓敵人防不勝防。

唯一能對抗這招的方式只有閃避。如果用劍接招就沒救了，因而能讓敵人在初次接招時毫無防備地落入陷阱。

就我的美學來說「必殺技就是必須將敵人一招斃命」。畢竟在夥伴面前，同樣的招式用第二次就不管用了。

同樣的招式敵人只要見過一次就能擬定對策，因此真正的必殺技必須留到重要場合才能使用喔。

雖然也可以像維爾格琳那樣用「並列存在」應戰，但若敵我雙方都是高階精神生命體，戰鬥的重點便在於能量的爭奪……換言之，先讓對手精力耗盡的那方獲勝。儘管這不是一擊必殺，也是很可怕的必殺技。

在此局面下，我懷著要趁此機會解決掉菲德維的強烈決心，大方展示出自己的必殺技。

不過，沒想到——

伴隨著一陣擠壓空間的嘎吱聲，菲德維接下了我的劍。

《——唔！》

希爾大師似乎很驚訝。

也是啦，我自己也嚇了一跳。

《沒想到主人擔心的魔咒竟然應驗了……》

嗯？

呃，什麼魔咒？

《你說過在少年漫畫中，如果第一招就使出必殺技，一定會被敵人擋下來……》

噗呼！

你害我在這麼嚴肅的場面笑出來了啦！

呃，說是說了。

我的確說過這種話沒錯啦。

可是誰知道真的會發生啊……

…………

《…………》

呼。

忘了這回事吧。

也是會有這種狀況啦。

看到對手宛如兒戲般輕鬆用劍接下攻擊，我好像有點慌了。

我轉換心情，將注意力集中在菲德維身上。

希爾大師搶先開始解析對方為何能擋下攻擊。在它得出結論前繼續攻擊也沒有意義，但我還是必須裝出一副不以為意的樣子。

我決定和菲德維聊聊，藉機嚇唬對方。

「哦？竟能擋下這招，還真有一套。」

壓抑內心的驚慌向他搭話。原以為會被無視，沒想到他竟然回話了。

「還想說能讓黑暗之王(Noir)折服的人有多厲害，結果你的攻擊對我來說根本不痛不癢嘛。」

這傢伙講話真讓人不爽。

我不介意被拿來和迪亞布羅相提並論，比較介意的是費心使出新必殺技，他卻完全不當一回事……

《真教人匪夷所思。怎麼會有人覺得這招不痛不癢？硬要說的話，只有受「王宮城塞」保護的米迦勒——》

話是這麼說沒錯，但實際上這招真的對他不管用啊。

照這樣看來，我在迷宮內看到卡蕾拉使用而學會的「終末崩縮消滅波(Abyss Annihilation)」可能也不管用吧。

菲德維的劍看來也是神話級(Gods)的，或許是因為帶有神氣的關係才導致「虛無劍擊」無效。不用說，功能類似但較為低階的崩魔靈子斬應該也沒用。

那麼是否只要砍到他身體就行了呢？也沒那麼簡單。

因為菲德維這傢伙其實很強。

和菲德維交手可以感覺出他實力堅強。若純論劍技可能和我不相上下，甚至在我之上。推測應該和紅丸差不多。

我已成為類似「龍種」的存在，體能大幅提升。這不是誇飾，現在能做的動作比以前多好幾倍，此外劍技也精進不少，但仍無法打敗菲德維。

我在戰鬥中會用很多小手段，所以還應付得來，情況不妙時也可以由希爾大師幫忙代打，然而假如堂堂正正和菲德維對決，我一點勝算都沒有。

這樣說來，應該改採無法用劍接招的魔法攻擊，但大規模的魔法攻擊會導致雷昂的國家損失慘重。

因此只能採用對付個人的魔法。

若是剛才說的「終末崩縮消滅波」，破壞力可能擴及整個星球，無論如何都不能使用。

不過它是威力最強的招式之一，所以我才拿它當例子，除此之外想不太到更強大的對戰魔法。只有「靈子崩壞」勉強能與之匹敵，但後果如何不用說大家也知道。

規模較小的對付個人用核擊魔法「熱收縮砲（Nuclear Cannon）」，威力又遠不及「靈子崩壞」……

雖然可以添加究極權能提升威力，不過倘若對手也擁有究極權能，就能輕易應付。這下我恐怕束手無策了。

幸運的是，菲德維始終選擇靜觀其變。

若他展開反擊，我肯定不像現在這麼悠哉。當下還是一面和他對話，一面尋找解決方法才是上策。

我努力隱藏焦躁情緒，開口回話：

「我是隻無害的史萊姆，你覺得攻擊不痛不癢也很正常。」

「哼，真會耍嘴皮子。就這點看來你們果然是主僕呢。」

「我聽了才不開心。」

「是嗎？你妨礙我的好事，我沒道理取悅你。能讓你心情變差再好不過。」

原以為會被無視，沒想到竟然聊得下去。

這讓人更感到遺憾。

若他是無法溝通的對象，更能心安理得地打倒……

不過我現在正在思考對策，沒心力用高高在上的口吻和他鬥嘴。

話說回來，有件事令人在意。

菲德維為何不展開反擊？

這樣雖然正合我意，但很可能導致雙方僵持不下。

我用的「虛無崩壞」不是放出型而是吸收型的攻擊，因此不至於太疲憊。然而未受到傷害的菲德維也一樣。

他似乎正用某種權能保護自己，完全以守備為重，所以疲勞程度也很低。

還是有方法能突破現狀，那就是使出連菲德維也應付不了的劍技。

其實我還藏有一招真正的殺手鐧。

那是基於紅丸和卡蕾拉的「百花繚亂」改良而成的招式，需要希爾大師的全面支援才能施展出來，可謂真正的必殺奧義。

這招完全超出我現在的實力，感覺有點卑鄙，所以不太想用。

但現在已顧不了那麼多，我打算一抓到機會就使出來——不過感覺這招也不會成功。

總覺得不太對勁。

希爾大師似乎也有同感，總之還是先打探出菲德維的祕密比較好。

正因這麼想才會使情況陷入僵局。換個角度想，這樣反而能讓我冷靜確認戰況。

差不多也該確認一下其他人的安危。

於是我持續提防著菲德維，並將注意力轉向夥伴們。

＊

我最擔心的是紅丸。

對手怎麼看都比他強，所以我保持視線不動，用「萬能感知」窺探情況。

嗯？

傑西爾手中揮著一把看起來頗為不祥的血紅色長槍。

那把長槍散發出驚人的威力，不知他是什麼時候、從哪裡拿出來的。

《那把長槍好像叫作神祖血槍(Origin Blood)。他剛才發下豪語說：「老夫要用這把神祖大人賜予的長槍刺穿你！」》

這、這樣啊……

希爾大師和我不同，連紅丸那邊的戰況也掌握得一清二楚。

現在的狀況確實不容大意，但也沒那麼緊迫。我因為維爾德拉的關係就算死了也能復活，所以不太有危機意識，不過在找到解方之前也急不得。

因此選擇繼續觀察情勢。

不知道傑西爾原本是何方神聖，即使用的是福特曼的身體，他的動作仍十分協調，甚至能以輕巧而

流暢的動作舞槍。

我將知覺速度提升數億倍才看清楚他的動作，明顯是個箇中高手，完全不像在用別人的身體，光從這點就能知道他有多難纏。

除此之外——

傑西爾的存在值還是紅丸的三倍以上，更令人難以置信的是他的長槍——神祖血槍的存在值推估也在一千萬以上。

這種武器太犯規啦。

由於這裡不是菈米莉絲的迷宮，無法得知正確數值，但綜合起來雙方戰力大概差了四倍以上。

不過紅丸在技量(Level)面占上風，因此勉強和對方打得有來有往。

應該說，若紅丸沒有「陽焰」，早就吃敗仗了吧。

傑西爾就是這麼一個難纏至極的對手。

如果可以，我現在就想過去支援。

可惜我沒那個心力，只好請紅丸自己加油。

至於另一組的戰況——

這邊也徹底陷入僵局。

與雷昂交手的神祕女性長相神似艾爾，應該和艾爾有血緣關係，她也是個實力足以和覺醒魔王匹敵的佼佼者。

不，可能比覺醒魔王還強？

她似乎也擁有究極技能，即使面對雷昂也毫不遜色。

《雙方的戰鬥風格十分相似，因而推斷兩人應該是師徒關係。》

原來如此。

他們用的武器種類不同，所以我一時之間沒察覺到，這麼說來兩人的招式確實很像。那名女子說不定是雷昂的師父。

而且就連擁有的究極技能都很類似。

他們清楚知道對方會出什麼招，難怪戰況會陷入膠著。

這下大概很難分出勝負。她雖然不能來支援我，至少不需要支援，這樣已經很不錯了。

「你就是利姆路吧？既然有餘力觀察我們，就來幫我一把嘛？」

哎呀，這人的直覺真敏銳。

她發現我一直盯著他們了。

其實我也沒多少餘力，但確實在偷看別人的戰況，所以不好拒絕。

我決定老實回答：

「不好意思。我自己也沒轍了，才會忍不住偷看別人在幹嘛。」

「什麼？你神經到底有多粗，沒餘力還做這種事？聽艾爾說你是個沒常識的人，勸你還是把皮繃緊一點比較好。」

說得非常有道理。

沒想到會被發現，所以不小心大意了，不過她說得對，在戰鬥中東張西望的確顯得很沒常識。

「感謝您寶貴的意見，我回去之後會好好斟酌思考。」

「嗯，聽起來完全沒有要改善的意思，算了。話說你那邊打得贏嗎？」

這人真敏銳。

本來想用幾句話敷衍過去，卻被她看穿了。

唔喔，菲德維正惡狠狠瞪著我，得認真應付呢。

他也差不多要回擊了，我做好接招的準備，並回答女子的問題。

「暫時沒辦法，他完全沒有破綻。」

菲德維聽見後用鼻子哼笑出聲。

接著竟然加入我們的對話。

「哼，和我交手時不但分心看旁邊，還悠哉地和人聊天，真是服了你。這麼悠哉卻還說我『沒有破綻』？荒謬至極，怎麼有臉講出這種違心之論？」

「少囉嗦！還不是因為我精心準備的殺手鐧被你輕易擋下！要是你肯乖乖被那招擊倒，我哪需要這麼辛苦啊！」

「開什麼玩笑。要不是你從中阻撓，我們的計畫早就實現了。說到底，你知道你麾下的黑暗之王害得我們有多少計畫落空嗎！」

好像挑釁過頭，真的惹他生氣了。

「迪亞布羅做的事和我無關喔。」

「飼主理當要負責。」

「不，我們認識的時間又不長。」

基本上不是我的責任我就不會亂扛，所以在此也極力主張自己沒錯。

「你這小子真狂妄。」

「嗯，我有同感。你好厲害，在這種狀況下還能表現出遊刃有餘的樣子，開始有點尊敬你了！」

這應該不是稱讚吧。

真要說起來，妳也該專心對付雷昂才對吧！

沒有啦。

說這種話等於是自找麻煩，我絕對不會說的。

「對了，請問妳是？」

「喔，我啊？我是艾爾的媽媽喲。叫我希爾維婭就好！」

真是驚人的自我介紹。

精靈都很長壽，這種事也不是不可能……但見到和艾爾長得一模一樣的人自稱是她媽媽，因為受前世的常識影響，我還是無法輕易接受。

我斜眼觀察他們，發現那裡正上演著激烈的拉鋸戰，令人納悶她怎麼還有餘力說話。

沒錯，他們的動作就像演戲一樣，雷昂和希爾維婭小姐皆以毫釐之差避開對方的劍，再予以反擊，宛如一場有固定招式的對打練習。

這種情況下還能和人鬥嘴，她膽子也挺大的。

「有辦法擺平雷昂嗎？妳是他師父吧？」

「你看出來啦？我的確是他師父，但應該擺平不了。老實說完全沒想到雷昂現在變這麼強……」

她雖然用的是半開玩笑的口氣，說的大概是真心話。

這兩人在我們來之前就已展開驚險對戰，專注力差不多也快耗盡。現在的平衡狀態只要出點差錯就會徹底崩解，的確沒辦法再氣定神閒地說些有的沒的。

這樣的話……我開始思考如何對付雷昂。

自己有方法對付雷昂，但不知道該不該拿出來用。假如真的要用，等時機成熟再使用效果更佳，現在還不是時候。

儘管狀況嚴峻，他們姑且仍處於平衡狀態。如果魯莽躁進，反而會讓自己置身危險之中。

因此雷昂這邊我決定繼續靜觀其變。

做出這個決定後，紅丸也向我抱怨：

「利姆路大人，我知道您打得很輕鬆，但我這邊真的快不行了！」

紅丸罕見地訴苦——這也無可厚非。

畢竟雙方戰力差了四倍多，打起來當然辛苦。

「情況很糟嗎？」

「糟糕透頂。」

說得也是。

幸好傑西爾看來擅長的是火焰型攻擊，性質上有利於紅丸。

要不然紅丸早就敗北了，能打成現在這樣已堪稱奇蹟。

那麼，我該做些什麼呢……

若現在的平衡被破壞，雙方就會分出勝負，可惜我也沒有餘力去幫紅丸。雖然還藏有幾張王牌，但不知道何時該拿出來用。

至於敵方狀況，先不說雷昂，菲德維和傑西爾看起來都很從容。

我方完全居於劣勢。

只能等其他夥伴打倒敵人趕過來，或使出殺手鐧之一的惡魔召喚，把戴絲特蘿莎等人叫過來。

不過屆時敵人同樣會呼叫支援，可能會讓問題變得更複雜難解。

對於紅丸的戰場，還是再看看情況比較好。

「紅丸老弟，你就再撐一下吧！」

「呃……我真的撐不了多久喔！」

好久沒聽到紅丸這麼軟弱的發言了。

我內心這麼想，並且再度和希爾大師討論是否有方法能夠突破現況。

和利姆路分開後，蘭加、九魔羅與蒼影分別前去支援不同的友軍。三人並未特別討論，只是依照敵人大致的強弱順勢決定目標。

蘭加前往應付的敵人是威格。

對方散發的氣息最為龐大強烈，氣勢比蘭加還強。

和蘭加想的一樣，那裡是最激烈的戰場。

（唔……果然比我還強，但若能順利拖延時間，蒼影先生他們解決完敵人後應該會趕來支援……）

蘭加信任自己的夥伴。

所以他深信夥伴會來幫助自己，絲毫不畏懼強敵，上前向對方宣戰。

「在下來助陣了！」

蘭加一喊完便撲向威格。

這讓梅德爾欣喜萬分。

身為雷昂麾下白騎士團團長的白騎士（White Knight）梅德爾，正拚命為眾人回復，但光靠現在的戰力再撐也撐不了多久。

萊茵和米薩莉麾下的五名惡魔——米索拉、蘇格爾、烏利希、阿爾邦與葛奧格等「惡魔大公（惡魔貴族）」實力堅強，足以和舊魔王們匹敵。然而對手威格的存在值超過一千萬，雙方實力差距太過懸殊。

負責指揮的是公爵級的米索拉，她不愧是萊茵的副官，能力十分優秀。平常要照顧愛摸魚的萊茵，因此思考較為周全，也擅長協助他人。

不過威格一擊就能將某些人打得倒地不起，這種狀況下根本沒什麼好指揮的。

即使如此他們仍能守住戰線，都多虧米索拉的努力。另一方面梅德爾也用回復魔法拚命支援他們。

這些心高氣傲的大惡魔本來崇尚個人主義，如今不惜五個人通力合作，還運用巧妙的幻覺魔法擾亂對手，這才勉強維持住戰線。然而烏利希和阿爾邦卻同時倒下，加重了其他人的負擔。梅德爾的回復魔法也快跟不上，一行人即將遭遇全滅危機。

在這千鈞一髮之際，蘭加出現了。

「哪來的狗崽子？竟敢妨礙本大爺！」

威格洋洋得意。

他獲得了強大的力量，便誤以為自己是無敵的。

因此他認為現在只不過是多了隻魔物，構成不了太大威脅。

可惜他錯了。

蘭加的存在值雖然不到威格的一半，戰鬥經驗卻不容小覷。他總是隱身在利姆路的影子中，見證過大小戰役。

因而能隨機應變，視對手情況調整戰鬥方式。

這次的戰略目標在於以不造成犧牲的方式度過難關。只要理解這點，自然知道自己該做什麼。

「我會保護你們，在我身後重整態勢。援軍必定會到來。頭目不可能會輸！」

蘭加搖著尾巴，篤定地說道。

光是這樣，米索拉等人就明白利姆路已經趕到。

米索拉領略到蘭加的意圖，從而推斷出如何行動才是最佳解方。

「這就照您說的做。梅德爾閣下，請專心為蘭加閣下回復。」

然後她迅速調整戰略，改採以蘭加為主的戰鬥模式。

威格稱霸的時間到此結束。

他原以為蘭加的實力比自己弱，對方的表現卻出乎意料地強。

威格什麼都沒多想，一心只想除掉蘭加。他打算充分運用自身權能，究極技能「邪龍之王阿茲達哈卡」的純粹力量壓制對方——

究極技能「邪龍之王阿茲達哈卡」是威格基於自身成長經歷獲得的權能。

威格繼承了羅素研究成果之一的「魔法審問官」血統，兼具魔物和人類的特性，不管受多重的傷只

要進食就能復活，堪稱怪物。

此外優樹又將他改造，使之成為堪稱擬人造黏性體（Imitation Slime）的存在，不過這點仍是鮮為人知的祕密。

威格的身體是由極小的魔性細菌（Bacteria）組成。他因而能夠自由再生，只需要保留一部分的身體，就能完美復活。

他很擅長模仿生物構造，甚至有機率能獲得捕食對象的技能。

正因為是這樣的威格，才會獲得究極技能「邪龍之王阿茲達哈卡」。

這項權能的精髓就像威格本人一樣，能夠吸收吞噬對象的能力。

該權能酷似利姆路的「暴食之王別西卜」，內含「超速思考、並列思考、解析鑑定、有機支配、複製量產、能力吸收、多重結界」等驚人技能。

性能非常高。

被吞噬的只要是擁有肉體的對象，他就能運用「有機支配」讀取其體內的情報，並且獲得該種族的能力。

即使是精神生命體，他也能透過「能力吸收」奪取對方的能量，甚至能將對方的技能占為己有。

此外只要取得能作為材料的有機體，還可以量產出與自己相仿的「複製體」，並加以操縱。

如果運用得當，就能無止境地變強，這就是究極技能「邪龍之王阿茲達哈卡」的全貌。

「如果運用得當」……

可惜威格出生至今尚未累積太多經驗。

他以驚人速度成長，力量不斷高漲，但並沒有成長到能將權能運用自如的程度。

威格目前只能用「有機支配」來強化肉體、用「解析鑑定」來掌握敵人的弱點，再以「能力吸收」

來使敵人變弱。

他下意識用了「超速思考」，因此具備一定的判斷力，但還不足以使用「並列思考」，即使自己占有絕對優勢也無法取得勝利。

不過威格醉心於自身的強大力量，未嘗注意到自己已錯失最大機會……

——接著威格那蘊含凶惡之力的拳頭貫穿了蘭加。

「——唔？」

空虛的手感令他訝異。

明明貫穿了對方，感覺卻像沒碰到任何東西。

不但沒能奪去敵人的能量，甚至連「解析鑑定」都無法執行。

原因在於蘭加已將自身權能運用到極限。

蘭加的權能——究極技能「星風之王哈斯塔」能讓他化為「魔風」。

可怕的「魔風」會汙染一切觸碰到的事物，蘭加化作「魔風」後，所有物理攻擊都對他無效——不僅如此，敵人碰到他的瞬間還會因為「死亡之風」的效果而導致自身受傷。

現在的蘭加正如魔法一般。

其原理和卡利翁的獸王閃光吼(Burst Roar)相同，一方面擁有質量、能夠維持固定的外型，另一方面又能像精神生命體一樣，化作具備破壞能量與意識的粒子。

光是用身體衝撞敵人就能產生強大破壞力。這究竟是多可怕的招式，不言自明。

而且蘭加這招和卡利翁不同，不屬於必殺技，而是被分類在狀態變化之中。能量消耗率雖高，不過在「魔風」狀態下便不會有任何限制。

這就是充分運用權能之人厲害的地方。

論存在值雖然是威格較高，但就實力而言還是蘭加技高一籌。

「哈哈哈，看來你的拳頭對我沒用呢。」

其實蘭加也嚇了一跳。

他原以為威格實力更強而小心提防對方。

利姆路總是很謹慎，蘭加因此也效仿他。面對能量比自己多一倍以上的威格，絲毫不敢大意。

甚至懷疑對方是不是耍詐。

「混帳！區區一隻狗竟敢小看本大爺！」

直到威格怒氣沖沖朝他出拳，才明白對方是個白痴。

魯莽地對化作「魔風」的蘭加亂揍一通，無疑是在自殘。眼看威格把自己弄得一身傷，蘭加不禁感到傻眼。

此時的正確作法應該是：用權能強化過的氣場包住拳頭再出拳。用武器攻擊時也一樣，權能只能用權能對付。

若是精神生命體，只要提升精力就能發揮等同究極權能的效果，但威格完全沒有考慮這些。

如果他能妥善運用究極技能「邪龍之王阿茲達哈卡」，就不會顯露出這般醜態。

「愚蠢的傢伙。還以為你在騙我，結果竟然是認真的。那我也要上了。」

蘭加宣布完便開始全力衝刺。他化作一道將威格玩弄於股掌的漆黑之風，以超越音速的速度，讓殘影從地下到天上充滿整個空間。

最終化作一陣回音，在空間內不斷迴響。

蘭加用「星風之王哈斯塔」的「音風支配」提升自身速度與破壞力，一邊狂奔一邊用「空間支配」建構力場，然後再使用殺手鐗「天候支配」在力場內形成「黑雷風暴（Death Stcrm）」——於是，能夠毀滅一切的「終末雷鳴（Apocalypse）」便從中響起。

這招叫作「終末魔狼演舞（Apocalypse Howling）」。

這是蘭加設計出來對付個人用的最強攻擊技。

另外補充一點，蘭加如果發出狼嚎，這陣攻擊就會化作射線射出。其實這才是更簡單、更正確的用法，但若想讓傷害加劇，就該像他現在這樣將攻擊限縮在特定範圍之內。將目標關在其中就不會浪費能量，可望達到更高的效果。

威格遭到這招直接命中，令人驚訝的是他竟然還活著。

儘管無法有效運用「邪龍之王阿茲達哈卡」，其肉體仍下意識受到權能的影響。

而且威格的特性正是不屈不撓。

他還是受了傷，但因為發動了「有機支配」和「複製量產」，得以及時在被消滅之前再生自己的肉體。

畢竟他的魔素含量之高可不是蓋的。

威格深吸一口氣並全力大吼：

「混帳、混帳、混帳啊啊啊——！」

接著狠狠瞪向蘭加。

先是深呼吸好讓心情平復，隨後撂下狠話。

「嘖！連番戰鬥搞得本大爺也累了。這次就當作平手，下次見面給我小心點！再見。」

威格生性膽小，因此很擅長察覺危機。他明白狀況對自己不利，決定立刻逃之夭夭。

蘭加對此沒有異議。

威格承受得住他的最強招式，代表其存在值在他之上。見到連剛才那擊都無法打倒對方，蘭加便理解自己沒辦法打敗威格。那麼沒必要逞強。

利姆路方的戰術目標是拖延時間，能將威格逼退再好不過。蘭加不與威格戰鬥，實屬明智的決定。

於是在這個堪稱最激烈的戰區，對抗威格之戰就此告一段落。

每個人都為蘭加的到來感到喜悅——

米索拉心想。

（這隻叫蘭加的魔狼好像是魔王利姆路大人的寵物。明明只是寵物，怎麼會這麼強！）

甚至強到不像話。

米索拉也大致看得出威格和蘭加的能量多寡。畢竟強者若推斷不出敵人的強弱，就無法生存下去。

在米索拉看來，蘭加雖然很強，威格這個敵人更為棘手。

結果卻是蘭加大獲全勝。

原本還想在蘭加身後重新擬定戰術，如今有種白忙一場的感覺。

「米索拉啊，世上真的有無比強大的存在。妳見過利姆路大人就會明白我現在的心情了。」

她想起上司（萊茵）對自己說過的話。

「原來如此……人們都說看寵物就能了解主人。我從未懷疑過萊茵大人說的話，但直到現在才深有體會。」

米索拉呢喃道，其他四名「惡魔大公」聽了頻頻點頭。

而魔力快耗盡的白騎士梅德爾，發現自己毫無出場機會也驚愕不已。

不由得產生一些逃避現實的想法。

（我也喜歡狗狗，一直想養養看。原來狗狗這麼可靠，戰鬥結束後我一定要趕快去寵物店買一隻來養！）

完全呈現放棄思考的狀態。

說個題外話，這世界的寵物店並沒有賣賞玩犬。只會高價出售由馴獸師（Tamer）訓練過、真的能戰鬥的動物和魔物。

後來，梅德爾將自己買的森林魔狼（Forest Wolf）「命名」為蘭加二世，這又是另一段故事了。

●

紅騎士團團長——紅騎士（Red Knight）芙蘭與黃騎士團團長——黃騎士（Yellow Knight）奇索娜，面對奧露莉亞正陷入苦戰。

說苦戰還太客氣。

倘若奧露莉亞認真想要殺她們，一瞬間就能分出勝負。

「唔，太強了……」

芙蘭緊咬下唇，喃喃說道。

正在承受奧露莉亞攻擊的奇索娜也表示同意。

「她在玩弄我們呢。下次是錘矛（Mace）？剛剛是短劍（Short Sword），用的武器逐漸變弱，應該是在用我們測試武器的性能吧。」

她一擊就將奇索娜的全身盔甲打碎，奇索娜已做好下一擊就會被殺的心理準備，沒想到奧露莉亞卻在這時更換武器。

奇索娜的判斷是正確的。

奧露莉亞最初拿的是星球棍（Morning Star）。

對方顯然不把她們放在眼裡，但老實說她們反倒覺得這是幸運的事。

「這麼瞧不起人真讓人不爽，但雙方實力差太多，這也無可奈何啊……」

「樂觀一點。只要多爭取點時間，雷昂大人一定會來救我們喔！」

芙蘭和奇索娜懷著虛幻的希望，不屈不撓地應付著奧露莉亞。兩人都明白這是痴心妄想。

因為她們的主子魔王雷昂肯定正面臨更棘手的狀況。

不然雷昂不可能置部下的生死於不顧。

所以她們能做的只有努力活到援軍到來的那一刻。

然而兩人已瀕臨極限。

雙方實力差距太大。戰鬥開始還不到十分鐘，兩人就已傷痕累累。

而且奧露莉亞也大致測試完自己的權能，顯得心滿意足。

「嗯，差不多了吧？」

奧露莉亞說著又將武器變形成三叉戟（Trident）。那是過去名為「奧露卡」的女性所持有的拿手武器。

芙蘭和奇索娜都感覺到奧露莉亞的氣息變得不一樣了。

（到此為止了……我已竭盡全力，還是沒能完成使命真是抱歉——）

芙蘭絕望地想著。

奇索娜則更現實一點。

（最後好想吃蛋糕……）

她們抱著這樣的想法，等待最終時刻到來。

但那一刻並未來訪。

取而代之來的是——

「兩位看起來很苦惱呢。多管閒事雖然有些失禮，但這裡還是交給奴家吧。」

幻化為傾國美女的九魔羅將芙蘭和奇索娜護在身後，站在奧露莉亞面前。

九魔羅與奧露莉亞的戰鬥就此展開，這次也是單方面輾壓。

和剛才不同的是，奧露莉亞完全被壓著打。

「怎麼可能，為什麼！」

奧露莉亞口中迸出驚呼。

她的究極賦予（Ultimate Enchant）「武創之王（Multiple Weapon）」能夠創造出各種性能的神話級武器。身上這副盔甲當然也是神話級的。

然而，九魔羅操縱尾巴使出的九尾穿孔擊竟能穿透盔甲，對她造成傷害。盔甲雖然沒碎裂，衝擊卻滲透到內部消耗奧露莉亞的體力。

「妳真弱呢，這樣奴家根本用不著把八部眾叫出來。」

九魔羅原本在考慮是否放出尾獸測量敵人的戰力，實際交手過後判斷沒這個必要。

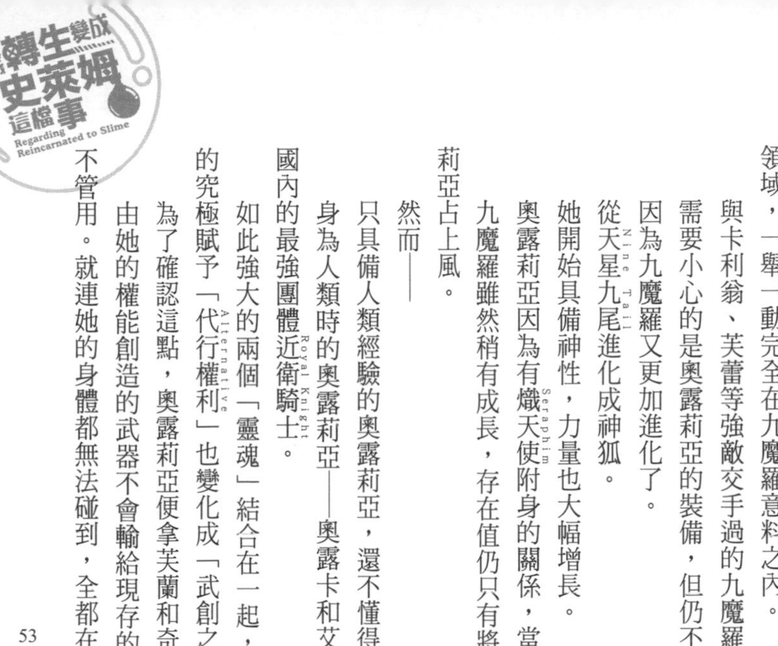

奧露莉亞既是一流的戰士，又能運用高強的魔法，是個可怕的對手。不過她的動作尚未超脫人類的領域，一舉一動完全在九魔羅意料之內。

與卡利翁、芙蕾等強敵交手過的九魔羅累積了許多經驗，眼前這個敵人對她來說根本不算什麼。

需要小心的是奧露莉亞的裝備，但仍不可能對九魔羅構成威脅。

因為九魔羅又更加進化了。

從天星九尾（Nine Tail）進化成神狐。

她開始具備神性，力量也大幅增長。

奧露莉亞因為有熾天使（Seraphim）附身的關係，當然也具備神性。此外若只比較存在值，雙方差距並不大。

九魔羅雖然稍有成長，存在值仍只有將近兩百萬，奧露莉亞則是兩百萬出頭。假如純論數值，奧露莉亞占上風。

然而——

只具備人類經驗的奧露莉亞，還不懂得多方運用自己的能力。

身為人類時的奧露莉亞——奧露卡和艾莉亞，在優樹直屬的混合軍團中相當於幹部級。實力媲美帝國內的最強團體近衛騎士（Royal Knight）。

如此強大的兩個「靈魂」結合在一起，覺醒成妖死族還獲得熾天使的力量。而且從米迦勒那裡獲得的究極賦予「代行權利（Alternative）」也變化成「武創之王」，更讓她深信地面上沒有自己的對手。

為了確認這點，奧露莉亞便拿芙蘭和奇索娜做實驗，最後確定自己的力量是最強的。

由她的權能創造的武器不會輸給現存的任何神話級武器。證據就在於芙蘭和奇索娜的攻擊對她完全不管用。就連她的身體都無法碰到，全都在神話級盔甲前面被彈開。

再者，她的武器只要輕輕一揮就能讓敵人的武器碎裂。

奧露莉亞對自己的力量過度自信。

因此無法認清現實，還在死命掙扎。

「別小看我喔！我要拿出真本事了！」

像是在宣告實驗結束般，奧露莉亞使盡渾身解數揮舞三叉戟。

她讓艾莉亞擅長的魔法化作雷電纏繞在三叉戟上，又用奧露卡矯健的身手使出招式。被這樣的武器擊中，就算是九魔羅也會受致命傷。

沒想到——

九魔羅帶有神氣的九條尾巴靈活舞動，擋下了三叉戟。

到了這一步，任誰都看得出雙方的實力差距。

就像體能差不多的人，實力仍有強弱之分。她們之間的差距如同習武之人與打架的門外漢——不，甚至比這更大。

就連旁觀兩強之爭的芙蘭和奇索娜，也能明確看出雙方差異。

「好、好厲害……」

「我問妳喔，她也是魔王利姆路陛下的部下嗎？」

「不知道，但她肯定是來幫我們的。」

「該怎麼說，突然理解到絕對不能與他們為敵呢。畢竟就連沒聽過的人實力都這麼強……」

「安靜點。用不著說出來，我也跟妳有同感。」

兩人你一言我一語，痴迷地欣賞九魔羅的英姿。

妖豔的美女——九魔羅本尊則是寸步不移，優雅地佇立在原地。只要注意到這個事實，根本不用討論誰強誰弱，她正顯露出這樣的氣勢。

「那麼，認輸了嗎？」

九魔羅加深臉上的笑意問道。

「不認輸。對，我不認輸。因為我……我們獲得了最強的力量。這股力量正是為了協助偉大的米迦勒大人而存在！」

「哦，這樣嗎？但對奴家顯然不管用呢。」

九魔羅毫不留情地告知怒火中燒的奧露莉亞。

這是個明明白白的事實，聽在奧露莉亞耳裡卻是足以惹怒她的侮辱。

「別開玩笑了！我是奧露莉亞，我要掃蕩所有與米迦勒大人為敵的人！」

奧露莉亞賭上自身的尊嚴，全力襲向九魔羅。

不過，這完全是魯莽之舉。

沒有計畫的猛攻對九魔羅而言只是無謂的攻擊。

奧露莉亞的三叉戟被九魔羅的尾巴彈開，她的四肢也被四條尾巴固定住。

關節碎裂的鈍重聲響起——奧露莉亞迎來了殘酷的結局。

「奴家的『名字』是九魔羅，『幻獸王（Chimera Lord）』九魔羅。記著這個名字安心死去吧。」

九魔羅用尾巴對動彈不得的奧露莉亞發動連擊，現在才報上自己的名號。

阿里歐斯熟練運用究極賦予「刑罰之王聖德芬」，壓制著藍騎士團團長——藍騎士(Blue Knight)奧基西安，以及米薩莉的副官甘恩。

阿里歐斯手中的單手劍(Bastard Sword)是向奧露莉亞借來的神話級武器。他獲得身為人類時難以想像的強大力量，有了驚人的成長。

因此阿里歐斯並不急著殺死兩人。這兩個弱者正適合陪他玩玩，供他測試自己的力量。

奧露莉亞和阿里歐斯都知道恃強凌弱不是值得讚許的行為。他們倆和威格不同，具備基本的常識，本來不會在執行任務時摻雜私人情感。

但這次狀況不一樣。

若不趕緊測試這股前所未有的力量，今後的戰鬥可能會出問題。

了解自己會什麼、能夠撐到什麼地步，也是一流戰士的必要條件。所以他允許自己趁此機會稍微玩一玩。

奧基西安與甘恩也清楚阿里歐斯的意圖。心高氣傲的兩人雖覺得屈辱，但這樣對他們來說正有利。

這次的勝利條件是拖延時間，以兩人的實力很難達到。

因此即使知道阿里歐斯是在玩弄自己，他們也只能拚命應付對方。

理性的奧基西安沒有那麼生氣，反倒是古老的大惡魔甘恩滿懷著岩漿般的滾燙怒意。

（我要殺了他，絕不放過他！）

甘恩是米薩莉部下之首，平時是個冷靜的統帥。

但他的忍耐力不如米索拉。他總是對同僚懷著敬畏之意，心想她竟然能忍受在萊茵大人手下工作。

所以如今當他嘗到這份強烈的屈辱，內心的憤懣便達到最高點。

然而他們和阿里歐斯之間隔著一道殘酷的高牆。

雙方實力差距不大。奧基西安和甘恩可能還略勝一籌。

之所以出現如此一面倒的狀況，是因為雙方的存在值差了數倍。而且阿里歐斯還擁有令人畏懼的「刑罰之王聖德芬」。

若只有神話級武器可能還好，面對究極權能他們就無計可施了。

這段說長不長、說短不短的痛苦時間很快就要結束。

兩人從阿里歐斯的氣息察覺到他的表情有了變化。

「嘿嘿，我玩夠了。其實你們也很強吧？我很開心所以不會再折磨你們，這就給你們個痛快。」

測試完自身力量的阿里歐斯打算終結這場遊戲，如此告知兩人。

奧基西安很清楚這樣一來便束手無策，已做好赴死的準備。

（之後只能交給雷昂大人了。看來這次無法完成任務，在另一個世界向他謝罪吧！）

他在心裡向雷昂道歉。

甘恩則將自己的憤怒刻在「靈魂」上。

（我就算死在這裡，也不會遺忘這股恨意。阿里歐斯是吧？記住了。我一定要復活再將他殺死！）

對惡魔而言，死亡不過是種狀態變化。

只要心核不受損，數年之後就有機會復活。倘若損傷過重，可能需要數百年的歲月，不過仍能起死回生。

因此甘恩發誓要報仇。

說個題外話，若想損及心核就必須對靈子進行干涉。其中又以「靈子崩壞」為代表，若不破壞靈子就不會影響到「資訊體」。

阿里歐斯如今擁有「刑罰之王聖德芬」，如果知道這件事，肯定會破壞甘恩的心核。

不過甘恩並不擔心他會這麼做。

阿里歐斯的劍技、體術與權能全都堪稱一流，但精神尚未超脫人類的範疇。

他似乎很少與人類以外的種族交手，不清楚如何給惡魔致命的一擊。

所以甘恩心想只要詐死應該就能逃過一劫。

阿里歐斯一手舉著劍對準奧基西安，另一手舉著槍對準甘恩。

甘恩的肉體快撐不住了。既然阿里歐斯已拿出真本事，想再戰鬥下去是不可能的。儘管對奧基西安不好意思，但能夠不帶私情冷靜行事正是甘恩的強項。

（到此為止了，希望能順利撤退——）

正當甘恩這麼想時，阿里歐斯大笑著瞥了甘恩一眼，將手指扣在扳機上。

「呀哈！就從你先開始——」

要笑也只能趁現在了——甘恩想著想著，突然瞪大雙眼。

在阿里歐斯身後，他腳邊的影子中跳出一個人朝他揮劍。

奧基西安和甘恩的危機就此解除。

＊

甘恩對那個人有印象。

他想起那人是魔王利姆路的部下，名叫蒼影。

幾乎在同一時間，奧基西安也意識到這點。

「蒼影閣下，援軍趕到了嗎！」

奧基西安喜形於色地大叫，蒼影則不悅地回答：

「嘖，本來想將他一擊斃命，看來我想得太美了。那傢伙還活著，你們也別掉以輕心喔。」

蒼影在利姆路面前表現得很紳士，其實是個自信滿滿又自我中心的人。若是他國元首就算了，區區幹部，蒼影不會刻意討好他們。

況且現在又是緊急時刻，他理所當然地掌握了現場的主導權，開始指揮起奧基西安和甘恩。

另一方面，遭到突襲的阿里歐斯如蒼影所言保住一條命。他雖吐著血，但仍試圖重新站穩腳步。

蒼影方才將自己的權能「一擊必殺」加入攻擊中，從死角使出必殺技——暗死一擊（Assassinate），阿里歐斯卻在危急之際察覺到，勉強避開本應刺穿心臟的攻擊。

「你挺行的嘛。」

「你的反應也挺快的。不過我下次不會刺偏。」

雙方都只說了一句話就展開戰鬥。

阿里歐斯態度高傲自大，個性卻很謹慎。

在重生成「妖天」之前，他是個實力堅強的「異界訪客」。

曾經從事暗殺任務，學過各種技術，稱得上與人對戰的專家，身體牢牢記得自己被人盯上時需要注意的事。

因此無論在什麼狀況下都不會大意。

將奧基西安與甘恩逼至絕境時，仍未放鬆對周圍的警戒。

這救了他一命。

但也僅止於此。

「嗯，力量在我之上，不好正面進攻。」

「那你打算怎麼做？」

雙方實力相當。

都想奪取對方的性命。

阿里歐斯明確感受到自己活著。

剛剛的傷已然痊癒。他不但生命力強化到異常的地步，還獲得了熾天使的力量。只是尚未擺脫身為人類時的習慣，其實早已踏入非人類的領域。

（有了這股凌駕魔王的力量，誰都不是我的對手！）

他在心裡稱讚自己，期待蒼影下次出招。

阿里歐斯明白蒼影說得對，自己的力量確實在他之上。

兩人的技量相去不遠，所以他深信自己一定會贏。

這不是大意——但面對蒼影，這樣的態度未免太過傲慢。

蒼影從始至終都沒有認真和阿里歐斯對決。

既然要戰鬥就必須獲勝。

無論過程打得再怎麼漂亮，輸了一切就此結束。

因此蒼影並不拘泥於勝利的形式。

他從一開始就讓「別體」躲在暗處，觀察阿里歐斯何時露出破綻。在和對方短兵相接的過程中逐漸顯露敗跡，好讓對方掉以輕心。

一面假裝拚盡全力，一面誘導阿里歐斯將手牌一張張打出來，紮實地建構出一條通往勝利之路。

而後那一刻終於到來。

「呀哈！我承認你確實是個強敵，所以就特別用這招祕技殺了你吧！」

阿里歐斯說著便放出究極賦予「刑罰之王聖德芬」的殺手鐧，堪稱一擊必殺的「神滅彈（Judgment）」。

蒼影的「別體」被擊中後煙消雲散。阿里歐斯見了深信自己已經獲勝。

這是當然的。

「神滅彈」一天只能使用一次，卻是最強的攻擊手段。威力雖然不如近藤中尉施放的，仍然是無堅不摧的一擊。

阿里歐斯當然認為蒼影已經死了，這樣正合蒼影心意。

「千手影殺。」

「啊？」

影子伸長，抓住阿里歐斯。

「等、等一下——」

蒼影限制住阿里歐斯的行動後，用手中的雙劍破壞了他的心臟。

菲德維的一句話打破了陷入僵局的戰況。

「——差不多該撤了，再戰鬥下去也沒有意義。」

我聽見後心想。

他早該下這個決定。

要是能趁此機會將他逼到絕境再好不過。然而遺憾的是，我們才是處於劣勢的一方。

繼續戰鬥下去或許能等到同伴的支援，但老實說我也沒把握。我認為蘭加他們應該不會輸，但也有可能是自己太過樂觀。城堡內也有危險的氣息，我擔心他們陷入苦戰。

自己通常只在勝券在握時才會與人戰鬥。

然而這次準備不足。

沒想到通訊會被切斷，導致我們連敵方戰力都沒能分析就直接來到戰場。

迪諾的報告讓我們掌握了一定程度的資訊，實際戰鬥過後，仍發現敵方的戰力比想像中還強。

那個傑西爾之流的竟然比紅丸還強，太犯規了。

還以為紅丸能像平時一樣迅速解決敵人。如今卻陷入令人難以置信的狀況，我方沒被打倒就已經算奇蹟……

所以菲德維願意撤退，我也不打算阻止。

不過——這時仍不忘挑釁他。

「哦？竟然認為逃得掉，會不會太天真了點？」

正在和雷昂交手的希爾維婭小姐聞言不禁瞠目結舌。她狠狠瞪著我，像在叫我別說多餘的話。

她可能和艾爾不同，不擅長打心理戰吧。

能夠隱藏心思的那一方才能獲勝。

痛苦的時候更是要講反話，欺騙對手。

「哼，我們不但達成最初的目標，將『純潔之王梅塔特隆』的擁有者雷昂納為同伴，還找出礙事的叛徒將之處決，更打探出你真正的實力。可說是戰果豐碩喔。」

嗯，他果然沒被我的挑釁激怒。

不過這就是我的目的。

故意說些不服輸的話，對方聽了就會得意洋洋地撤退。

要是他這時說「還是不走了」，可就傷腦筋了。

所以儘管內心想著「滾滾滾，快點滾！」我還是繼續挑釁菲德維。

「嚇到了嗎？也是啦。我的同伴很快就會趕到，到時候我們就會獲勝，你當然要趁現在快逃嘍！」

在挑釁的同時展開猛攻。

我的話語似乎讓菲德維有點慌，他的劍有一瞬間變遲鈍了。我感覺到刀身擦過他的身體，但對方沒有受傷。

是錯覺嗎？

不不，從剛剛起我確實感受到刀身數度擦過他身體……

「不愧是黑暗之王的主人，和他一樣跩到令人不爽。給我記著，下次見面一定會用令你絕望的戰力壓垮你們。」

「我才想這麼說呢！你好像很討厭迪亞布羅，下次就叫那傢伙當你的對手啊！」

「……」

我用不良少年漫畫的口氣撂下狠話，菲德維突然啞口無言。我絕不會看漏那充滿厭惡的神情。

這就是祕技——甩鍋！

這次似乎特別有效，所以就算迪亞布羅不願意，我也會把這個鍋推給他。

察覺氣氛、察言觀色是社會人士必備的技能。只要仔細端詳對方，就能隱約知道他喜歡什麼、討厭什麼。

除了上述經驗，我還在重視人際交流的營建業打滾了十年以上，最擅長這種酸言酸語。

從菲德維的反應看起來，他顯然超討厭迪亞布羅。我抱著姑且一試的心情對他這麼說，看來沒有猜錯，這樣我就放心了。

「你這傢伙真討人厭。」

「很榮幸能得到您的稱讚。」

「——嘖，你就繼續在那裡自鳴得意吧。傑西爾、雷昂，我們撤退。」

菲德維宣布撤退，不跟我吵下去。

我獲得了精神上的勝利——開玩笑的，這其實是戰術上的勝利。

「嗯？不趁現在和他們決一勝負嗎？」

「對，這是米迦勒大人的命令。」

「——好吧。你對老夫有恩，老夫的身體也還沒恢復到萬全狀態，這次就聽你的吧。」

傑西爾打得正順手，但仍勉強答應菲德維。老實說我本來還在想要是他有意見可就麻煩了，這讓我鬆了口氣。

沒想到——這時紅丸卻開始挑釁傑西爾。

「哼，要逃了嗎？我差一點就能反敗為勝了。沒能在此解決你，是我不夠成熟。下次就會贏，勸你做好準備。」

我心想這傢伙到底在幹嘛，但先開始的人是自己，也不好責備他。

這些人是怎樣——希爾維婭小姐的目光感覺像在這麼說，好刺人呢。

她的心情我很懂。

從第三者的角度來看，也覺得這樣很蠢……

「不知天高地厚的蟲子！竟敢愚弄身為魔導大帝的老夫——」

「傑西爾，這是那隻史萊姆的計謀。一日我們喪失冷靜，原本會贏的仗也可能打輸。」

感謝你的誤會！

紅丸雖然有點沒拿捏好分寸，但菲德維能解讀成這樣真是謝天謝地。

我第一次覺得菲德維這個人好像還不錯。多虧自己平時有積陰德，成功讓他們產生過度的戒心。

「嗯……好吧，這次就給你留點面子。小子們，沒有下次了。」

傑西爾乍看個性急躁，沒想到心思意外縝密。原本還在提防他會再大鬧一場，幸好他乖乖聽從菲德維的指示。

而遭到操控的雷昂也沒有異議。

三人取得共識後，便從破損的天花板飛向天空。

我和紅丸目送他們離去後，乏力地癱坐在地。

吵架時能成功激怒對方的人就贏了，不過我們這次做得太過火。下次若不小心一點，很可能造成反效果。

正當我這麼想時，紅丸強忍著疲憊開口抱怨：

「利姆路大人，在那種狀況下挑釁對方太危險啦！」

被他先聲奪人了。

「你沒資格說我！他們好不容易決定要撤了，你又挑釁傑西爾，我聽得都快嚇死啦！」

「不，我只是按照您的話說下去而已。既然主君不退讓，我怎麼能表現得膽小怕事？而且若讓他們那樣離開，顯得我好像輸了一樣。」

見紅丸臉上浮現燦爛的笑容，我心想這才是他的真心話吧。

希爾維婭小姐則帶著傻眼的表情，冷冷地望著我們，但我和紅丸都一臉不以為意，假裝沒這回事。

●

威格從蘭加身邊逃跑，但他並不認為自己輸了。

不懂得反省是威格的缺點，不過這股積極的態度也值得學習。

他來到九魔羅和奧露莉亞的戰場。

隱藏氣息，靜觀其變。

她們一下子就分出勝負。

九魔羅用尾巴使出連擊，令奧露莉亞受了致命傷。對威格來說幸運的是，奧露莉亞剛好噴飛到他躲藏的地方附近。

（還真走運。連老天都叫本大爺吃了這傢伙！）

威格自私地如此心想。他心中幾乎沒有夥伴意識，當然不會產生想幫助別人之類的體貼想法。對於沒有利用價值的人更是如此。

他舔了舔嘴唇，悄悄接近奧露莉亞。

「嗨，妳看起來真慘。」

「是、是威格嗎？得救了，她比我想的還要強——」

「好像是呢。不過放心吧，接下來就由本大爺來替妳報仇。」

原來威格也有溫柔的一面，奧露莉亞心想——然而隨後傳來的劇痛，讓她猛然意識到自己搞錯了。

他那輕柔觸碰奧露莉亞的手開始灼燒她的肌膚，接著逐漸侵蝕她的身體，準備將她吞噬。

「呀，你、你要做什麼——」

「把妳整個人連同『靈魂』一起吞噬。妳的權能也讓給本大爺吧，這樣我們就能輕鬆收拾掉那些小嘍囉了。」

「米迦勒大人才不會允許你做這種事——」

「少囉嗦！這世界本來就是弱肉強食。米迦勒那傢伙肯定也很開心看到我變得更強！」

威格嚷嚷完，猥瑣地笑了起來。他對痛苦掙扎的奧露莉亞毫不留情，逕自加快侵蝕速度。

不久後侵蝕擴散至頸部，威格「啪嘰」一聲咬死了奧露莉亞。

「竟然做出這種令人髮指的事……太齷齪了。」

「這句話對本大爺來說是稱讚呢。」

吞噬奧露莉亞、吞噬同伴這種行為，看在外人眼裡泯滅人性、殘暴至極，但對於威格而言，這不過是維持生命的自然行為。他順從本能，運用究極技能「邪龍之王阿茲達哈卡」。

最後奧露莉亞被「有機支配」完全分解，化作威格的血肉。

「真不錯、真不錯！這股力量讓本大爺深切感受到自己變強了！」

威格志得意滿，開始測試從奧露莉亞那裡接收到的權能。

他將吸收進來的神話級武器——青龍槍透過「金屬操作」改造成包覆全身的血紅色異質盔甲。此外他的雙手雙腳、手肘和膝蓋都冒出野獸獠牙或爪子般的武裝。

這一瞬間，威格的魔人型態又進化得更加詭異不祥。

目睹這一切的九魔羅從一開始就全力提防威格。之所以沒給奧露莉亞致命一擊就將她扔出去，也是因為感受到一股黏膩的視線而失手的關係。

威格那股不祥之氣就像這樣，藏也藏不住。

到頭來奧露莉亞雖然死了，卻讓威格變得更強。他剛來到這裡時似乎受了傷，會變成這樣完全是九魔羅的失誤。

（奴家搞砸了。質比量更重要。這下子不小心讓敵人得以強化，真是沒臉面對利姆路大人。）

九魔羅心裡冒著冷汗，思考該如何挽回局面。

她之前接連敗給卡利翁和芙蕾，因此對於自己的力量不會過度自信。倘若能在這裡解決威格再好不過，但她很清楚自己應付不了對方。

遇見強敵時，必須能看穿對方的實力。一旦看走眼，等在前頭的就只有敗北——也就是死亡。

九魔羅打從心底明白這是萬萬不可的事。利姆路將她從不會死的迷宮帶到外頭來，她無論如何都要小心不能被殺。

因此，儘管對威格強化一事感到自責，但她沒有因為對這件事耿耿於懷而犯下更嚴重的錯誤。

勝負就在這一念之間。

如果九魔羅急著向威格發動攻擊，肯定會反遭吞噬。不過九魔羅選擇靜觀其變，讓第三者有了介入的空間。

「上頭下令撤退。威格，戰鬥到此為止。」

有人突然出現，制止了已進入戰鬥狀態的威格。

那人正是始終都在旁觀的古城舞衣。

菲德維下令將所有人帶回來，因此她用「瞬間移動」前往奧露莉亞的座標位置。來到這裡卻未見到奧露莉亞，反倒碰巧阻止了威格失控。

威格順從地照做。他剛獲得強大的力量，本能上知道自己就算得到更多食物也吸收不了。

九魔羅的危機就此解除，此地的戰事也終於平息。

舞衣領著威格來找阿里歐斯時，他正性命垂危。他的心臟遭到蒼影破壞，已經確定戰敗。

不過，成為「妖天」的阿里歐斯等人即便少了心臟也不會死。因為他們的心臟輸送的不是血液，而是被稱作魔力或神靈力的力量之源。

只要夠熟練，就能隨意操控這股力量。

但沒有心臟就無法發揮強大力量，因此對阿里歐斯而言情況仍十分危急。

阿里歐斯由於尚未擺脫身為人類時的習慣，能力弱化到致命的地步。

這樣下去若被擊中要害，肯定難逃一死。

「什麼人？」

蒼影察覺到有人便連忙向後跳開，質問舞衣。

回答他的卻是威格。

「本大爺叫威格。這次大發慈悲向你這種微不足道的嘍囉自報姓名，要心存感激，記清楚了。」

蒼影聽見後，臉上的表情差點消失。

其實他知道自己很容易火大。

這樣不利於密探工作，所以他學會將頭腦和情緒分開，化憤怒為能量。

平常生氣時都會露出冷笑，冷靜玩弄敵人，但這次似乎很難做到。他只看了一眼，就知道威格如今強得近乎異常。

（這傢伙……是「三巨頭（Cerberus）」中代表「力量」的威格。與之前調查的結果天差地遠，這麼短的時間內發生了什麼事？）

這世界有時會發生一些狀況讓人突然變強，強到和之前判若兩人。

蒼影等人的主子利姆路也經歷了魔王化、「龍種」化等超強化過程。因此蒼影能夠理解這種事。

但還是沒辦法輕易接受。他認為有必要趁此機會釐清威格身上發生了什麼事。

可惜錯失了這個機會。

舞衣不讓威格繼續廢話，迅速撤離現場。

「……那個女人無聲無息地出現，又毫無徵兆地消失，說不定比威格更難應付。」

蒼影不由得喃喃自語。

甘恩點頭表示同意。

「那應該是『瞬間移動』。無論用魔法或用技能，穿越空間之前一定會有前置階段。就連幾位始祖都沒辦法無視這條規則，不留痕跡地瞬間離開現場。理論上雖然可行，但還沒有任何人達成過，堪稱夢幻神技。」

他一面走到蒼影身邊，一面推論舞衣做了什麼。

儘管全身傷痕累累，甘恩仍一副大大方方的樣子。以魔界大惡魔的身分感謝蒼影到場協助。

奧基西安也走過來和甘恩一樣向蒼影道謝。

「不必言謝。我只是遵照利姆路大人的指示行事而已。」

聽見兩人的謝詞，蒼影卻顯得一臉不滿。

因為讓敵人逃走這點對他而言是個極大的失誤。

「——而且我也沒能收拾掉那個叫阿里歐斯的男人。這下子我們的情報便流入敵人手中，下次的戰鬥會更加辛苦。儘管達到『活下來』這個戰術目標，但也不能太過沾沾自喜。」

蒼影一如往常冷淡回應，甘恩和奧基西安聽了面面相覷。對他們倆而言，能活下來就已謝天謝地。

不過蒼影其實也沒什麼餘裕，當然會小心提防下次戰鬥。

幸好他們同樣也獲取了敵人的情報。

蒼影反省過錯之餘也轉換心情，打算根據這些情報重新擬定今後的戰略。

戰鬥結束了。

在城外交戰的人也在菲德維下令撤退時收兵，離開現場。

於是我們前往未受損的會議室集合。

在場的有中途參戰的迪亞布羅、紅丸、蒼影，還有我。

雷昂麾下的幾位騎士團長。

以及金和惡魔們。

謎樣的救兵，艾爾梅西亞的母親希爾維婭小姐也在。

絕不能遺漏的是這次的重要證人，前魔王卡札利姆亦即卡嘉麗女士。我在危急之際成功將她隔離，因此她安然無恙，未受太大損傷。

然而保護卡嘉麗的蒂亞卻身受重傷，服用回復藥後仍未痊癒，現在在病房休息，由擅長回復的白騎士團團長梅德爾小姐隨侍在側照料她。

由究極權能造成的傷害只能靠傷者本人的意志力克服。希望蒂亞能痊癒。

雖然擔心蒂亞，但我能做的事很少。現在重要的是為未來做打算，所以我們才會像這樣齊聚一堂。

這次的目的在於每個人輪流報告，以便共享敵方情報，而後再重新擬定今後的戰略。

有個人一和我對到眼就來找麻煩。

「利姆路老弟──」

是金。

他肯定很氣我在戰場上無視他，打算過來傾吐怨言，所以我決定將耳邊風技能開到最滿，盡全力糊弄過去。

「你剛剛竟敢無視我啊。」

「討、討厭啦！什麼無視，完全聽不懂你在說什麼。」

「你不是和我對到眼了嗎！」

「我、我沒注意到耶。話說回來，大家都平安無事真是太好了！」

「喂，不准扯開話題。而且雷昂都被帶走了，這哪叫大家都平安無事啊！」

說得也是。

不過這件事其實也在計畫之內嘛。

「哎唷，雷昂的事就跟原本說好的一樣吧？」

「之前你說的那個方案嗎？那明明就只是把問題往後延，真的沒問題嗎？」

「大概吧……」

金狠狠瞪了我一眼。

關於雷昂，我事先想好了一個計策。

要對抗支配，最保險的作法就是像希爾大師提議的那樣，將雷昂「捕食」之後破壞他身上的「支配迴路」。

我之所以沒這麼做，是因為信任雷昂──不，是因為自己生理上感到排斥。

開玩笑的……也不盡然是玩笑，但另有其他真正的原因。

第一，不能讓米迦勒太快對我們產生戒心。

只要不對雷昂受支配一事採取行動，米迦勒那傢伙就會以為我們沒有手段與之抗衡。

第二則是想碰碰運氣。

「可是之前討論的時候，你不也贊成嗎？等到雷昂在敵人操控下向我們進攻時，再讓他恢復理智，這樣就能一口氣翻轉雙方的戰力差距。」

「是啊，前提是要確保雷昂的安全，但我承認這個計畫確實很合理。只要你能及時趕赴雷昂進攻的戰場，情勢就會對我們有利。」

這正是我的意圖。

誠如金所言，這樣只是把問題往後延，而且也不確定我屆時能不能及時抵達戰場，但若成功的話，就能輕鬆瓦解敵方的部分陣勢。

任憑他們有多少大軍，只要雷昂級別的戰力倒戈至我方陣營，這場大戰注定由我們獲勝。當希爾大師這樣向我提議時，自己就已下定決心。

不管怎麼說，開弓沒有回頭箭。

既然雷昂已被帶走，就只能相信計畫會成功，並進一步採取行動。

「請問雷昂大人會沒事嗎？」

聽見阿爾羅斯這麼問，我深深點了點頭。

「我有方法解救他，不用擔心。」

萬一他突然被處決可就糟了，但我相信米迦勒不會做這種莫名其妙的事，所以也同意了希爾大師的計畫。

「對此我們無論如何都束手無策，只能相信利姆路陛下。趕緊討論接下來的方針吧。」

克羅多先生用這句話為我們轉換話題。

金看起來仍不太滿意，但還是成功達到轉移話題的目的——

「雷昂的事就算了。利姆路老弟，你剛才和我對到眼了吧？」

可惡，這傢伙……顯然對我懷恨在心。

「呃，你在說什麼呢……？」

「少裝蒜！我和維爾薩澤打得那麼辛苦，你卻連忙都不幫就直接逃跑！」

「不是逃跑，我是相信你啊！」

「什麼？你還是一樣會耍嘴皮子。說到底要是你早點來救援，我們也不用這麼累！」

等等，這件事錯不在我吧？

「喂喂，說這什麼話？你們又沒聯絡。多虧我一直保持警戒，才能盡快採取對策好嗎？」

「什麼？『傳送魔法陣』不就是為了這種時候而設的嗎！」

「可是發動不了啊！而且你不是說，這個戒指能讓我們在任何狀況下通話嗎？」

沒錯，我當上魔王拿到魔王戒指(Demon's Ring)的時候，確實聽說魔王之間只要有了這個，無論何種情況都能互相聯繫。

然而金和雷昂卻都沒聯絡我。

要是迪諾沒有通知，我可能會更晚才採取行動。真希望金能好好表揚我這一點。

「喔，這個啊。這些戒指是維爾薩澤做的，她應該能妨礙戒指間的通訊。抱歉，我也忘了。」

呃……聽見他大方認錯，反倒不知如何回應……

「呃……好吧。這次就算扯平。」

「也是呢。我們之間如果留下心結可就不好了，這件事就到此為止吧。」

就是這麼回事。

雖然仍有些難以釋懷之處，但老實說我也懶得再吵下去，這次就大人不記小人過吧。

話說回來——

「她們為什麼跪在那裡？」

我瞄了萊茵和米薩莉一眼。

來到這個房間時，她們倆不知為何就已奉命跪坐在地。

順帶一提，雷昂的城堡是石造的，地板也是由大理石鋪設而成。跪在榻榻米上就夠辛苦了，跪在這種地方更是堪稱苦行。

「喔，她們啊。想知道嗎？」

竟然問我想不想知道，真傷腦筋。

總覺得金的眼神很恐怖，若是可以真不想被牽扯進去。

「啊，我沒什麼興趣——」

「在我們拚命戰鬥時，那兩個傻子居然在飲酒作樂。這下我真的火大了，在想該怎麼處置她們。」

原來是這樣——不對，我明明說沒興趣，金根本只是想抱怨吧？

話說她們真的這麼做了嗎？

「這是真的嗎？」

我不是問金，而是悄悄問了萊茵她們。
米薩莉望著遠方沉默不語。萊茵則含淚向我辯解：
「不是的。這是個令人傷心的誤會啊，利姆路大人。」
聽到她這句話我就懂了。
這絕對不是誤會。
「別聽。聽了更不爽。」
「知道了。時間不多，趕快來交換情報吧。」
我樂意地接受金的建議。
其他人一直默默聽著我們的對話，未對此表達意見。只有迪亞布羅傻眼地搖了搖頭，但也沒有要插嘴的意思。
因此我們就不理會假哭的萊茵和已經看開的米薩莉，逕自進入正題。

＊

在座的眾人依序發表意見。
過程中雖然發生了意外的插曲，報告仍順利進行。
所謂意外的插曲，指的是甘恩和米索拉報告時的發言。
輪到甘恩和奧基西安時他們站了起來，甘恩取得大家同意後，便低頭向金提出請求。
「吾等本不該向至高無上的赤紅之王(Rouge)進言，小的知道這是不可饒恕的重罪，但是懇請您答應——」

金被那無比真誠的態度打動，允許他發言。

甘恩接著懇求道：「能否請您饒恕吾等的主子米薩莉大人？」

這點我也同意。

會議過程中她們倆還是一直跪坐在那裡。她們是惡魔所以應該不會有事，但我心想差不多也該放過人家了吧。

這時暴怒的不是金，反而是受罰的米薩莉本人。

「甘恩！你這個蠢貨。沒得到我的允許就——」

米薩莉雖被罰跪，仍用凶狠的語氣意圖訓斥甘恩。

金則出言阻止她：

「等等。甘恩終於敢開口跟我說話，可見他有所成長了呢。好啊，這次就看在他的功勞上原諒米薩莉吧。」

金說到做到，放過了米薩莉，命令她去為大家準備飲料。

到這裡還沒什麼問題，問題在於之後發生的事。

沒錯，惹事的正是繼續罰跪的萊茵。

接下來輪到米索拉起立發言，她和甘恩一樣請求金饒過自己的主子萊茵。

但金沒有答應。

當然不是因為米索拉有樣學樣的關係，金沒有那麼小心眼。

我很擅長察言觀色，看得出金的煩躁不悅。米索拉似乎也發現了，因此聽到金說不行就果斷罷休。

能適時收手，顯示出這人很有才幹。米索拉還真不像萊茵的部下，感覺是個相當不錯的人才。

然而——

還是有人不懂得看場合。

「搞什麼，米索拉！妳明明比甘恩優秀，怎麼這樣輕易放棄？再加把勁為我求情啊！米薩莉都恢復自由了，為什麼我還要繼續跪著？不能接受！」

萊茵開始大吵大鬧。

這讓我確定一點：她果然有著凡事任性的老么屬性。

米索拉試著說服萊茵：

「請您死心吧。若繼續犯錯恐怕——」

話說至此，萊茵終於冷靜下來。

她瞄了金一眼，這才明白自己的處境相當糟糕。

「妳啊，真該打從心底好好反省。知道自己錯在哪裡嗎？」

「哪裡？」

聽見金的問題，萊茵睜大眼睛歪起頭。動作雖然可愛，但如今我已經看穿她的本性，只感覺到她的狡詐而已。

金露出疲憊不堪的神情告訴萊茵：

「現在不是罵人的時候，但如果對妳做的壞事坐視不管，我以後可就麻煩了。那間冰屋地上的空酒瓶，都是市面上罕見的高級酒吧？妳怎麼買到的？應該不是用偷的，難不成又向部下勒索了？」

竟然做過這種事，完全就是個壞孩子嘛。

不過身為惡魔，還需要向人勒索？

他們感覺一點都不缺錢，何必從事這種小家子氣的犯罪……

正當我這麼想時，米索拉似乎看不下去便加入他們的對話。

「可否容小的稟告？」

「說。」

得到金的許可後，米索拉開始為萊茵說話：

「吾等的主子再怎麼說也不會卑鄙至此。」

「卑、卑鄙……」

萊茵想插嘴，卻被所有人無視。由此可見平日的表現真的很重要。

「她還是懂得做人最基本的道理，請您相信這一點。」

「嗯。」

「說到底，萊茵大人需要的並不是錢。」

「哦？那她是怎麼——」

金對萊茵的話語充耳不聞，卻認真聽米索拉解釋。我看著這幕，心想原來金也有正經的一面。

這時發生了件令人匪夷所思的事。

「行了行了，就此打住吧。我們還在商討今後的對策，正討論到一半，相較之下萊茵的懲罰根本無足輕重。」

迪亞布羅出面袒護萊茵。

這舉動實在太不自然，不只我，連金也死盯著迪亞布羅。

「迪亞布羅果然值得信賴呢！」

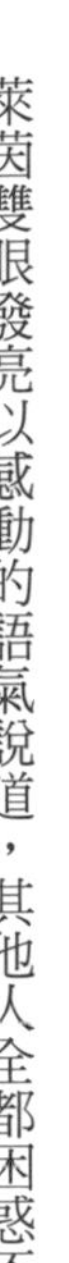

萊茵雙眼發亮以感動的語氣說道，其他人全都困惑不已。

絕對有鬼。

我的直覺這麼告訴自己。

「真可疑耶。」

金似乎也有同感，這樣喃喃自語。

「迪亞布羅，有事瞞著我可不好喔？」

「咯呵、咯呵呵呵。利姆路大人，我沒有隱瞞任何事。只是同情這個人，稍微幫她一把而已。」

不不不，你才沒這麼好心——我差點就要說出口，連忙把話吞回去。

我沒說話，而是選擇一直盯著他看。這種時候用這招無敵有效。

迪亞布羅的眼神果然開始飄移。

明明是個惡魔，內心還真脆弱。不過跟我想的一樣，他很快就慌張失措並從實招來。

「不，那些高級酒其實是我送她的……」

「什麼？」

「太奇怪了吧？就算你們之間達成什麼協議，但你不久前明明就和萊茵互看不順眼，怎麼會送東西給她？」

說得沒錯。

不過我知道迪亞布羅為什麼願意輕易說實話。

既然有空酒瓶等物證，一下子就能查出來源。蒼影也在場，迪亞布羅應該知道裝傻也沒用。

這個暫且不提，重要的是他和犯人（萊茵）的關係。

金和迪亞布羅爭執起來，我無視他們，對蒼影使了個眼色。他心領神會，迅速取得物證。

蒼影將一個個空酒瓶擺在我面前，從魔黑米釀的甜酒，到類日本酒、黑清酒，度數愈來愈高，甚至還有尚在試作階段、少量生產的酒品。

這些酒根本還沒上市，即使花再多錢也買不到。再者又只能從我國取得，就算不是蒼影也能輕鬆猜出犯人是誰。

重點是……

「呃，你剛才說她們飲酒作樂，原來喝了這麼多啊？」

「是啊，現在知道我為什麼會生氣了吧？幫忙罵罵她們吧，利姆路。」

這樣當然會生氣呢。

「不會吧？大家都在工作，妳們卻在摸魚……？」

我從沒想到自己有一天也會同情金，但上司畢竟還是要為下屬善後。只懲罰她們跪坐在地，以金來說已經算寬宏大量了。

萊茵卻開始找藉口：

「不是的，這些是高明的心理戰必備的道具，我們絕不是想私自享樂！」

「心理戰？」

「是的，我為了套皮可和卡拉夏的話，費盡苦心得到這些東西。您們大可稱讚我沒關係！」

這孩子真不得了。都這種狀況了，還堅稱是自己的功勞……

不愧是始祖惡魔，精神力果然不同凡響。

迪亞布羅也支持「只要不認輸就不算輸」這樣的論點，他們倆骨子裡還挺像的。

「對了，迪亞布羅，有一點我很好奇，這些要用點數才能購買吧？你不像是會把這些東西無償送給萊茵的人，你們做了什麼交易？」

萊茵的主張是否正確就交給金判斷，我則負責調查迪亞布羅和這起事件有何關聯。

「關、關於這點……」

他似乎認定不能對我說謊，儘管含糊其辭，但我知道他撐不了多久。畢竟蒼影也在。

「快說。」

蒼影的一句話終於讓迪亞布羅死心了。

他坦承萊茵將畫轉讓給他，而作為報酬自己也將那些酒品私下流通給她。

「這樣啊，那個散布我畫像的不明畫家，原來是萊茵……」

「難怪……」

這樣當然查不出犯人是誰。

原以為迪亞布羅可能是共犯，幸好這個最糟的想像並未成真。如果只是提供酒品，畢竟走的是正規流程，沒什麼好責備的。

不過，可不能任由他收藏我的肖像畫，因此請蒼影代為處理。

「請放心。我已經命蒼華去搜索迪亞布羅的房間了。」

「這麼做會不會太過火？」

「不，他犯下侵害肖像權的重罪，理當接受這樣的懲處。我們已聲請到搜索票，這麼做不會有任何問題。」

動作好快！

只能說不愧是蒼影。

迪亞布羅因為大受打擊癱倒在地，我決定裝作沒看到。

＊

就在我和蒼影解開這謎團的同時，萊茵也向金解釋完來龍去脈。讓人恨得牙癢癢的是，她真的獲取到有用的情報，我們聽完都嚇了一跳。

例如敵方的大本營在哪裡、敵方集結了怎樣的戰力等等。雖然不知道可以信任到什麼程度，但她問出的情報確實派得上用場。

最後提到的情報尤為重要。

就連只是隨便聽聽的我，聽到這段話後都認真看向萊茵。

「──我就是用這種方式從她們那裡打探出情報！後來感覺到戰鬥已然平息，皮可也說：『啊，菲德維聯絡我們說要回去了。』所以我們的女子聚會──不，我們的偵訊就到這裡結束！」

萊茵不小心透露出心聲這點暫且不論，這確實是讓人無法忽視的一段話。

重點在於皮可等人的反應。

正因米迦勒發動了完全支配，雷昂才會倒戈至敵營。根據迪亞布羅的報告，札拉利歐也是戰鬥到一半突然被支配。

然而，他的支配對皮可和卡拉夏卻起不了作用。若非如此，就無法說明她們為何能享受女子聚會直到最後。

從種種跡象可以推導出一個結論。

米迦勒的支配之類的在隔離狀態下似乎無法生效。

這則情報相當可靠。

我猜測不管親眼確認也好，利用「魔力感知」也罷，他必須認知到對象，支配才會生效。因此，只要受支配者脫離米迦勒的支配圈，他就很可能無法確認支配是否還有效。

但只要定期用「思念網」等方式下命令，確認下屬是否確實執行任務，或許就不會有這樣的疑慮。

不過，若能在米迦勒不在場的戰場悄悄解放雷昂——就能在敵方發現前扭轉局勢。

我斜眼瞥向金，他也望著我。

「萊茵立了大功。」

聽我說完，金不甘心地點點頭。

「是啊。像她這樣的傻子在重要時刻總是派不上用場，卻會有些出人意料的表現。雖然不想承認，但這次也一樣。」

我也不想承認，然而世上就是有一些手腕高超的人。乍看像是在玩，還是能做出成果。

他們就是所謂的天才。至於能不能認同他們的做事方式，就要看在上位者的度量有多大了。

假如是搶奪他人的功勞當然有問題，但若非如此，的確該好好讚揚一番。

萊茵聽著我們的對話眼眶濕潤，似乎察覺到自己得救了。

甚至對我心存感激。

彷彿聽到她在心裡說——不愧是利姆路大人。

不，她真的說出口了。

「我就知道還是利姆路大人了解我。利姆路大人，往後若有什麼需要幫忙的地方，請儘管吩咐！」

她說話時雖一臉堅定，卻因為跪坐在地而顯得很沒說服力。這就是她美中不足的地方呢。

讓我重新認識到，萊茵其實是個令人感到遺憾的反差美女。

「就是因為妳老是這樣得意忘形，才會惹金生氣喔。妳該再多反省一下。」

我不禁對她提出真心的忠告。

不過呢，我們還是必須正視她立下的功勞。

萊茵的行為雖不值得讚賞，但她畢竟有拿出成果。那麼應該不需要繼續懲罰了。

「有道是『信賞必罰』，可以放過她了吧？」

「好吧，這次姑且饒過她。」

我和金相視點頭。

萊茵就此獲得赦免。

萊茵從跪坐狀態起身，接受米索拉等人的祝賀。

米薩莉端著紅茶回來見到萊茵，不由得傻眼地對她說：

「我承認妳是個只要想做就能把事情做好的人，但希望妳平常的態度能再好一點。」

萊茵聽見後洋洋得意。

「呵呵呵。怎麼樣，米索拉？連米薩莉都稱讚我呢。像我這樣能幹的女子，就算再怎麼隱藏還是才氣四溢。」

我聽著她們的對話心想。

——這女孩是個傻子。

金看來也有同感。

「『只要想做就能把事情做好』才不是稱讚好嗎？」

他語重心長地嘆氣道。

從初次見面直到最近，我都還認為她是個優秀的女僕，沒想到竟能讓金傻眼至此，真是個不得了的人呢……

萊茵和她的部下無視已然心死的我們，逕自在一旁喧鬧。

「萊茵大人真有一套！」

米索拉也真是的，幹嘛這樣吹捧她？

就是因為這樣才會得意忘形。

我有股似曾相識的感覺，隨後恍然大悟。

德蕾妮小姐對待菈米莉絲也是這樣。

不中用的孩子就是在這種溺愛下誕生出來的吧。

萊茵感覺已經沒救了，就算現在重新教育也很難矯正回來。我能做的只有好好教育菈米莉絲，以免她變成下一個萊茵。

＊

儘管中間不小心岔題，交換情報這件事倒是進行得挺順利。

我這就來總結一下現在已知的敵情。

優樹的前同伴威格如今獲得力量，變得無比強大。蘭加在米索拉等人陷入危機之際到場支援，勉強將其擊退。

然而，威格卻吞噬掉那個敗給九魔羅、自稱奧露莉亞的敵人，身上的傷迅速痊癒，戰鬥能力也隨之提升。

雖然不知道實際數值，若純論存在值應該比蘭加和九魔羅還強。

據說威格喜歡巴結強者，欺凌弱者，是典型的卑鄙小人。不過他有著優異的生存本能，所以才能倖存到現在，進而獲得強大力量。

我聽完只覺得真是個麻煩的敵人。

另外，叫做奧露莉亞什麼的則能運用自身的權能創造出神話級裝備。和維爾格琳不同，只能使武器具象化，即使她本人被威格吞噬，那些武器仍未消失。

這些是從雷昂麾下的騎士團長，芙蘭和奇索娜那裡聽說的，我也向九魔羅再次確認，應該不會錯。

換言之，可以認定威格繼承了「武器創造」的權能。這種人倘若放著不管只會愈變愈危險，最好盡快處理掉。

我自己在這點上和他很相似，因而對此深有體會。

而蒼影突襲打倒的則是自稱阿里歐斯的戰士。可惜的是，蒼影在給阿里歐斯致命一擊前，對方就逃跑了。

這是蒼影少有的失誤，但聽完來龍去脈後覺得這也無可奈何。

畢竟敵方有個能使出「瞬間移動」的人。

關於這點，甘恩也提供了證詞，他說對方用的不是魔法而是技能。

無需預備動作就能穿梭空間，這樣的實力強度難以用數值估算，相當棘手。

若對方熟用這項權能，很可能讓我們因為疏忽而鑄下大錯，因此光是能在事前得知敵方有這樣一個人，已經算大有斬獲。

對方是名為古城舞衣的少女，看來我們今後必須將她的權能考慮進來，重新擬定戰略。

以上四人算是敵方中較弱的存在，但個個身懷絕技，令人頭疼。

至於與萊茵她們飲酒作樂的皮可和卡拉夏，儘管沒什麼幹勁仍聽命於米迦勒，敵方有不少像她們這樣的人，但這些人也因為米迦勒的「天使長支配」而完全變成我們的敵人，如何解除他們的支配將會是今後的關鍵。

雖然希爾大師應該會替我想辦法，但想解除支配仍需要一定的手續。此外或許也能靠本人的意志掙脫，因此必須謹慎審視每個敵人。

接下來是敵軍的主力。

維爾薩澤、札拉利歐和菲德維。

這些人只能用威脅來形容。

我實際和菲德維戰鬥過，親身體會到他有多強。對方似乎還沒拿出真本事，我認真覺得最好還是將他交給迪亞布羅對付。

因此菲德維的事容後再議。

「對了金先生，維爾薩澤小姐還好應付嗎？」

「你這傢伙，連忙都不肯幫還在那邊講風涼話……」

「不不不，你們對戰就像夫妻吵架，應該不容第三者介入吧？」

「開什麼玩笑！」

俗話說「夫妻吵架，連狗都不想管」嘛！

要是這麼說他真的會發飆，所以我只在心中吐槽。

我就這樣一邊和和氣氣地與他對話，一邊打探他的真心話，金這才不耐煩地回答：

「那傢伙根本就沒有失去神志。她似乎對我積怨已久，這麼做只是想向我洩憤。」

金付出了極大的努力，避免這個國家被毀掉。

「本來應該創造一個『異空間』，和維爾薩澤移到那裡打，可惜連我也控制不了她。若能取得她的同意那還可行，但我沒辦法逼她這麼做。」

原來如此，魔王盛宴（Walpurgis）時用的那種「結界」應該沒辦法困住維爾薩澤。雖然有更強大的術式，但金判斷連那些也拿她沒轍。

「這麼說來，金先生的工作還真辛苦呢。」

「喂，等等啊——」

「我們完全不是她的對手，這種時候只能請您大顯身手了！」

金還想說些什麼，我無視他並逕自把話題往下帶。本能告訴自己，若不這麼做很可能被牽扯進他們的糾葛之中。

多虧我這麼做，金雖然憤恨難平地瞪著我，總算接受這個事實。見到他的反應後鬆了口氣，轉而思考下一名敵人的事。

「那麼迪亞布羅，札拉利歐應付起來怎麼樣？」

「咯呵呵呵，說老實話，札拉利歐是個強敵。若只比較強度，他可能在菲德維之上。」

「真的嗎？」

「是的。菲德維容易受人挑釁，札拉利歐則是個冷靜的習武之人，心理戰對他不管用。和這種人對戰起來索然無味，另一方面正因如此，就只能以實力和他一決勝負。」

這點金也同意。

「是啊。札拉利歐和柯洛努不同，從以前就很強。與『滅界龍』伊瓦拉傑的戰爭中也貢獻良多。」

原來如此，換言之就是一個不容易出錯的穩重敵人。看來內心不易被擾亂的人，無論在哪個世界都是公認的強者。

眼見形勢不利就逃走的敵人，任憑實力再怎麼強都不構成威脅。相反地，若是面對任何逆境都不放棄的敵人，我方就必須防範到最後一刻，相形之下較難應付。

他們說就這層意義而言，柯洛努屬於前者，札拉利歐屬於後者。

此外柯洛努還有個優秀的副官，那人反倒更引起金的重視。

如今柯洛努的勢力全數陣亡，說這些也沒有意義。

總之，經他們這麼說明，我已完全明白札拉利歐的危險性。

這時迪亞布羅提起一件有趣的事。

「不過菲德維再次現身後，札拉利歐的動作就變得單調許多。我想這之中一定有什麼問題。」

迪亞布羅對此心生狐疑，決定加強警戒並靜觀其變。最後判斷這不是陷阱，而是札拉利歐產生了某種異變。

令人在意的是這項情報——事情發生在菲德維出動之後。

說到底，菲德維的目的究竟是什麼？

「他也沒介入卡嘉麗你們的戰鬥，對吧？」

「是的，我一見到菲德維就遭到米迦勒支配，但菲德維本人始終只在一旁觀戰。」

我和紅丸聞言對看一眼。

要是菲德維更早加入戰局，我們肯定來不及支援，卡嘉麗也會被殺。

搞不好連希爾維婭小姐都有危險。

然而菲德維卻未行動，這實在太不自然。若他什麼都不打算做，何必大費周章趕到卡嘉麗等人戰鬥的地方……

那麼，他究竟是為何而出動？

「肯定有什麼目的呢。」

「就是說啊。應該說——」

「嗯。那個推論可能是正確的。」

我領悟到這點的同時，金也如此確信似的點了點頭。

雖然不願面對，但怎麼想都只有這個可能性。

「照這樣看來菲德維也能行使『天使長支配』。」

開口的是迪亞布羅。

自己的猜測被人搶先說出，金面露不滿。

「什麼意思？」

希爾維婭小姐提問。卡嘉麗似乎也想到什麼而陷入沉思。想了一會兒後開口說道：

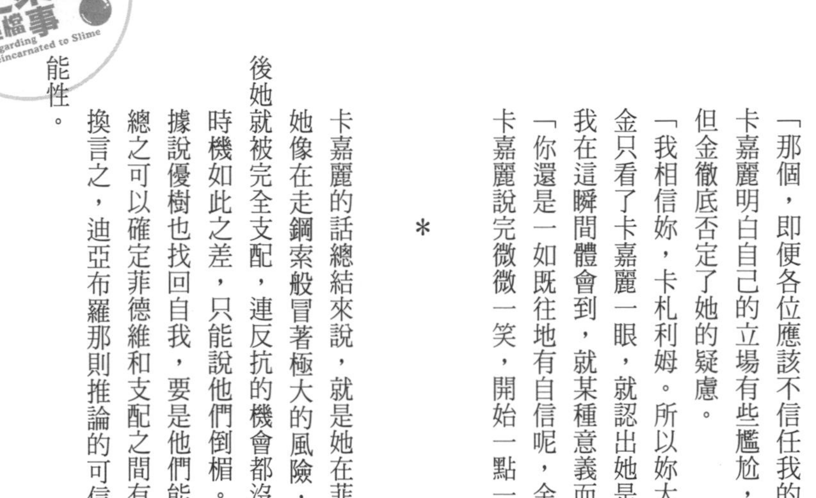

「那個，即便各位應該不信任我的意見……」

卡嘉麗明白自己的立場有些尷尬，事先說了這麼一句話。

但金徹底否定了她的疑慮。

「我相信妳，卡札利姆。所以妳大可不必客氣。」

金只看了卡嘉麗一眼，就認出她是前魔王卡札利姆。不過他對此毫不在意，準備聆聽她的觀點。

我在這瞬間體會到，就某種意義而言，金的度量還真是大得驚人。

「你還是一如既往地有自信呢，金。我已經不是魔王了。所以叫我卡嘉麗就好。」

卡嘉麗說完微微一笑，開始一點一點說明自己的想法。

＊

卡嘉麗的話總結來說，就是她在菲德維到來之前仍保有自由意志，和雷昂私下商量過後決定叛變。

她像在走鋼索般冒著極大的風險，只差一點就能衝入「傳送魔法陣」中，菲德維卻在這時出現。隨後她就被完全支配，連反抗的機會都沒有。

時機如此之差，只能說他們倒楣。

據說優樹也找回自我，要是他們能逃來我國就真的皆大歡喜。但這畢竟只是假設，說這些也沒用。

總之可以確定菲德維和支配之間有著緊密的關聯。

換言之，迪亞布羅那則推論的可信度因而提高，然而我不太樂意承認這點，所以試著提出不同的可能性。

「問題在於『天使長支配』的發動條件。米迦勒似乎能夠出借一部分的權能，說不定能透過其他人的視野，從遠方發動支配。」

像我就能透過監視魔法「神之眼」觀測遠方，並讓權能在該處發揮一定的效果。用這項能力就能從超遠距離發動奇襲，因此我將它當成隱藏手段，儘量不讓人知道。

不過，自己做得到的事，別人也有可能做到。

我是基於上述想法才說出這番話，金卻予以否定。

「嗯，這點不無可能，但僅限於空間系的能力。如果能對精神造成影響的權能，發動條件應該更嚴苛才對。」

也對，這我認同。

之前說過很多次，要發動「空間轉移」必須知道目的地的座標。若能得到相關資訊就能加以應用，對座標周圍造成影響。

再者，倘若知道位置座標，也就能輕易在該處發動魔法。這樣想想，說這是隱藏手段而沾沾自喜好像很沒意義呢。

重點是，米迦勒的「眼睛」未必只有菲德維一人，那麼卡嘉麗從米迦勒那裡獲得權能的當下仍是自由之身這點，就顯得很奇怪。

也就是說，米迦勒是因為得知歐貝拉叛變才會加強警戒。

若他能在加強警戒的同時發動「天使長支配」，就不需要仰賴菲德維了。然而事實卻不是如此，所以一定有某些原因，讓米迦勒不得不指派菲德維當他的「眼睛」。

那麼……果真如迪亞布羅所言，米迦勒將「天使長支配」借給了菲德維？

還是說——

《這只是推論，米迦勒已取得維爾格琳的因子，那麼就算能使用她的「並列存在」也不奇怪。》

原來還有這個可能性。

我只想過米迦勒或許能將一定程度的支配能力出借給他人，從未想過他能將自己的所有權能完全複製。不過希爾大師的意見不容忽視，而且現在回想起來，也覺得彷彿在和米迦勒交手。

這樣就能解釋菲德維為何能行使「天使長支配」。他甚至還能動用「王宮城塞」，難怪我的攻擊對他完全不管用。

亦即他用劍接招只是幌子，其實沒有防禦的必要。還好當時沒使出真正的殺手鐧，我打從心底鬆了口氣。

「金說得沒錯，但假使菲德維能夠使用和米迦勒如出一轍的權能，這次的事情也說得通了吧？」

「哦？也就是說米迦勒將自己的權能分割給了菲德維？」

「不是。雖然不想承認，但他們倆或許能操縱相同的權能。」

「啊？你在說什——我懂了，他有那個啊！維爾格琳的『並列存在』！」

不愧是金，一下子就明白我想說什麼。

這個令人生厭的推論，讓我和金眉頭深鎖。

我們一方面希望這個推論是錯的，一方面又知道，這麼想更證明這個推論可能是真的。

「不過並非所有人同時被支配，這點是不幸中的大幸。」

從札拉利歐受支配，到雷昂和卡嘉麗受支配之間有段時間，因此可以知道支配並不是同時作用在每個人身上。

此外，支配能力的影響範圍也有限。不只有城內與城外之別，像是身在冰屋、與外界隔絕的皮可和卡拉夏受支配的時間比較晚，這就是證據。

暫且不論製造冰屋的對錯，這則情報本身是有價值的。這下可以確定，他們必須透過某種手段認知到對象才能發動支配。

「沒錯。萊茵她們雖然在摸魚，但仍立下大功，可以將功抵過。畢竟她們證實了『想發動支配必須直接認知到對象』這點啊。」

金和我有同樣的想法，以不滿的口氣說道。他不得不重新審視萊茵的功過，內心肯定五味雜陳呢。

不過這樣一來就能正確評斷敵情了。

「呃，我完全跟不上你們的對話……」

希爾維婭小姐怯怯地舉手發言，於是我簡單向她說明結論。

艾爾的腦袋好得不得了，希爾維婭小姐看來卻不是如此。不，或許不該拿艾爾當比較對象。畢竟雷昂麾下那些騎士團長也沒跟上我們的對話。

說起來，雷昂的部下也無法拿來相提並論。

這和腦袋好壞無關。

倘若不具備究極技能，本來就無法理解這段對話。

艾爾以天帝的身分建立了國家，由此可知她這方面的手腕肯定比希爾維婭小姐更好。

實際上，如果論身手雖是希爾維婭小姐較強，但論觀察力和應對能力還是艾爾較為高明。政治能力

更不用說，所以她們才能像這樣明確劃分工作。

於是我向希爾維婭小姐他們說明的同時，也自行整理狀況。

米迦勒將自己的權能複製給了菲德維。所以若不破除「王宮城塞」，就沒辦法打倒菲德維。

而且他能操控的恐怕不只「天使長支配」，還有其他支配系能力，因此究極擁有者以外的人根本拿他沒輒。這樣說來我方能和菲德維或米迦勒交手的人也極其有限。

「不過也不盡然是壞事呢。」

「怎麼說？」

「雖然我的攻擊對菲德維完全無效，但知道原因後心裡舒坦多了。而且聽維爾格琳說，那項權能的能量來源是人們對於權能擁有者的忠誠。魯德拉行使權能時，只要有帝國臣民當靠山就是無敵的，不過菲德維可沒有這個優勢。他的能量來源應該是妖魔族，這樣我的罪惡感也會少一點。」

老實說要我殺害無辜的帝國臣民，還真的辦不到。

不，若真的只剩下這個手段，也只能告訴自己必須為了多數人的幸福而犧牲少數人……即使已這樣下定決心，能否做到還是個問題。我之前只是在對米迦勒虛張聲勢，實際上應該做不出這種事。

另一方面妖魔族則是侵略者，已做好赴死的準備才會大舉入侵。因此全力抵抗才是對他們最大的敬意，我也比較不會良心不安。

我只是老實說出心聲，金卻一臉傻眼。

「哼！還在說這種天真的話。即便很有你的風格，但如果想太多，到時候死的還是你自己喔。」

金貼心地給予忠告，讓我意外發現他對自己人其實還挺寬容的。

＊

好了，目前我們已經討論過敵方幾名主要戰力，還差一個人。

「那個叫傑西爾的到底是什麼人？」

「您是說和我交手的傢伙吧？老實說我覺得自己已經變強很多了，但那傢伙更是強得嚇人。還好我們擅長的屬性相同，才能勉強活下來。」

我開啟話題後，紅丸立刻接話。

他個性桀驁不馴，沒想到會稱讚敵人傑西爾。不，這不叫稱讚，只是在客觀分析敵方戰力——

「紅丸竟會老實認輸，還真罕見呢。」

「不，我可沒輸。只是無法保證下次一定會贏而已。」

這樣講好像也怪怪的，但看到紅丸一如既往地有自信，我就放心了。

不過他和對方的存在值推估差了四倍以上，就算實力比對方強一些仍無法彌補這個差距。紅丸可是受了大量的特訓才達到現在的技量，一時之間不可能再突飛猛進……

《……》

反正只要心志沒輸，往後還是能東山再起。

我反倒該注意別讓紅丸太過魯莽躁進。

金似乎也很欣賞紅丸，開心地稱讚：「這小子精神可嘉！」接著像是想起什麼般喃喃自語：

「嗯？這麼說來，當初召喚我的那個混帳叫什麼？」

米薩莉和萊茵回答了他的問題：

「那個卑鄙小人自稱是超魔導帝國的國君，魔導大帝傑西爾。」

「他是那個笨——神祖創造出的純血人類(High Human)。就連那個神祖都覺得他的精神有問題，認定他是失敗作呢。」

就是那個在遠古時代召喚出金而被殺掉，被記載在許多魔導書和史書上的人物吧。

我在英格拉西亞閱讀的文獻中也有提到這個人，書上雖未記載他的名字，但他可是將最凶殘之惡魔解放到世上的蠢材，其愚蠢行徑人盡皆知。

那名惡魔就是始祖——也就是金或迪亞布羅等人，難怪艾爾和蓋札會如此提防他們。

事到如今在意這些也沒用。

畢竟就連那名最凶殘的惡魔(金)都已成為我們的同伴。

據說那個蠢材就叫傑西爾，我想這並非偶然。

當我暗自思索這些事時，卡嘉麗說出一個驚人的事實。

「怎麼會……傑西爾應該是我父親才對。」

她說菲德維收留了傑西爾那失去肉體、四處徘徊的「靈魂」，讓他依附在福特曼身上。從自己和傑西爾的對話中，也能斷定他就是自己的父親。

然而希爾維婭小姐卻在此時提出異議。

「不不，這說不通吧？他也承認自己是我同僚呢。那傢伙是神祖大人門下排行第一的徒弟，我則是第三名。順帶一提，第二名是魯米納斯。」

傑西爾是神祖創造出的純血人類之祖。而吸血鬼（Vampire）真祖不用說當然是魯米納斯。

風精人（High Elf）之祖大概是希爾維婭小姐吧？

此外神祖還有其他高徒，但現已杳無蹤跡。應該是像傑西爾一樣，消失在歷史的洪流中了。

順便補充一點，據說蓋札的祖父，矮人初代英雄王格蘭·德瓦崗宛如返祖般繼承了濃厚的地精人（High Dwarf）血統，和希爾維婭小姐互相熟識。

他們這些長壽的種族連和歷史人物也有交情，讓人好混亂呢。總之身為歷史見證者的希爾維婭小姐和金等人都這麼說了，不可能有錯。

「咦？怎麼可能……我父親是如假包換的風精人……」

如此說道的卡嘉麗面露不解，但也知道自己的說法未被眾人採信。她左思右想，試圖找出雙方說法為何有這般落差。

最後我們同時得到結論。

「我父親也被傑西爾——」

「奪走肉體了吧。」

「畢竟那傢伙是個卑鄙小人。萊茵和米薩莉可能沒徹底解決掉他，沒想到卻因此連累到妳了。」

卡嘉麗、金和我不約而同這麼說。

我們三人有了共識，這下終於可以確定傑西爾的真實身分。

「所以，我的父王……」

卡嘉麗低聲呢喃，無力地癱倒在椅子上。

我們見她這樣不知該說些什麼，只好悄悄走出房間。

*

當天夜裡。

我和金換了個地方小酌。

順帶一提，在此提供的是我收在「胃袋」裡的酒。因為金一直吵著要我拿出萊茵她們在女子聚會上享用的同款酒品。

雖然想回嗆他「開什麼玩笑」，但我畢竟是個不喜歡和強者起衝突的人。

在金面前堅持己見是件麻煩又累人的事，所以我很快就決定退讓，賣他個人情。

迪亞布羅、紅丸、蒼影，以及萊茵和米薩莉也出席了酒宴。

此外參加的還有希爾維婭小姐，我們在嚴肅的氣氛下展開深夜密談。

如今雷昂不在，我們該拿他的國家怎麼辦？

這就是密談的內容。

在白天的會議中，我們已大致掌握敵情，重新檢視今後的方針。

這個國家的城鎮受損並不嚴重，雷昂的城堡卻滿目瘡痍，甚至有人流離失所。問題在於沒有國家能收留這些難民。

騎士團長們希望留在此地重建城鎮與城堡，不過萬一被侵略種族(Aggressor)盯上可就糟了。這裡沒有足夠的戰力與之抗衡，屆時只能任其蹂躪。

如今雷昂不在，這裡被入侵的機率很低，但也不能什麼都不做。

「既然他們說要留下來，就這麼做吧。」

這是金的意見。

我反對，說這樣太危險了。

「可是可是，空有理想也沒用啊。我之後可以再問問艾爾，但薩里昂應該也沒地方收留他們。」

雷昂國家的總人口將近兩千萬。隨便想都知道，哪兒都無法籌措出能養活這麼多人的糧食。

就算真能撐上幾天也不能解決問題，畢竟又不知道戰爭會持續多久。

而且光被收留而不工作，黃金鄉埃爾德拉的人民心理上也會抗拒。長時間離開自己的工作崗位，任誰都會感到不安。

因此不用別人提醒，我也知道疏散到其他國家這個提議不切實際。

但要由誰留下來保護他們……

「話說金，你應該也不願繼續留在這裡吧？」

「我可以啊。」

「對嘛，我就知道你不行——呃，咦？」

「幹嘛？也沒別的法子啊。這片土地的重要性雖然不高，還是有可能被敵人不分青紅皂白盯上。」

騙人的吧，喂！

沒想到金會這麼爽快答應，害我不知作何反應。

「嚇我一跳……想不到冷酷絕頂、殘暴至極的赤紅之王，原來是這麼通情達理的惡魔……」

希爾維婭小姐驚嘆：「坊間的傳聞還真不可信呢。」

我也這麼想。

「你們是想跟我打架嗎？」

「怎麼會！明知道打不贏，哪敢惹你啊！」

「討厭啦，我可是很仰賴金先生你呢！」

「……」

金冷冷地瞪著我們。

我和希爾維婭小姐互使眼色，露出禮貌性的笑容糊弄過去。

令人擔憂的雷昂領地問題，最後決定由金留下來防守。

就在這時，卡嘉麗女士來找我們。

「啊，卡嘉麗小姐，心情平復些了嗎？」

「是的。畢竟是很久以前的事，久到都記不清細節了。如今再陷入感傷也只會感到空虛而已。」

卡嘉麗雖然這麼說，但顯然在逞強。

米薩莉貼心地為卡嘉麗準備一個位子。卡嘉麗道謝後入座。

「妳是不是有什麼想說的？」

金直截了當地問。

能做到這點正是金的強項。

卡嘉麗似乎也這麼覺得，苦笑著開口：

「我想告訴你們我所知道的一切。」

看著卡嘉麗那豁然開朗的表情，我不禁心想。

這將會是一段漫長的自白。

她在白天開會時已大致說過一些事，但總感覺接下來要說的內容牽涉到自身的隱私。

因此我還是要向她確認一下。

「讓我們知道這些好嗎？」

「是的。我很感謝利姆路先生，若不排斥，還請各位聽我說。」

既然她都這麼說了，我也沒理由拒絕。

我們安靜下來，聆聽卡嘉麗的話語。

…………

…………

……

她表明自己的身世。

簡述自己作為大國公主出生後漫長的一生。

對蜜莉姆的愧疚，對金的敬畏。

對雷昂的憎恨與昇華後的情感。

聽著卡嘉麗的故事，我差點就要對殺了克雷曼一事產生罪惡感。

因為她口中的克雷曼是個溫柔體貼的男人。

從卡嘉麗的語氣中能感受到同伴們有多愛他。

然而扛起魔王的重擔後，他的性格卻開始扭曲，最後被近藤中尉利用，從而害許多人陷入不幸，遭

到以金為首的眾魔王捨棄。

而正是我殺了這樣的克雷曼——

「關於克雷曼的事，我……」

「用不著道歉。策劃這一切的是我本人，會有這個局面不過是利姆路先生智高一籌罷了。這世界終究是弱肉強食，沒必要同情失敗者。」

這麼說也有道理。

畢竟克雷曼在我們眼中完全是個禍害，若不除掉他，我方鐵定會蒙受巨大損失。即使聽到他有另外一面，以我的立場也只能回說誰不是這樣。

然而，考慮到他被人操控這點，或許我心中較不理性的那一塊對他萌生了同情吧。

所以我決定說出原本一直不知道是否該說的事。

「其實啊，我想跟妳談談蒂亞的事——」

蒂亞也是中庸小丑幫的一員，對我們造成許多麻煩。危險性雖不及克雷曼和福特曼，終究是個棘手的敵人。

不過我們雙方現在訂有協議，暫時停戰。即使稱不上同伴，至少是盟友，幫助盟友理所當然。

因此我才會在蒂亞快被傑西爾殺害時出手相助，不料她卻為了保護卡嘉麗而身受重傷。現在仍在病房休養，希爾大師提議要幫助她。

《構成克雷曼「心核」的「資訊體」已受「隔離」。是否將這些蒐集起來，填補蒂亞缺損的部分？》

聽見希爾大師這麼問，我答應了。

仔細想想，克雷曼最後是整個人被我吞噬。原以為自己已將他全部吸收作為能量，沒想到他的殘渣還被「隔離」在我體內。

老實說我不想讓這種東西留在自己身體裡，而且對克雷曼來說，比起留在我體內，回到夥伴身邊應該會更開心。

或許希爾大師有能力讓克雷曼完全復活。只要讓「資訊體」的殘渣依附在「擬造魂」上，再給予他暫時性的肉身，成功率大概很高。

但我沒有詢問希爾大師這件事的可行性。

對我來說克雷曼已經死了。

所以希望他今後作為蒂亞的一部分，幫助蒂亞活下去。

這完全是我出於私心擅自做的決定，所以很猶豫要不要告訴卡嘉麗他們。不過自己現在認為應該說出來。

「原來是這樣……他救了蒂亞……謝謝。」

卡嘉麗喃喃說完，露出一個哀戚的笑容。

＊

原本還擔心這只是我的自我滿足，幸好卡嘉麗聽了也很開心。

要是事情能在這裡告一段落就好了——

「利姆路老弟，聽完你們的對話我只想說，你未免太為所欲為了吧？」

「是啊……竟然將死者的殘渣蒐集起來移植到他人身上，連神祖大人都沒這麼瘋狂（Mad）！」

忘記他們倆也在了。

真希望他們能無視這些話，偏偏他們就是緊咬不放。

「你們什麼時候感情變這麼好？」

「啊？我們才沒有感情好。但也不壞就是了。」

「對、對啊！我才覺得你能跟那個恐怖的代名詞，『暗黑皇帝（Lord of Darkness）』輕鬆聊天，更加讓人無法理解好嗎！」

就算妳這麼說，我也沒辦法解釋嘛。

大概是因為金的度量意外地大吧。

他不會為小事動怒，所以只要遵守應有的禮貌，其實還滿好相處的。

「利姆路，你果然怪怪的，比艾爾說的還怪。畢竟在我眼中這個金．克林姆茲可是秒殺我師兄傑西爾，後來還當上魔王的可怕惡魔呢。要是能像你一樣隨便和他打好關係，大家也不用這麼辛苦了。」

她連珠炮般說了一大串，根本沒有插話的餘地。

見我們這樣，金本人笑著開口了。

「竟敢當著我的面說這種話，我看妳臉皮也挺厚呢。」

啊，金看來也很欣賞希爾維婭小姐。

他好像更瞧得起那些不畏懼自己的人。考慮到今後的發展，若他們能建立良好關係當然是好兆頭。

本以為能就此岔開話題，事情卻沒有想像中這麼簡單。

「所以利姆路啊，你拿克雷曼的殘渣怎麼樣了？」

可惜金沒忘記這回事，我不得已只好向他說明。

「哎呀，一切都是機緣巧合喔。我從傑西爾手中救下她們時，碰巧──」

隨便說些理由搪塞過去。

這種伎倆我已經用得很純熟，想想總覺得有些悲哀，但自己絕不可能對他們說真話。我不想表明自己的權能，就算真的沒招了，也打算沉默到底。

「真可疑呢……你沒有隱瞞什麼吧？」

「再多唸他幾句。這傢伙啊，對重要資訊總是保密到家呢。」

「少、少囉嗦啦你們兩個！我自己也有很多不明白的地方，這次一樣無法理解為什麼事情會變成這樣啊！」

畢竟實際上做事的是希爾大師。

我什麼都不懂呢。

就算他們這麼吐槽，也不知該回什麼……

話說回來，金和希爾維婭小姐明明是第一次見面，卻莫名地有默契。我跟她雖然也是初次相見，但她長得神似艾爾，所以並不覺得才剛認識。

於是，我們就在意外和樂的氣氛下聊了開來。

希爾維婭小姐乘著這個勢頭提起一件事。

「對了，卡嘉麗小姐。我有點猶豫該不該問這個，可以請教關於妳夥伴的事嗎？」

她態度中沒有半點嬉鬧成分，而是一副下定決心的樣子。

「咦？」

卡嘉麗回了話，她看見希爾維婭小姐如此嚴肅也感到不解。

但隨後像是想起什麼似的開口：

「好啊，我大概知道妳想問什麼。此外不用叫我小姐，直呼我的名字就行了。」

「謝謝，那妳也叫我希爾維婭就好。那麼我們這就進入重點——」

「妳想問拉普拉斯的事吧？」

「嗯。難道妳當時也聽見了嗎？」

「對。妳喊他薩里昂的時候，拉普拉斯回應了妳。沒想到薩里昂……魔導王朝的國名是拉普拉斯的本名，我還真是找了個不得了的人當夥伴呢……」

兩人一直談下去。

我對她們說的事一知半解，只聽得出她們在討論拉普拉斯的真實身分。

——話說……

「咦？拉普拉斯以前是『勇者』？」

「沒錯。順便一說，他還是我老公、艾爾的爸爸。」

「……真的假的？」

「當然是真的喔。」

我詫異地望向卡嘉麗，只見她冷靜至極地對我點頭。

她似乎已整理好自己的心情。

而希爾維婭小姐也是。

雖然這都是些前塵往事，但原以為已死的丈夫被變成妖死族，她理應憎恨卡嘉麗才對，不過她絲毫未表現出憤怒。

「對不起，妳大可恨我。即使如此我還是很慶幸能遇見拉普拉斯。」

「聽到妳這麼說，我也很開心。這代表那個人果然連死後個性也沒變。看到他最後保護妳的樣子，我更加明白自己心愛的人已經不在了——」

從希爾維婭小姐的口氣聽來，如果拉普拉斯想逃應該逃得掉。然而他卻沒這麼做，或許這正意味著他以身為中庸小丑幫一員為傲吧。

不過如今真正的答案已不得而知……

「這也很難說。」

我本來不打算安慰她們，卻脫口說出這樣的話。

因為自己出於私心實在無法放棄希望。

希爾大師也說他們的生存機率並非零，所以我決定相信優樹和拉普拉斯依然活著。

說到底，儘管優樹給我添了很多麻煩，但我們同為日本人，他又是靜小姐的徒弟，親眼目睹他的死應該會受到打擊才對。

之所以未感到悲傷，是因為我懷疑他詐死。

不對，他確實在我面前消失得無影無蹤，但無法相信自己的眼睛。

畢竟被那傢伙騙了這麼多次。

所以他一定還活著。

只要抱持這樣的想法，就不必感到悲傷。

「說得也是，畢竟老大的生命力真的很強。」

「沒錯。薩里昂之前明明還活著，卻不肯告訴我一聲，真是個沒心沒肺的男人。不過是重生成妖死族、失去記憶，就棄我於不顧。沒必要為這種沒用的男人操心，讓我們轉換心情吧！」

看來我的話語並非全無意義。

原本還擔心這麼說會顯得太粗線條，但若能讓卡嘉麗和希爾維婭小姐的心情輕鬆一些，以我而言已經算做得不錯了。

深夜密談就這樣持續下去。

跨越今日的悲傷，為了能在明日戰勝而努力。

中場　正義軍團

菲德維返回「天星宮」時，米迦勒正巧也剛回來。

「你看起來好像被人修理了一頓呢。」

「是啊，發生了些意外狀況。寡人前去肅清叛變的歐貝拉，沒想到『王宮城塞』卻不管用。」

「什麼？我這邊的沒問題啊——」

「所以寡人這邊才會出錯。你我的權能本質上是同一個。如今把忠誠心的來源設定為妖魔族，這樣就代表沒人認識寡人。」

「不是還有我嗎？」

「呵呵，這就違反了權能的基本原理。你對寡人的忠誠理當無效。」

兩人像在閒話家常般報告各自的狀況。

聽到米迦勒無法使用「王宮城塞」，菲德維也很訝異。不過好在未受重大損失就得知這一點。

菲德維更在意的是叛徒歐貝拉的動向與下場。

「那歐貝拉怎麼樣了？」

「只可惜被她逃了。歐貝拉的部下對她忠心耿耿，協助她從寡人的攻擊中全身而退。」

米迦勒淡淡地說出「失去這支戰力真令人惋惜」這句話。趕盡殺絕的明明是他自己，本人卻一副事不關己的態度。

「歐貝拉麾下的軍團很優秀。失去他們確實可惜。」

回話的菲德維語氣也很平淡，一點也不像出自真心。

事實上，歐貝拉的部下只對歐貝拉宣誓效忠，和菲德維沒什麼關係，因此就算失去這支軍隊也不會對他們造成太大損失，對「王宮城塞」也毫無影響，所以他判斷這樣不成問題。

這般冷淡的態度就是導致菲德維人望較差的原因。但是他本人對此毫不介意，始終秉持著理性至上的原則。

他以前不是這樣的人，然而現在絲毫沒有當時的影子。

「接下來──」

米迦勒改變了話題。

他看向新加入的雷昂和傑西爾，確認己方人數果真在正式出擊前就已減少，深深點頭後開始發言：

「寡人的大軍需要一個指揮體系。菲德維，你身為最高司令官，該想想底下的人要怎麼配置，關於這點你有什麼想法？」

菲德維聞言，「嗯」地頷首。

「這個嘛，原本還在交涉中的最後一人也答應效力了，那就在正式入侵之前先把職位定下來吧。」

於是，塞拉努斯勢力以外的天界主要成員再度聚集在謁見廳。

*

首先由菲德維陳述此次作戰結果。

米迦勒點頭同意。他已聽過這些資訊，所以菲德維只是形式上告知迪諾。

「喔，奧露莉亞戰死了啊。」

迪諾隨口回一句。事實上她是被威格吞噬的，不過菲德維省略了細節。

迪諾和奧露莉亞不熟，但對方好歹是自己的同伴。他心想哀悼一下總可以吧，便稍稍閉上眼睛祈禱奧露莉亞安息。

只有皮可、卡拉夏和舞衣跟著一起這麼做，其他人全都一臉漠不關心。沒有人對這過於冷漠的夥伴關係感到奇怪，會議就此展開。

菲德維順勢繼續主持會議。

米迦勒無意打斷他，默不作聲地旁觀。

此次主題是職位的任命。

目的在於事先確立上下關係，以防正式入侵時出亂子。

唯有威格眼中燃著野心，其他人態度都很淡然。尤其是迪諾，看起來明顯毫無幹勁，蜷縮著身子生怕被指派工作。

菲德維在此氣氛下公布職位名單。

這支軍隊奉米迦勒為主君。

最高司令官兼最高負責人是菲德維自己。

維爾薩澤則擔任顧問。

菲德維認為若允許她自由出擊，就能牽制金的行動。

剩下的人之中，實力強到足以勝任指揮官的，就只有以札拉利歐為首的九個人。

不，還有一個人。

那個人雖然不在場，但他是菲德維的舊識，也是朋友。

加上那個人，一共有十名。

指揮官本來還須具備戰術方面的眼光，不過在以個別戰力為重的戰場上，實力就是一切。只要確立上下關係，之後隨便他們怎麼玩都無所謂——菲德維如此思考。

這樣的想法大錯特錯，但他至今用這個方法從未出錯過，所以毫不遲疑地以實力的強弱決定人員的排序。

與自己並列最強的是不在場的舊識。再來是札拉利歐和傑西爾。

菲德維將這三人任命為新的「三妖帥」。

「首先是取代『三妖帥』的新職位，改名為『三星帥』。希望這三人能作為維爾達納瓦大人的將帥，充分發揮實力。」

之所以改名，是因為其中兩人不是妖魔族。

星這個字想當然代表著「星王龍」。這個稱號的含意在於以將帥的身分，努力讓維爾達納瓦復活。

「柯洛努已死、歐貝拉叛變。他們的空缺由傑西爾和另一個人遞補。那個人很快就會參戰，屆時我再任命他的職位。」

菲德維宣布完畢，立刻有人表示不滿。

是威格。

「喂喂，明明有我在，卻任命一個來路不明的傢伙當天軍最高指揮官？這也太說不過去了吧！」

威格吞噬奧露莉亞後實力大增，再度得意忘形起來。他腦中似乎欠缺反省這個概念，可說是個一無可取的男人。

世上能馴服威格的大概只有優樹一人，菲德維才不管他有什麼意見。

「閉嘴，我的決定就是絕對。下次膽敢有意見就等著被處決，聽懂了嗎？」

菲德維腦中沒有要善用人才的想法。

他的思考方式極端冷酷，以有無用處作為判斷一切事物的標準，倘若沒用就果斷捨棄。

正因如此菲德維才沒有人望，但他不以為意。下次威格再反抗，他真的打算將威格處決。

擁有出色生存本能的威格嗅到這一點。

威格雖然因為變強而感覺自己無所不能，但菲德維的強大完全是不同次元。他明白自己還敵不過菲德維，只好乖乖退讓。

「嘖，抱歉啊。只是希望你能更看重我，才會忍不住插嘴……」

威格為自己找了個台階下，壓抑內心的不滿。

不過他聽完菲德維下一段話後，得意地勾起嘴角。

「不用氣餒。我很看好你，所以將賦予你『七凶天將』之首的地位。」

「七凶天將」是菲德維打算為七名天使系究極擁有者取的名字，可惜現在人數不足。菲德維不在乎枝微末節，為了湊數便將剩下的主要戰力統合為「七天」。

他原本想將卡嘉麗和歐貝拉任命為「七天」，讓威格加入「四星帥」之中。

舞衣和奧露莉亞則作為輔助人員，始終採游擊方式進攻。沒想到才一開戰就必須大幅修正計畫。

總之，「三星帥」由札拉利歐、傑西爾和另一人擔任。「七天」則以威格為首，加上雷昂、迪諾、皮可、卡拉夏、阿里歐斯與古城舞衣一共七人。

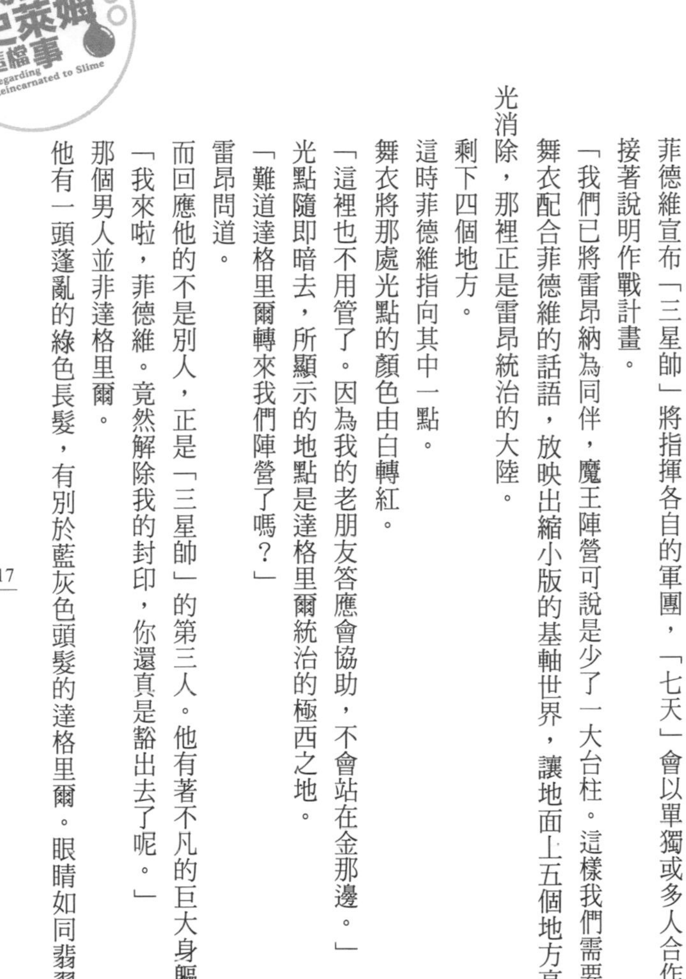

*

菲德維宣布「三星帥」將指揮各自的軍團，「七天」會以單獨或多人合作的方式刺探軍情。

接著說明作戰計畫。

「我們已將雷昂納為同伴，魔王陣營可說是少了一大台柱。這樣我們需要進攻的地點也少一個。」

舞衣配合菲德維的話語，放映出縮小版的基軸世界，讓地面上五個地方亮起光點，再將其中一處白光消除，那裡正是雷昂統治的大陸。

剩下四個地方。

這時菲德維指向其中一點。

舞衣將那處光點的顏色由白轉紅。

「這裡也不用管了。因為我的老朋友答應會協助，不會站在金那邊。」

光點隨即暗去，所顯示的地點是達格里爾統治的極西之地。

「難道達格里爾轉來我們陣營了嗎？」

雷昂問道。

而回應他的不是別人，正是「三星帥」的第三人。他有著不凡的巨大身軀，身材卻十分精瘦。

「我來啦，菲德維。竟然解除我的封印，你還真是豁出去了呢。」

那個男人並非達格里爾。

他有一頭蓬亂的綠色長髮，有別於藍灰色頭髮的達格里爾。眼睛如同翡翠般閃亮，這點也和藍眼的達格里爾不同。

不過兩人的神韻有些相似。

男人的「名字」是芬。

他是「大地之怒（Earthquake）」達格里爾的弟弟，亦是曾經在遠古時代肆意作亂而遭到維爾達納瓦封印的「狂拳」巨神。

看見芬之後率先反應過來的，是平時很優哉的迪諾。

「不會吧，你解開綑住芬的聖魔封鎖（Gleipnir）了！達格里爾之前那麼小心翼翼的守著，菲德維，你到底在想什麼！」

他罕見地出言質問菲德維。

由於內心處於震驚狀態，口氣也跟著粗魯起來。

「呵，不用擔心。芬是我的朋友，我們利害一致，而且——」

菲德維拚命述說芬的實力有多驚人。

芬毫不隱藏自己的魔素含量，化作壓倒眾人的霸氣傾洩而出。換算成存在值超過六千萬，足以媲美「龍種」。

不過除了迪諾以外，還有人對芬抱有不滿。

「嘖，竟然是自古就被封印的惡神啊。若是神祖大人或許還應付得來，老夫一點也不想與這種暴君交手！」

傑西爾憤恨地痛斥道。

他不認識這個男人，但從神祖那裡聽過對方的傳聞。

據說芬是極盡破壞之能事的惡神，最後被維爾達納瓦封印。
在傑西爾的認知中，他是僅次於「滅界龍」伊瓦拉傑的災厄化身。
神話人物如今就站在自己面前。傑西爾對這個事實厭惡到作嘔的地步。
但芬毫不在意。
他嘴角露出壞笑，伸手環上傑西爾的肩膀，在他耳邊低喃：
「喂喂，我們不是同伴嗎？今後好好相處吧。聽說我和你一樣被任命為『三星帥』喔，你和其他嘍囉不同，實力挺不錯的，夠格當我的手下。」
這說法完全瞧不起傑西爾。
傑西爾因屈辱感而全身發抖。
他認為自己理當作為帝王君臨天下，無法接受被人看扁。
但他無法對此表達意見。
因為環在肩上那隻手臂散發出令人絕望的強大壓力。
傑西爾額上冒出冷汗，將原本抬起的屁股坐回椅子上。
「哼！這次先饒過你。老夫並不打算就這麼算了，不過暫時不想把事情鬧大。」
傑西爾惡狠狠地說完，答應屈居於芬之下。
接下來就看剩下的札拉利歐反應如何，不過他本來就不想與芬相爭。不只因為現在受到「天使長支配」，更是因為身為習武之人的札拉利歐深知自己的實力。
能不能贏過對方還要實際戰鬥過才會知道。但若全力戰鬥，雙方都會蒙受巨大損傷，想必會影響到今後的大戰。

講白了就是白費工夫。

因此札拉利歐決定自己退讓，大事化小。

於是「三星帥」之首決定由芬擔任。

全員到齊後，眾人再度望向縮小版的基軸世界。

「菲德維，剛剛說已經搞定達格里爾是什麼意思？老夫明白芬先生已成為我們的同伴，但事情不會這樣就自動解決。」

聽見傑西爾的提問，芬賊笑著回答。

「喂喂，好傷心啊。這是在小看我的實力嗎？既然知道我是誰，應該也知道達格里爾雖是我哥，但我的實力在他之上吧？」

傑西爾回以辛辣的意見。

「無須在我們面前自吹自擂。如果真能搞定他，就拿出成果給我們看。」

傑西爾是個高傲的人。

儘管他認同芬的實力，但並不想捨棄帝王的尊嚴屈從於他。

芬很欣賞這樣的傑西爾，便賊賊地笑了起來。

「知道我是誰，還敢用這種態度對我。好啊，就滿足你的期待吧。」

芬愉快地笑了。

他自古就被維爾達納瓦封印，至今沒機會和任何人說上話。不過世上的情景仍不斷流入腦中，就像作夢似的。

因為他和哥哥達格里爾以及另一名兄長在「靈魂」深處緊密相連。

這讓他能夠大致掌握世界局勢，知道戰國時代正要拉開序幕，有個能讓自己大肆作亂的環境。

在芬被封印時來探視過他的，只有菲德維一人。

菲德維不過是受維爾達納瓦所託，稍微照顧芬罷了。但不知從何時起他們開始會閒聊幾句，後來甚至會和對方討論各自的問題。

菲德維由於身處頂點（Leader），找不到能安心商量事情的自己人。

芬也在長年的封印中，領悟到孤身一人是件寂寞的事。

就某方面來說，這兩個人會互相信任也是必然的。

如今芬得到活躍的舞台，以及實力出眾的夥伴。

他當然要全力以赴。

他的暴戾之氣並不比以前少，會這樣純粹是因為想珍惜夥伴。

對芬而言，能獲得夥伴無比開心。所以雖未表現出來，他其實打從心底感謝菲德維。

＊

芬表示將由自己應付達格里爾，迪諾對此仍無法接受。

「等一下、等一下！喂，菲德維，這樣真的好嗎？解放了芬，達格里爾不就沒理由看守『天通閣』了嗎？」

「天通閣」相當於通往「天星宮」的階梯。不具備大門「鑰匙」的人，就只能經由「天通閣」來到

「天星宮」。

那裡由達格里爾看守，為的就是不讓芬逃脫到世界上。

迪諾的意思是若由芬本人進攻，依結果而定可能引發更麻煩的狀況。

他雖受到「天使長支配」的控制，仍可以自由思考。要是受到更強的支配當然另當別論，所幸現在依舊能隨意發言。

題外話，雷昂也一樣。

他的行動即使受到限制，思考還是和往常一樣。因此和希爾維婭交手時才未使出大範圍攻擊，將傷害控制在最低限度。

此外他還對希爾維婭使了眼色，可惜對方沒發現。倒不是說希爾維婭不懂察言觀色，而是因為她當時也沒有餘力。

不過就算希爾維婭看出他在使眼色，大概也只能讀到「雷昂仍有自由意志」這樣程度的訊息，沒什麼意義……

總之，他們現在受「天使長支配」束縛的只有行動，思考大致是自由的。

而這正是菲德維想要的。

與會人員若無法彈性思考，作戰會議就沒辦法舉行，因此他很樂意見到迪諾發言。

「這是個好問題。那麼，你認為該如何消除這份不安呢？」

「呃，問我也……」

突然被反問，迪諾的氣勢一下子減弱不少。

他是出於驚訝而脫口發問，仔細想想自己又沒有受到任何損失。此時才回過神心想：我到底在不爽什麼？

「唉、唉唷……這麼難的問題，我也答不出來啊。」

迪諾打算坐回位子上，宣告自己的工作已經結束。

然而菲德維不讓他這麼做。

「我雖然信任芬，不過你的不安也有道理。這下最好的解法，就是除了芬之外再多派幾個人。」

迪諾心想，菲德維肯定一開始就想這麼說。但說出這話等於不信任芬，所以才借迪諾之口說出來。

而且這下子，發言的迪諾就不得不參與這個計畫……

他的猜想成真了。

「迪諾，你很擔心芬吧？那就由你親眼見證他有多強。」

「呃，不，我還是……」

「用不著客氣嘛。到時候可能沒你出場的份，不過既然想見識我有多強，我也不會攔你。」

現在否認也來不及了。迪諾只好死心，不情不願地答應。

「好、好吧，承蒙兩位的好意，我就帶皮可和卡拉夏一起參戰好了。」

「等等，迪諾！不要把我們扯進去啊！」

「拜託饒了我們吧，我才剛跟萊茵結束一場死鬥呢。這麼快又叫我們上戰場未免太殘忍了吧？」

迪諾的同伴對此抱怨不已，然而迪諾置若罔聞。他心想反正這兩個傢伙之前一定在摸魚，為了分散工作便強行拖她們下水。

菲德維對此也沒有意見，爽快地答應了。

他確實信任芬，但達格里爾也是個中好手，不容小覷。此外達格里爾還有另一個弟弟。

巨人三兄弟在遠古時代作亂的故事無人不知。菲德維知道這個故事背後的真實情況，因此決定採取萬全之策。

「雷昂，你也一起去。這樣進攻『天通閣』的除了芬以外，還有四名『七天』，人數應該足夠。」

參與下一場進攻計畫的成員就此確定。

＊

原以為會議到此結束，不料卻進入下一個主題。

「好，讓我們來決定下個進攻地點。」

「咦？不先決定進攻時機嗎？」

「嗯。我打算儘量運用進攻方的優勢，同時入侵不同地點。這麼說對芬不太好意思，但他那裡只是誘餌。」

「誘餌……那哪裡才是主力？」

迪諾對作戰計畫沒興趣，但事已至此乾脆繼續問下去。如果其他進攻任務較為辛苦，他心裡也會平衡一點。

再者，若能順利與利姆路會合也能提供有用的情報，賣他人情。

儘管這不像迪諾會做的事，他仍擔起向菲德維提問的責任。

「首先請回想我們的目的。」

菲德維回答。

目的是什麼？迪諾想了想。

是讓維爾達納瓦復活這樣的荒謬妄想。倘若維爾達納瓦真能復活，迪諾當然也很開心——

（維爾達納瓦大人應該有自己的考量吧？比方說覺得菲德維很煩、受夠他了，或者想在人類成熟之前作壁上觀。）

維爾達納瓦是造物主，也是超越一切的存在，迪諾認為擅自忖度祂的想法才真的是不知天高地厚。

（最麻煩的就是他們這種神的代言人。有些話明明有解釋空間，他們卻堂而皇之說著自己的意見，曲解人家的意思。難怪魯米納斯會那麼辛苦，所以她才決定不再讓人類就任法皇……）

就算聽到同一句話，不同人也會產生不同的認知。人類通常只相信自己想相信的事物，即使自己是錯的也不太願意承認。

有個實際的例子，那就是魯米納斯一次也沒說過自己是「唯一的神」，但不知為何信徒間卻開始傳說「只有魯米納斯才是神」。這個說法對魯米納斯來說也有利，所以並未否認，不過當人類的解釋介入後，所謂的真實就會發生變化，若處理不當可能造成大麻煩。

迪諾長年觀察人界，切身學到這一點。然而他的同僚卻犯了同樣的錯，他真想勸對方醒醒。

「維爾達納瓦大人復活所需的要素，就只差維爾德拉的因子。不過面前還有個絕不能忘記的阻礙，對吧？」

有嗎——迪諾事不關己地想著。

沒想到菲德維卻直盯著他。

（喂喂喂，怎麼是問我啊！幹嘛不問其他人！）

迪諾邊想邊環視全場，每個人都嚴肅而面無表情。

札拉利歐對於被支配一事懷恨在心，完全不想理菲德維。

雷昂初來乍到，跟不上話題，而且他似乎也沒興趣。

芬和傑西爾也一樣。由於初次聽說此事，當然不可能知道答案。

皮可和卡拉夏也一臉與我何干的表情。她們拿迪諾當擋箭牌，心存僥倖地低著頭。

其他「七天」對菲德維而言不是同伴，而是便利的棋子，菲德維自然不會尋求他們的意見，因此能與他對話的只剩迪諾一人。

（不會吧！只因為卡嘉麗和優樹不在，我就成了負責動腦的了嗎？）

給我等一下啊，迪諾心想。

這本來是札拉利歐的工作。迪諾這才驚覺自己在不知不覺間成了倒楣鬼。

不過他根本沒辦法做些什麼。

要是菲德維對他抱有錯誤的期待可就不好了，因此決定含混帶過。

「這還用問？」

迪諾笑了一下，故作神祕地回答。

光是這樣，菲德維就滿意地點頭。

（果然啊。這傢伙仗著自己聰明，就不聽別人的意見。只要隨便捧捧他，就會自己說下去！）

迪諾得意之餘，也對菲德維點了點頭。

「沒錯。就跟迪諾說的一樣，我們必須先解決正幸這個異常分子。萬一魯德拉以正幸為媒介復活，可能會影響到米迦勒大人。」

我可是什麼都沒說呢——迪諾心裡雖這麼想，但努力不表現在臉上。接著又深深點頭。

他覺得這個理論怪怪的，不過並沒有好心到願意提醒菲德維這一點，心想就隨他高興吧。

其他人似乎也一樣，沒人對此表達意見。

菲德維繼續說明：

「維爾德拉躲在令人頭大的迷宮深處，所以我們下一個該鎖定的目標是正幸。只要一步步削弱敵方戰力，他就不得不自己從巢穴中出來。」

菲德維發下豪語：「要是不出來，我們就將其他戰力統統清光。」

我和正幸也挺熟的呢——迪諾心不在焉地想。他想設法讓正幸知道自己被人盯上，可惜米迦勒加強了支配，沒辦法告知對方。

連和利姆路用「思念網」聯繫也會被認定為明確的背叛，沒辦法使用。剩下就只能期待雙方在戰場上不期而遇，但他知道這不可能，便放棄了。

能做的只有祈禱正幸能平安逃脫。

「所以你知道正幸在哪嗎？」

「問得好，迪諾。這就要請教維爾薩澤了。」

「好唷。根據維爾格琳的氣息，我大概知道他在哪裡。帝國內部好幾處，還有英格拉西亞王國一處都有那孩子的反應。雖然她將霸氣完全隱藏，還是瞞不過我的『眼睛』。」

「白冰龍」維爾薩澤的識別能力與蜜莉姆的「龍眼(Milim Eye)」相同，甚至在她之上。其他對象或許難說，但要搜尋弟妹的氣息毫不費力。

看來維爾格琳運用「並列存在」加強帝國的防衛，此外還同時擔任了正幸的護衛。

聽見維爾薩澤這麼說，舞衣操作著地圖上的光點。

繼達格里爾統治的極西之地後，魯米納斯控制下的中央偏西地區也從白光變為紅光。

菲德維指向那個紅色光點。

「換言之，正幸就在英格拉西亞。威格，我想派你進攻這裡，你覺得怎麼樣？」

他口頭上問威格怎麼樣，實際上是在命令對方。只是想激起威格的興致才會這麼說。

威格頭腦簡單，沒有察覺到這點。

他得意一笑，開心地點頭。

「交給我吧。那裡是我老家，有很多不為人知的祕密通道。我可以悄悄入侵，收拾掉那個叫正幸的小鬼。」

菲德維點頭「嗯」了聲。

他本來想讓威格佯攻大鬧一場，再讓阿里歐斯乘隙殺死正幸，不過威格說的這個方法也不錯。

不管怎樣，他都準備親自前往英格拉西亞的王都。所以決定任由威格窺探敵方的動向。

不過整個計畫當然不止於此。

「札拉利歐，你率領全軍支援我們。注意魯米納斯的動向，一旦她採取行動就阻止。」

「如果她沒行動呢？」

「那就繼續待命。接到我的命令之後，立刻全面進攻英格拉西亞王都。」

「知道了。」

菲德維的命令就是絕對。

札拉利歐收起心中的不滿，順從地點頭。

如此一來，只剩傑西爾沒接到任何任務。他知道菲德維不可能讓「三星帥」這樣的戰力閒著，便靜候對方的命令。

「此外還是小心為上。傑西爾，你負責游擊。我把部下借給你，儘可能協助芬。」

「喂喂，有必要做到這樣嗎？我個人認為不必呢。」

「別這麼說，芬，這只是以防萬一。一旦你掌控了達格里爾，他的軍隊就為你所用對吧？」

「對啊。」

「不過在他被擊潰之前，巨人軍團還是有可能造成妨礙。」

「所以老夫的任務就是阻止那支軍團？」

「沒錯。」

雖然芬誇下海口說無需支援，但此時菲德維的判斷才是正確的。而對傑西爾來說，無論事情如何發展都沒有損失。

假如芬大顯身手，他只要旁觀就行；若芬陷入危機，他也能說句「早就跟你說了吧」賣對方人情。

而且不必手忙腳亂即可獲得活躍的舞台，因此不用急於立功。

「哼！可惜帶的不是老夫自己訓練出來的將士，這也無可奈何。確定芬勝利後，吾等就從西方往中央進攻，沒問題吧？」

「沒問題，隨便你們。」

聽見這句話後，傑西爾明白話題結束，便安靜下來。

傑西爾野心勃勃，不喜歡對人言聽計從，但菲德維對他有恩。考慮到雙方的戰力差異，現在還是聽他的比較好。

順帶一提，維爾薩澤直屬於米迦勒，菲德維無權命令她。而且在此情況下與其讓自由奔放的她乖乖聽命，不如任她隨心所欲。

每個人的任務就此確定。

＊

方針確立之後，米迦勒開口了。

「寡人也有一點要告知各位。敵人若一直躲在魔王利姆路支配地的迷宮，將會難纏至極。因此還是該像菲德維說的那樣，將對方引誘出來。寡人決定將以舊猶拉瑟尼亞為中心的魔王蜜莉姆勢力範圍讓給塞拉努斯。無論英格拉西亞的王都也好，蜜莉姆的領土也罷，倘若這些地方發生戰亂，魔王利姆路絕不會坐視不管。務必將他派來的援軍一一消滅。如此吾等便能取得勝利。」

米迦勒的話語中充滿信心。

事實上，進攻方最大的優勢就是能將敵方的戰力各個擊破。不斷重複這個模式自然能戰勝。

再者，只要殲滅首都「利姆路」以外的據點，就能形成包圍網。菈米莉絲的迷宮雖然謎團重重，出入口很可能不只一個，不過這麼做即可切斷物流。

敵方或許仍有方法將戰備物資之類的運送進去，只要讓迷宮與世隔絕，還是能削弱迷宮的影響力。

不過，米迦勒等人的最終目標是取得維爾德拉的因子，總不可能永無止境地等待。

米迦勒決定暫不考慮這點，待事情發展到那個地步再來慢慢思考對策。

這就是大致的作戰計畫，但迪諾無法認同。

「等等，蜜莉姆是維爾達納瓦大人的掌上明珠，你難道不知道嗎？」

迪諾將滿腔的憤怒化作言語，發洩出來。

但米迦勒仍一副無所謂的模樣。

「——有什麼問題嗎？」

他不改冷淡的表情，反問迪諾。

「有什麼問題？不是啊，這樣可能會惹怒維爾達納瓦大人……」

迪諾認為自己的疑問再正常不過。

傷害蜜莉姆無疑是對維爾達納瓦的背叛。他不明白米迦勒在想什麼。

然而米迦勒的態度極其平靜，彷彿真的不覺得這有什麼問題。而菲德維也一樣。

「迪諾，我是這樣想的。魔王蜜莉姆雖是維爾達納瓦大人的女兒，但同樣是被祂創造出來的，在這點上她和我們沒什麼不同。」

這就是米迦勒和菲德維的真實想法。他們始終只對維爾達納瓦懷抱敬意和忠誠，對祂的女兒沒有一絲感情。

傑西爾似乎也這麼想，用鼻子哼了一聲，眼神輕蔑地瞪著迪諾。

他以前曾被蜜莉姆在盛怒之下消滅，因此聽到入侵舊猶拉瑟尼亞的計畫很是愉快。迪諾卻意圖從中作梗，當然會惹他不快。

（喂喂，難怪歐貝拉會叛變！這些傢伙真的瘋了啊……）

迪諾回望著菲德維心想。

這樣下去，自己也會被蓋上反叛者的烙印。

菲德維見迪諾默不作聲，便繼續說下去。

「放心吧，迪諾。如果我的行為是錯的，那位大人理當復活來糾正我。心愛的女兒遭遇危機，祂必定會為了拯救愛女而現身。所以我的行為無論如何都是對的。」

對方說得如此篤定，迪諾也沒什麼好說的。

過往的好友已經死了。要是早點意識到這點，或許還有機會逃走——迪諾如今才感到後悔。

於是天魔大戰的計畫就此確立，決定執行。

而就在這天——

發生了一場大災禍，使世界陷入一片混亂，局勢劇烈動盪。

第二章

大戰的開端

Regarding Reincarnated to Slime

在那晚的密談中，決定讓卡嘉麗和蒂亞暫居我國。蒂亞的意識尚未恢復，要照顧她的話待在迷宮內比較安全。這樣既可獲取詳細情報，也能探查是否有人暗中使壞。

這樣卡嘉麗勢必得跟著一起來。我沒有絲毫不滿，便收留了她們兩人。

希爾維婭小姐則返回薩里昂。

她雖然是有益的戰力，但對她本人來說，最重要的仍是女兒所在的薩里昂。總不能強迫對方配合我們行動，因此只和她約定好出狀況時互相幫助。

為防萬一，我也給了她「手機」。艾爾那裡也有，但我覺得給希爾維婭小姐一支較為保險。

連魔王戒指的通訊功能都不盡可靠，還是該多準備些聯絡手段。

等這場騷動結束後，也能用來娛樂。

交換了彼此的聯絡方式後，我便目送希爾維婭小姐離去。

如今的我坐在辦公室裡。

文件多到有種回歸正常生活的錯覺。

光是看到那些文件，對菲德維的憤怒就多了三成。

這段時間我可沒有在打混好嗎？然而需要自己批准的企畫，以及各種施政會議的議事錄，卻堆得像小山一樣。

議事錄之後有空再看。那些政策都已經執行，不必急著確認。

我瀏覽著待批准的新企畫，迅速判斷可不可行。

忙歸忙，但也沒辦法。

畢竟後天英格拉西亞王國即將舉行世界會議。

沒錯，世界會議。

這可是史上首次的偉業。

東方帝國的皇帝陛下參加西方定期舉行的西方諸國評議會（Council of West），可說是史無前例的大事。

我本該在布爾蒙王國與摩邁爾會合，再一起過去。然而某個笨蛋卻來攻打雷昂的國家，徹底打亂我的行程。

利用這段空檔來處理文件真是個錯誤的決定。

幸好我終於把文件看完了。

再來只要喝杯茶，放鬆身心休息就好。

我想讓心情平靜下來，在會議開始前整理好自己的想法。

「利姆路大人，請用茶。」

端紅茶來的不是朱菜，而是迪亞布羅。可能是因為紫苑不在，他很積極地處理秘書該做的大小事。

「謝啦，你也坐下來休息一下吧。」

我示意迪亞布羅坐在對面。

迪亞布羅感動地說著「真榮幸」之類的話，我無視他，逕自開啟話題。

「就你看來，菲德維是個怎樣的人？」

據我推斷，這個人意外地沒什麼人望。

不然迪諾也不會輕易背叛他。

總之我很需要敵人的情報。

事先掌握他的個性，就能作為重要時刻的判斷依據，例如推測怎樣的幌子才騙得過他。

我已經知道他生性謹慎，想問問還有什麼需要注意之處。

迪亞布羅想了想之後回答。

「那傢伙個性認真。該說固執己見，還是不知變通呢，總之對於自己認定的事絕不會改變想法，也不參考其他人的意見。所以同伴對他的評價也很兩極。」

換言之，對那些唯唯諾諾的人來說，只要達成他命令的事就好，相處起來很輕鬆；但對優秀有創意的人來說，卻是個會忽視下屬意見的獨裁上司。

意見不被採用其實也會讓人累積壓力。如果上司的作法有其道理，只要說明原由，下屬也能認同，倘若只是一口否決，當然會在下屬心中埋下怨恨的種子。

「還有別的嗎？」

聽我這麼問，迪亞布羅嘟囔著：「讓我想想……」並開始思索。

他先是說了句「這點我也不太確定」作為鋪墊，接著陳述了一件意外重要的事。

簡單來說，就是往來那些傢伙的據點與這個世界的方法。

那些傢伙——侵略種族，一部分是被維爾達納瓦從這世界放逐之人，另一部分則是原為其監視者的天使族軍團變異後的存在。

其據點當然在異界。

連結異界與此處基軸世界的，是名為「冥界門」的特殊力場，世界各地有好幾處。

那些地點由惡魔們負責守護，或者說管理。他們意外認真地以「冥界門」為中心擴張勢力範圍。

現存的「冥界門」只剩下一處，是在雷昂領土附近，由卡蕾拉守護。

戴絲特蘿莎和烏蒂瑪守護的地點則因大戰而消失。

「那種東西消失最好。因為只要帶著肉體前往異界，就會受汙染而變異。而且凡是從另一頭過來的傢伙，幾乎都是侵略種族。」

迪亞布羅以厭煩的口氣說道。

簡言之，迪亞布羅認為「門」會為世界帶來混亂，不如將「門」整個毀掉比較輕鬆。

戴絲特蘿莎和烏蒂瑪卻不同意這點。她們將那裡當作據點持續看守，不過迪亞布羅說自己去挖角她們時「門」已經壞了，所以她們才會乾脆地答應迪亞布羅的邀約。

我心想「他一定在鬼扯」，但沒有說出來。證據就在於卡蕾拉守護的「門」也是半毀狀態。

由於現存的門已無法讓具備強大力量的存在通行，卡蕾拉也就放著不管了。

我暗自猜想，那些「門」應該是迪亞布羅刻意破壞的。

言歸正傳，迪亞布羅在意的是菲德維他們如何來到這世界。

他推測可能是帝國某處出現了新的「門」。

「還是說他們復原了戴絲特蘿莎看守的『門』？」

「無法否認有這個可能，但『門』毀壞的時間和菲德維出現在帝國內部的時期對不上，所以肯定存在另一扇『門』。」

嗯，我同意他的看法。

「所以據你推測，侵略種族的據點就在帝國內部，是嗎？」

我向迪亞布羅確認了一下，沒想到他在意的卻是完全不同的事。

「不，不只如此。從卡嘉麗的話中可以知道，菲德維開啟了『天星宮』的大門。開啟那扇門應該需要『鑰匙』——」

「天星宮」——那裡又稱起始之地，是維爾達納瓦誕生的地方。卡嘉麗也曾說明過，菲德維的據點和所有世界接壤。

也就是說，迪亞布羅在意的是菲德維如何取得鑰匙——

「思考他如何取得鑰匙也沒意義。重點在於他可以透過『天星宮』之門，將存在於異界的本體帶到基軸世界。」

哎呀，完全猜錯了，還好沒說出來。

不過存在於異界的本體是什麼？

「『始源』中只有菲德維擁有維爾達納瓦大人賜予的肉身。他現在不過是依附在暫時性的肉身上，就算殺了他也沒用喔。」

「是像維爾格琳的『並列存在』那樣嗎？」

「不，和那不一樣。他和本體並沒有一直連繫在一起，兩者的意識是分開的。但只要定期讓記憶同步，就不會有任何不便……」

迪亞布羅說明道：「所以這樣才更麻煩。」

就我的理解，維爾格琳就像好幾台連著網路、讓資料同步的電腦；菲德維的本體則像離線的電腦，再定期將裝置中的資料傳輸進電腦裡。

《你的理解是正確的。換言之，就算用「時空連續攻擊」也沒辦法傷到他的本體，是個難纏至極的對手。》

原來如此，超麻煩。

「那麼若不前往菲德維本體所在的地方，就沒辦法打倒他嘍？這樣真的很傷腦筋……不對，如果他的本體願意自己過來，對我們來說不是正好嗎？」

與其去找一個行蹤不明的人，不如等他自己過來，更為省時省力。儘管我這麼想，看樣子事情沒這麼簡單。

迪亞布羅回答。

「是的，但那傢伙實力很強。本體的戰鬥能力可能在金之上。因此依在下愚見，必須預先做好準備以防萬一。」

菲德維將維爾達納瓦賜予的本體當作寶貝，所以總是寄宿在暫時性的肉身上，避免本體受到傷害，但迪亞布羅認為也必須考慮這樣的信念有可能改變。

這麼說也有道理。

敵人一個轉念很有可能翻轉局勢，絕不能讓這種情況發生。而且菲德維又是不容忽視的戰力，更需要注意。

「金認真起來和維爾薩澤小姐不相上下呢。所以菲德維的實力足以媲美『龍種』嘍？」

「咯呵呵呵，正是如此。」

迪亞布羅說遠古時代的菲德維實力驚人。我總覺得他的實力和「蟲魔王」塞拉努斯、「滅界龍」伊瓦拉傑相比差了一截，事實上並不是這樣。

迷宮內測到的存在值並非他的本體，所以不準。這麼說來，菲德維真正的實力還是未知數呢……

「交給你應付可以吧？」

我打算將菲德維的事交給迪亞布羅全權處理。聽到他真正的實力媲美「龍種」讓我嚇了一跳，但迪亞布羅應該有辦法——不，可能還是太勉強了？

沒想到迪亞布羅聽我說完，立刻笑容滿面地回答：

「在下感動萬分，利姆路大人。我會繼續精進，回應您的信賴！」

啊，好像沒問題呢。

迪亞布羅雖然有點自信過度，但不會連做不到的事都一口答應下來。儘管不知道能不能打贏，看來他認為自己治得住菲德維。

那麼我就沒必要擔心了。

像這種打起來僵持不下的敵人，還是推給信任的部下為妙。所以我決定按原定計畫，讓迪亞布羅大顯身手。

既然已經知道菲德維的危險性，接著要問的就是他下一個目標是誰。

「你認為他會採取什麼招數？」

「嗯，這個嘛……這點十分難預測，不過依菲德維的個性，很有可能會對正幸先生下手。」

「咦？」

這意外的回答令我大吃一驚。

但確實是不容忽視的意見。

何必對正幸下手——我起初這麼想，不過想了想又覺得不無可能。

說起來，為什麼會盯上正幸？

想必是因為懷疑他是魯德拉轉世，打算將其剷除。而且維爾格琳愛著正幸，更證明了這一點。

其實菲德維防備的不是正幸，而是魯德拉。雖不知道原因，會盯上正幸也不奇怪。

「原因一點都不重要。很抱歉一再重申這點，菲德維生性固執，不肯承認自己的失敗，不會因為一次落敗就死心。」

迪亞布羅以一副受夠了的口吻說道。

這讓我更加同意他的觀點。

「那麼接下來的會議可能會有危險。維爾格琳小姐會在正幸身邊保護他，所以正常來說應該不會出什麼大事，不過你也要提高警覺。」

「請放心，我隨時會以萬全之姿面對各種狀況。」

迪亞布羅這一點值得信賴。

撇除個性不談，單就工作表現來看確實很優秀。如今他的較勁對手紫苑也出差去了，所以不需要太過擔心。

我和迪亞布羅就這樣仔細討論，找出各種需要注意的事，這時卻傳來一則令人震驚的消息。

『大事不好了，利姆路！』

蜜莉姆突然聯絡我，顯然遇到了什麼麻煩。

『怎麼了？』

『其實啊，歐貝拉逃來我們這裡了。』

『哦？』

『她說米迦勒發現她背叛菲德維，和她大戰了一場。』

我判斷這件事不適合透過魔王戒指用「思念網」討論，便決定直接去蜜莉姆那裡一趟。

＊

蜜莉姆的城堡尚在建設中，但有些區域已經建好，可供居住。

該區域也有醫療設施，歐貝拉就躺在其中一個房間休養。她剛逃來這裡時傷重到意識不清，現在已然清醒，在床上坐起身來。

由於她一直處於昏睡狀態，蜜莉姆還沒能問清楚事情經過。

我點頭表示理解，並向歐貝拉打了聲招呼。

「妳好，我叫利姆路．坦派斯特，是個魔王。」

我們是第一次見面，我決定先自我介紹。

如今變得更美豔動人的芙蕾小姐傻眼地望著我。

「對魔王利姆路陛下說這種話或許有些不敬，但您該多學學如何表現得更有威嚴吧？只在重要時刻故作威嚴，跟平常自然而然散發出的威嚴是不同的，明眼人一眼就能看出來。」

她才一見面就對我提出建言，可能是擔心我帶壞蜜莉姆吧。

利姆路也是啊——蜜莉姆老是拿這句話當藉口。
這就像什麼呢？
就像母親擔心女兒交到壞朋友一樣。
真令人莞爾，我忍不住笑了出來。
卡利翁見我這樣，也勾起嘴角。
「嘿，被芙蕾找碴很煩對吧？」
不要用找到同伴的口吻說這種話。
卡利翁和芙蕾小姐雖然嘮叨著要我建立威嚴，但在沒有外人的地方還是會放輕鬆和我相處。雖然是自己拜託他們這麼做的，不過這樣就不用老是正經八百，所以我心懷感激。
話說回來，他們倆散發出的氣質和以前差很多呢。我已聽紅丸報告過這件事，親眼見到後還是覺得判若兩人。
「聽說你們現在已經能自由運用覺醒之力了，對吧？」
「是啊，幫我跟紅丸說一聲，之前受他照顧了。」
卡利翁和紅丸感情不錯。他很欣賞初次見面就向自己下戰帖的紅丸，兩人後來也很親近。
儘管他們的強弱關係如今反轉了，卡利翁誇口說自己很快就會追上並超越紅丸，對此毫不介意，顯示出他器量之大。
芙蕾小姐也是。
「我也很感謝你們。如此一來我比以前更能夠幫上蜜莉姆的忙了。」
她笑著道謝，背後的意思該不會是說，現在更有膽量罵蜜莉姆了吧？

我內心這樣懷疑，但當然知道唯有提升實力才能在大戰中存活，所以老實接受她的道謝。

「話說菈米莉絲的迷宮真是太犯規了。我們和她同為魔王共事那麼久，卻完全不知道迷宮可以那樣使用。」

「是啊，本大爺只知道金很中意她，沒想到那個小傢伙私下藏著這麼強的力量，嚇了一跳呢。」

「她沒有藏，只是沒人發現而已。」

「我知道喔！」

「知道歸知道，不會善加利用也沒用。那座迷宮讓我徹底了解這點。所以蜜莉姆，別放馬後炮。」

蜜莉姆假裝知情，被芙蕾小姐訓了幾句。

卡利翁見狀笑了出來，說出自身感想。

「我們一樣蠢，沒資格笑蜜莉姆。不過這也讓本大爺明白，在運用人才方面沒人比得過利姆路。」

「沒錯，就這意義來說，我們也是聽候他差遣的一群。」

芙蕾小姐表示同意，但老實說我也沒想到菈米莉絲的迷宮會這麼強。

當初只是想既然有機會就拿來利用，順口問問迷宮能做什麼，聽完也驚訝地大叫：「咦！連這種事都能做到？」

實際上幾經嘗試，才打造出今天的迷宮。

我並非一開始就打算拿迷宮來作為現在的用途，所以他們對我的評價言過其實。

不過就結果而言迷宮真的很厲害。

在迷宮內能死而復生這點怎麼想都很犯規。用在實戰訓練上再適合不過，而且就防衛層面來說簡直無懈可擊。

這不是我的功勞，而是大家太小看菈米莉絲，小看到令人匪夷所思。

但特地把這種事說出來好像也不太好，我決定微笑帶過。

「好，寒暄就到這裡結束，是時候進入正題了吧？」

芙蕾小姐的一句話，讓病房氣氛嚴肅起來。

被我們的對話嚇到目瞪口呆的歐貝拉也斂起表情。

這時她才終於向我自我介紹。

「幸會，魔王利姆路大人。我是歐貝拉，前『三妖帥』之一，對抗幻獸族的負責人。」

歐貝拉以此作為開場。

她的表情異常緊張，但看起來不像在說謊。我和蜜莉姆他們一樣，直覺上認為她是真心的。

不過為防萬一，還是提出自己的質疑。

「姑且問一下，在大戰前夕叛變，理當會被懷疑是敵方派來的間諜，這妳應該知道吧？」

「那當然。雖然無法證明自身清白，我願意把知道的事都告訴各位。」

歐貝拉表情真摯，毫無虛假。儘管她身體尚未痊癒，仍為我們說明了來龍去脈。

她之前和蜜莉姆談過後，便回到菲德維陣營。在那裡獲得肉體，卻也同時得到天使系的權能。

歐貝拉大感不妙，認為自己可能因為身上的權能而被支配。因而在菲德維發動強制支配前，就先拋棄剛獲得的究極技能「救濟之王亞茲拉爾」。

用的應該就是希爾維婭小姐說的，將心核與權能（技能）分離的技術。我不禁感嘆她懂得真多，不過仔細想想，米迦勒大概是因為察覺到歐貝拉拋棄權能才會發現她叛變。

這間接導致希爾維婭小姐和卡嘉麗他們陷入苦戰，但也不能因此把責任推到歐貝拉頭上。

我明白這也是無可奈何的事，決定假裝沒注意到這點。

更重要的是歐貝拉這番話的真偽。

老實說我認為值得信任。

《贊成。她的說詞前後連貫，連該隱藏的情報都坦承不諱。若是間諜，做到這個地步並不划算。》

就是說啊。

她連被米迦勒襲擊的事，還有權能的細節都一五一十說出來。

米迦勒的「王宮城塞」無法發動、他能夠自由運用維爾格琳和維爾薩澤的權能、還用那股力量殲滅了歐貝拉的軍團，這些情報聽起來不像謊言。

要查核一件事的真偽，可以思考這則消息如果是假的有什麼好處。從這個角度來思考會很有趣。所以我在網路上看見資訊時，一定會順帶查詢反方的意見，看看正反雙方哪一方的資訊較多、資料來源為何，藉此判斷真實性。

這方法用在歐貝拉身上也有效。

如果歐貝拉在騙我們，肯定會捏造米迦勒的權能，然而她提供的情報過於真實。希爾大師檢驗過後也判定是真的。

最重要的是，歐貝拉答應接受我的「解析鑑定」。鑑定之後幾乎就能確定她是否仍具備權能。

最後檢測結果也證實她是清白的。

歐貝拉並不具備「救濟之王亞茲拉爾」，現在已不受米迦勒支配。

到了這個地步，應該相信歐貝拉才對。

於是我提供歐貝拉回復藥與蜂蜜，要她早點將身體調養好。

*

歐貝拉就交由蜜莉姆他們照料。

我則和其他魔王共享從歐貝拉那裡得知的情報。

現在已不是擔心情報外流的時候。畢竟大家都同意，要是等到有人出事再來說明這些事就太晚了。

兩天就這樣緊湊地過去，來到世界會議當天。

紅丸留下來鎮守。

他以總司令身分守衛魔國聯邦(Tempest)。

我的護衛由隱身在影子裡的蘭加與蒼影擔任，迪亞布羅則以秘書身分與我同行。有這樣的陣容，就算菲德維來襲，我們也有辦法應對。

「嗨，少爺！像今天這樣的重要場合，我能做的事可能很少，但有事的話儘管吩咐喔。」

尤姆向我打招呼。

繆蘭似乎留守，沒看到她的身影。尤姆的護衛則由蓋多拉代為擔任。

我稍微和他打聲招呼，約好之後會合。

今天的會議順利落幕後，有一場雞尾酒會。在那之後我打算約幾個知心的朋友，在英格拉西亞王都找地方好好喝一杯。

我懷著略微雀躍的心情走向議場，在議場前的廣場與正幸會合。

正幸是今天的主角，因此由身兼朋友與中間人的我出來迎接。

「咦，你長高啦？」

我成為類龍種時有稍微長高，和正幸的視線高度變近了些，現在又恢復成原本的差距。

「看得出來嗎？我好像長大了一點。」

正幸開心地笑了。

仔細一看，他的頭髮也變成耀眼的金色。

「頭髮也是？」

「對，顏色完全變了呢。起初還有點不知所措，現在已經習慣了。」

改變這麼大，顯然有哪裡不太對勁。

我之前還認為擔心魯德拉會復活是想太多，現在看來未必如此。

不過正幸就是正幸。

我沒將此事放在心上，和正幸一同步入議會場。

這座圓形大會場我來過幾次，裡頭已坐滿各國政要。

原本氣氛還算熱鬧，眾人看見我們後卻瞬間安靜下來。

全場目光集中在我們身上，如今我已習慣了。

正幸也一樣，看起來並不緊張。

「你變得落落大方了呢。」

「那當然啊。畢竟我在帝國即位時，底下可是擠滿了人呢。」

正幸說他當時是在城堡的陽台上向臣民發表即位宣言，那次的經驗壯大了他的膽量。

「正幸，你真的好棒。」

維爾格琳小姐一臉陶醉地回想當時的情景。她這次只是陪同正幸前來，卻散發出驚人的存在感。

她還是那樣美麗動人，身穿軍服也很合適。我敢肯定全場的目光多半是被她奪走的。

在眾人注目下，留著茂密白鬚的雷斯塔議長匆匆跑來，為我和正幸帶位。

我們坐在符合主角身分的最前排。

我坐了下來，位置恰巧在正幸對面。

我在司儀席上看見戴絲特蘿莎的身影。

如今萬事俱備，只要沒人攪局，西方諸國與東方帝國的歷史大和解就能順利落幕。

這樣想很容易立旗。

這次這個法則再度應驗，然而現在的我對此一無所知，只是靜靜等待著會議開始……

●

英格拉西亞王國，地下大迷宮。

這是一處花了數百年的歲月挖鑿的密道，亦是一處為了防範天使來襲而建的設施，裡頭的通道錯綜複雜，因而被稱為迷宮，廣為人知。

接近地表的樓層有幾處開闊的空間，在緊急情況下可供任何人作為避難所使用。

然而，這不過是它檯面上的面貌。在更底下的樓層，有著只有極少數人才知道的祕密場所。

那是王都的陰暗面，不容公諸於世的邪惡研究機構。

該處的研究由魔法審問官們主導，研究的是將魔物因子融入人體的方法。

他們現在已有許多可觀的成果，例如比常人高十倍以上的肌力、比鋼鐵更強韌的皮膚、能夠支撐這些部位的骨骼等等。而這些成果便體現在他們自身的肉體上，但國王認為這樣遠不及魔王那般超乎尋常的存在。

「又失敗了，沒想到這傢伙也這麼脆弱。」

「嘻嘻嘻，想讓高階惡魔（Greater Demon）降臨，必須改造出更強大的肉體才行。聽說帝國也開發了名為人造合成獸（Battle Chimera）的兵器，概念與我們類似。」

「沒錯，差別只在於直接改造人體，或者做成合成獸來使喚。」

誘發特殊投予能力（Medical Skill）的投予藥是機密中的機密，鮮為人知。因此這裡的研究者們誤以為人造合成獸就是兵器的最終型態。

他們認為直接強化人體比驅使合成獸更有效率，因而認為自己技高一籌。所以才會肆無忌憚地重複施行這種被常人視為禁忌的實驗。

然而這樣仍不足夠。

目前依然未能獲得滿意的結果。

他們已將現在能捕捉到的魔物因子研究透徹，成功萃取出一定程度的因子（Extract）。強化率大幅提高，版本也不斷升級，然而現在暴露出的倒不是肉體方面的問題，而是精神的脆弱。

據說健全的精神會寄宿在健全的肉體上。

因此強韌的肉體應該足以讓強韌的精神寄宿才對。

研究者們抱持這樣的看法，開始摸索如何與精神生命體融合。

最後得出一項推論：最有效率的方式，就是獲取惡魔之力。原因在於實驗對象容易入手。

北方常和惡魔(Demon)族爆發小規模衝突，研究者們可藉由捕捉弱化的個體，得到低階惡魔(Lesser Demon)與高階惡魔。

那些惡魔會附在屍體上，以此方式降臨人世。研究者們因而得以成功分析惡魔的組成，得到一些有趣的成果。

惡魔族是以怎樣的機制獲取肉身呢？

答案是他們會利用魔素侵蝕人類細胞，將人體改造成適應魔法的形式。

不過，這樣的機制唯有在惡魔主導下才會發生，人類若試圖強行吸收惡魔之力，對身體而言不過是毒素罷了。

這是當然的。

這樣一來就不必透過飲食攝取能量，也不需要睡眠和呼吸，連壽命都不再有限制，等於完全轉生成不同生命體，想要透過人為方式控制這個過程，簡直無謀到了極點。

而且魔法審問官們搞錯了一點。

重要的是意志力，他們卻只著眼於肉體的強化。

他們認為精神會被惡魔之力強化，所以只要鍛鍊惡魔依附的肉體就好——這個錯誤的理論使實驗不斷朝錯誤方向發展。

此外還有一點。

這個誤會足以致命。

研究者們透過培養惡魔肉身的細胞，萃取因子。他們認為只要將這些因子注入實驗對象體內，實驗對象也能獲得惡魔之力。

這是個天大的誤會。

惡魔會用意志力將依附的肉體據為己有。而沒有意志的細胞不會帶來變化，只會化作毒素侵蝕實驗對象。

換言之，他們再三重複的實驗根本不可能成功，宛如拷問一般。

對實驗對象而言，這個環境簡直就是地獄。

因此被選來做實驗的都不是什麼優秀人才，而是即使隨手拋棄也不會有人在意的孤兒和奴隸。還有罪犯。

國家會宣稱這些犯了重罪的人已經伏法，將他們運來這間研究所——

萊納氣息粗重地咻咻喘氣。

占據他內心的，是絕望與恐懼。

他從英格拉西亞王國騎士團總團長的光榮地位，一夕墜落成為研究者們用過即丟的白老鼠。

已經有許多追隨萊納的部下被殺。

他起初還對這不合理的待遇感到憤慨，但很快就心如死灰。

因為遲遲沒有人來拯救自己。

萊納老家遭到抄家，被騎士團拒絕往來。

理當如此。

畢竟萊納曾在過去舉行的評議會上做出目無法紀的行為。

他慫恿英格拉西亞王國第一王子艾洛利克，挑釁魔王利姆路與聖騎士團長日向。

如果打贏或許能成為英雄，然而他們三兩下就落敗。

如此一來，國家對外當然必須判他重罪，萊納最後被定為叛國罪。

與他相關的人也都被判處死罪，亦即成了這間研究所的實驗材料。

萊納期盼的救援終究不可能到來。

理解到這點後，他成天提心吊膽害怕自己也被帶去做實驗。

（混帳！為什麼？為什麼會變成這樣？）

他之所以還未發瘋，是因為不時會像發作一樣陷入暴怒狀態。那是對魔王利姆路、對聖騎士團長日向的怨懟。

（我要讓你們痛哭流涕！就算求我饒命也不答應。讓你們見識到我的厲害後，再將你們狠狠玩弄到死啊！）

強烈的憎惡勉強維繫著萊納的神智。

他之所以變成這樣，還有另一個原因。

那就是他目前只接受了肉體強化手術。

研究者們會先將實驗對象儘可能強化後，再進行與惡魔的融合實驗。萊納更是在實驗前就已超過A級的珍貴存在，研究者們自然會小心對待他。

這究竟稱不稱得上幸運還有待商榷，總之萊納如今依然健在，若純論力量甚至達到特A級。

而就在這一天——

原本不可能盼到的希望，出現在萊納面前。

＊

「哦，沒想到這麼容易就侵入進來了。」

出言誇獎威格的，是半信半疑交給威格帶路的菲德維。

同行的一共有四個人。

威格走最前面，身後跟著阿里歐斯和舞衣，最後是菲德維。

那場作戰會議後，所有人各自準備行動。

各戰場並非同時開戰，而是等魔王們的注意力被最初爆發戰事的地點吸引之後，再進攻主戰場。

因此以正幸為目標的菲德維等人會晚一步出發。

負責展開第一波攻擊的是「三星帥」芬。

他的工作是大鬧一場，引開魔王們的注意。

芬將會打倒「八星魔王(Octagram)」之一的達格里爾，掌控其麾下的軍團。這驚天動地之舉應該能讓魔王陣營為之膽寒。

「三星帥」傑西爾也被派去輔助芬。這些戰力集結起來足以攻陷西方。

接著是這次的主力，菲德維等人。

他們準備殺進英格拉西亞王都舉行的世界會議，解決掉正幸。

為了不讓人妨礙，菲德維命「三星帥」札拉利歐在空中待命，一旦魔王魯米納斯有所行動，就出面

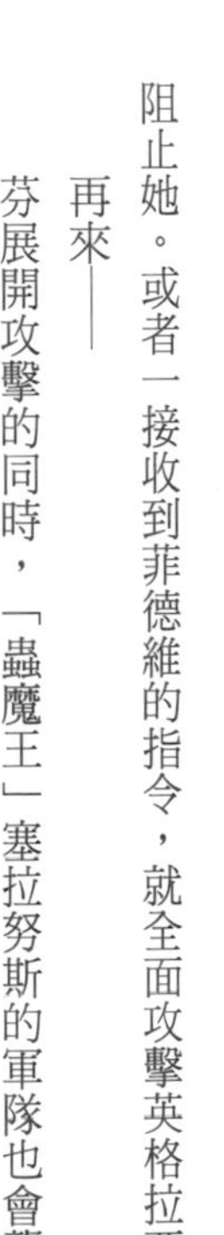

阻止她。或者一接收到菲德維的指令，就全面攻擊英格拉西亞王都。

再來——

芬展開攻擊的同時，「蟲魔王」塞拉努斯的軍隊也會襲擊魔王蜜莉姆位於舊猶拉瑟尼亞的根據地。

現在「八星」剩下金、利姆路、菈米莉絲、蜜莉姆、達格里爾和魯米納斯這六個人。菲德維想同時攻擊其中兩名，打亂其他魔王的陣腳。

不過此時得知一則情報：和金一樣需要慎防的魔王利姆路，就陪在這次的目標正幸身邊。今日的會議參加者名單中有他的名字，但也不排除是幌子。

因此菲德維打算謹慎行動，臨機應變。

基於上述原因，他們放棄以蠻力入侵王都，改採威格的建議走密道進城。

這是正確的決定。

英格拉西亞王都郊外的森林中，就有一處密道出入口。從那裡進去就可以不受守護王都的「結界」影響，不費吹灰之力入侵。

幸運的事還不止於此。

「唔，這間研究所還有人在啊？有點懷念啊。我也在這裡接受過很多實驗呢。」

威格喃喃自語。密道前方果然像他說的一樣，有人的氣息。

那些人在菲德維眼中，不過是力量微不足道的渺小存在；但就人類而言，他們的實力還是有一定的水準。

菲德維不想在此引起騷動，起初只覺得麻煩，但隨即意識到這是意料之外的幸運。

「啊，果然沒錯。這些被關在牢裡的人都是這兒的實驗品。」

威格一面說明，一面毫無防備地靠近柵欄，親切地向牢裡的人搭話。

「嘿，兄弟。你還好嗎？」

他搭話的對象正是內心處於崩潰邊緣的萊納。

「你是……什麼人……不是那群混帳研究者嗎……？」

萊納發現有人站在牢外，膽怯地縮起身子。這不同尋常的狀況令他困惑，一抬起頭就看見威格。

威格笑了。

「看來你被整得挺慘的嘛。」

「你是……？」

「哈，本大爺叫威格。算起來是你的前輩呢。」

「前輩……嗎？」

「對啊，我也曾在這裡被做過很多實驗，後來幸運逃脫，不過當時的經驗太糟了，我到現在還會作惡夢呢。」

這段話讓萊納對威格倍感親切。

兩人都明白這裡的環境有多惡劣，因而萌生出夥伴意識。

「你也和我一樣……」

「沒錯。俗話說出外靠朋友，需不需要我們幫你啊？」

威格逕自說下去。

菲德維只在一旁聆聽，沒有插話。

這場作戰全權交由威格負責，截至目前為止事情還算順利。他認為繼續讓威格主導也挺有趣的，便選擇靜觀其變。

此外還有另一個考量。

這裡除了萊納外，還有許許多多被當作實驗品的囚犯。人數將近有一百名。他們的肉體都以類似的方式強化過，狀態恰到好處。沒錯，菲德維考慮讓尚未獲得肉身的妖魔族依附在這些實驗品身上。

他思索這件事的同時，威格和萊納的交涉仍持續進行。

「咦？」

萊納對這突然的提議感到不知所措。

對方既然說要幫忙，他也沒理由拒絕。

但威格他們實在太可疑。萊納猶豫著是否該相信他們，不過猶豫的時間極其短暫。

畢竟要是拒絕對方的提議，等待他的只有毀滅。他無疑會在恐懼和絕望之中發瘋，並在不久的將來死去。

若能沒有痛苦地死去還算好……一想到此，萊納不由得覺得被他們騙也比待在這裡等死要好得多。

「救救我。想要我效忠也沒問題，我發誓願意獻出自己的一切！所以拜託放我出去！」

萊納叫喊道。

威格聽見後歪起嘴角，將手伸向鋼鐵製的柵欄。接著輕輕一捏，就將受過魔法強化的鐵柵欄扭斷。

那驚人的怪力讓萊納明白對方絕非泛泛之輩。

更令他驚訝的是，威格等人的腳邊倒著許多魔法審問官的屍體。阿里歐斯隱密而迅速地收拾掉了那些人。

萊納一直在想怎麼還沒有人來巡邏，知道原因後臉色發白。

（連我都對付不了的英格拉西亞王國祕密戰力，他們竟兩三下就解決掉。真不敢相信，他們是貨真價實的怪物啊！）

萊納雖這麼想，卻又打從心底感到安心。

看來自己的選擇是正確的。

「請多指教啦，兄弟。如果有其他想救的人就說，我把他們都救出來。」

這個提議讓萊納喜出望外，笑逐顏開。

「好、好的！所有人，這裡所有人都是我的部下！」

被關在這裡的，都是研究者判斷能承受強化手術的人。女人和小孩則移去其他地方做別的實驗，已經死光了。作為懲罰的一環，萊納和其他囚犯也被告知這件事。所以他才會果斷決定追隨威格。

「好，從今天起你們就是我的部下。我們正準備去上面的王都大鬧，你們就算不願意也得跟著一起去喔。」

「那有什麼問題，應該說求之不得。我們也對這個國家恨之入骨。」

萊納欣喜地回應威格。原為萊納部下的騎士們也為死去的夥伴和家人感到不甘，懷著同樣的心情點點頭。

現在他們得救了，更加對成為恐怖實驗的白老鼠一事懷恨在心。這下子已無人能遏止他們的怒火。

而菲德維也在背後推波助瀾。

「那麼我也授予你們力量吧。準備好了嗎，舞衣？」

「是，已從傑西爾大人那裡調來一百名戰士。」

舞衣方才已在菲德維的吩咐下行動，在這短短時間內用「瞬間移動」將最頂尖的戰士從傑西爾那裡帶過來。

傑西爾雖感到不滿，但又不能違抗菲德維的命令。這道命令便被迅速執行。

於是在英格拉西亞王國的地底深處——

大批妖魔族降生在萊納等人的身上。

意志強大的一方就能獲得肉體的主導權。儘管自我意識有可能遭到整合，但總比殘忍的人體實驗來得好，因此萊納等人接受了這個要求。

就這樣——

「我感覺到力量湧現啊。威格大人，您不但救了我們，還給我們機會報仇，真是感激不盡。」

「別客氣啦。這個借你，去大鬧一場吧！」

萊納從威格手中接過武器。

那是威格利用從奧露莉亞那裡奪來的「武創之王」變出的騎士劍。其性能想當然耳相當於神話級，不過獲得「參謀」級妖魔族之力的萊納也能使用。

萊納現在的力量換算成存在值超過一百萬。再加上神話級武器，等於強化至兩百萬。

萊納的部下們也重生成二十萬至五十萬、特A級以上的強者。

意外獲得這批戰力讓威格喜不自勝。

菲德維也很滿意。

（真是撿到寶了。你們就肆意作亂，為我效力吧。）

他竊笑著目送萊納等人意氣風發地離去。

劇烈的搖晃撼動「天通閣」。

「聖墟」達瑪爾加尼亞在這一天遭遇了滅亡危機。

「哎呀，感覺很不妙。該不會是以前把地上搞得一團亂的那個傢伙吧？」

聽見烏蒂瑪的低喃，被召回的維儂和祖達緊張起來。

「不才這就去向達格里爾大人確認狀況。」

「好。必須考慮最糟的可能性，祖達，你立刻去能夠聯絡到貝瑞塔小姐的地方，並請她將這件事轉告紫苑小姐。」

一聽見烏蒂瑪的命令，維儂和祖達便展開行動。

這片土地若被攻陷，敵方下個目標顯然就是紫苑所在的魯貝利歐斯。除了聯絡總部外，為保險起見也要將事情的嚴重性告知紫苑。

祖達明白這點，所以沒有出言反對。

他並未問「為什麼」，也沒有說「我要一起戰鬥」，這是因為他對烏蒂瑪懷著絕對的信任與恐懼。和低階惡魔們不同，這兩名烏蒂瑪的直屬部下了解主子的個性。

烏蒂瑪絕不會寬恕違抗自己的人，對於不合心意的人毫無憐憫之心。

最重要的是，烏蒂瑪的判斷是正確的。

祖達試了一下，這一帶的魔法已被封鎖，所有通訊手段都遭到妨礙，無法告知其他人這裡的狀況。

面對這種情形，他們當然已準備萬全。

上次雷昂被襲擊時，利姆路等人檢討過這一點，後來利姆路指示部下之間必須隨時聯繫。他們會以五分鐘一次的頻率，定期互相通訊。

這樣一來若有地點突然斷訊，就會被認定為出了狀況。因此無須著急，其他人也會在五分鐘內發現異狀。但烏蒂瑪還是覺得這樣太慢了。

那麼祖達能做的就是全力遵從她的命令。他不是個無能的部下，不會浪費這樣寶貴的時間。

祖達捲起狂風消失。

烏蒂瑪站起身，咬著指甲思考。

「如果我的猜想正確，是不是也該做好逃跑的準備呢？」

她雖然不想逃，但判斷在最糟的情況下還是得這麼做。

（利姆路大人相信達格里爾，同時也對他存疑……）

利姆路乍看是個濫好人，平常也確實像少根筋一樣容易被騙，不過他事實上非常狡猾。

連惡魔之王烏蒂瑪也認為他的心思縝密到令人尊敬。

利姆路曾無意間嘟囔過一句話：

「說明完敵人的目的後，他還想要維爾德拉過去支援，感覺怪怪的呢。」

據說在魔王盛宴上，達格里爾再三要求維爾德拉前去支援。

米迦勒意圖奪取維爾德拉的因子。聽完說明應該就能理解這點，然而達格里爾卻不想要烏蒂瑪，而是希望維爾德拉去幫忙。

他說自己和維爾德拉比較合得來——利姆路雖然接受這個說法，但仍有些在意。

烏蒂瑪不認為是利姆路想太多。

聽完利姆路這番話後，烏蒂瑪就從各方面檢視達格里爾這個人，最後得出的結論和利姆路一樣：達格里爾背叛的可能性並不是零。

（說起來，達格里爾是從巨人族（Giant）的狂王中誕生出來的吧？據說以前曾大肆作亂，差點把世界毀掉，所以被維爾達納瓦大人封印……）

烏蒂瑪雖不知道詳細情形，仍能推知一二。

畢竟這片土地就在烏蒂瑪的支配領域旁邊，她當然能掌握與達格里爾有關的情報，比任何人都還要了解達格里爾。

利姆路可能是因為看出這點，才會派烏蒂瑪過來。

（一想到利姆路大人對我抱有期待，就不由得想全力以赴呢。）

烏蒂瑪懷著這樣的想法，來到達瑪爾加尼亞後繼續調查達格里爾，想知道他有無背叛。

後來找到了一絲線索。

據說達格里爾他們是三兄弟，他卻只介紹了一名弟弟。

烏蒂瑪認為剩下那個人就是關鍵，如今她感受到一股強大氣息襲來。

那股氣息和達格里爾，以及他的弟弟古拉索德非常相似——

「巨人族的狂王嗎？」

烏蒂瑪喃喃說完，臉上浮現自信的微笑。

*

維儂來到王座大廳，整個空間充斥著鬼哭神號。

想當然耳。

因為「天通閣」這座神造建築重新發揮它的功能。亦即通往天上的那扇門打開了。

「天通閣」本來是一座神之要塞，能夠守護裡頭的人不被任何敵人攻擊。然而這次「天通閣」卻成了戰場。

也難怪當地的居民會如此驚慌。

更糟的是，門後散發出的氣息對古巨人們而言十分熟悉。

在見到敵人的身影之前，巨人們就已經心慌意亂。

雖然統稱為巨人，不過他們的壽命和能力各不相同。

首先是壽命，古老個體的壽命沒有上限。儘管有時會將記憶與力量託付給繼承人，進行世代交替，但那不過是為防戰死所採取的措施。

備用個體或已交接過的個體壽命有限，但世代愈往前回溯壽命愈長，即使是最新世代都擁有數百年的壽命。

再來是能力，古老個體擁有不愧對「神」之名的能力。

巨人族平時身高就達到二至二點五公尺，戰鬥時還能增大好幾倍。那強韌的肉體正是巨人族真正厲害之處。

像達格里爾這樣最古老的個體，平時和戰鬥時能差到十倍以上。換言之他能增大至二十公尺以上。

巨人族中有個能夠媲美達格里爾甚至超越他的強者，那就是他的弟弟芬。

達格里爾他們是三兄弟，最小的弟弟和兄長一樣具備知性和理性，卻是個缺乏情緒控制力的暴君。

維爾達納瓦將芬封印後，達格里爾就一直看守著封印地點。這就是為什麼即便領土化為沙漠，他仍未離開這片土地。

芬被封印的地點是「天星宮」，唯一能抵達那裡的通道就是「天通閣」。

儘管還有其他手段能到那裡，但那是持有「鑰匙」的人才有的特權。

而持有「鑰匙」的只有一個人。

那就是維爾達納瓦的妹妹維爾薩澤，她是唯一能開啟通往「天星宮」之門的人。

達格里爾也知道這點，因此眼前的狀況可說是在他意料之內。

…………………

…………

……

達格里爾從「天通閣」的高層俯瞰下方景色。

他回想起日前魔王盛宴上的事。

我行我素的魔王們一面考慮他人的立場，一面提出自己的主張。儘管互動缺乏默契，眾人的意見仍不可思議地整合在一起。

魔王利姆路的部下們按照會議的決議，直到前幾天都還在匆匆調整「傳送魔法陣」，如今已趕在決戰之前設置完畢。

他們努力工作的模樣令人敬佩，成果也很完美。達格里爾十分滿意，便舉行了盛大的宴會慰勞工作人員。

現在這裡只剩來作客的烏蒂瑪等人，讓他覺得有些寂寞。

「傳送魔法陣」上的紋樣就某方面來說很像藝術品，泛著光芒坐鎮在下方樓層的正中央。更值得一提的是它的性能。

這座魔法陣的主要目的雖是供人在緊急時刻往來，但利姆路肯定也將眼光放到了遙遠的將來。

他說這只是應急用的，不過在達格里爾看來已經非常出色。如果連整支部隊都能透過魔法陣移動，那麼商隊應該也能運用。

（魔王利姆路真是不容小覷呢。竟然能利用大氣中的魔素，製造出這種任誰都能使用的複雜魔法裝置。即使有次數限制，只要補充魔素就能繼續使用。這樣就不用橫渡那片魔之沙漠，而能以更安全的方法往來國內外。）

這是一片彷彿被遺棄的瀕死大地，光是為了進口能養活人民的糧食，達格里爾就費盡心思。

巨人族並非不用吃喝的神仙。他們必須攝取與巨大身軀相應的食物，愈年輕的人所需的能量愈多。

這是活著的證明，但換個角度來說也是一種詛咒。

他們出口沙漠的魔物素材，換取其他國家的糧食。因此年輕人不得不踏上旅途，一次又一次橫渡嚴酷的沙漠。

這就是「聖墟」達瑪爾加尼亞的現實。

不過，有了這座「傳送魔法陣」，他們就能從這般苦難中解脫。

糧食無法「傳送」是這世界至今的常識。不過這類問題想必能在未來獲得解決。

（真嚇人哪。我煩惱這麼久的問題，他竟輕輕鬆鬆就找到解決的頭緒……這樣我們也就不用再勉強找魯貝利歐斯麻煩了。）

魔王利姆路究竟想得有多遠呢？達格里爾不由得心生畏懼。

竟有這種自己意想不到的點子，他對這個名為利姆路的魔王肅然起敬，並感嘆對方的深謀遠慮，不希望與之為敵。

就在這時，有人破壞了達格里爾的感動情緒。

他內心響起一道聲音。

『我的老朋友達格里爾，好久不見。還好你看起來過得不錯。本來打算一回到這裡就跟你聯絡，不過發生了很多事，現在終於能說上話了。』

達格里爾並未慌張。

他早就料到會有這種事。

『喔，是菲德維啊。很高興你稱我為朋友，可惜我倆現在是敵人。我不想和你閒扯太久，有事就快說。』

聽見他的回覆，聲音的主人菲德維似乎覺得很掃興。

『這麼冷淡真讓我傷心，我還想請你幫忙呢。』

菲德維那裝模作樣的口氣，讓達格里爾反應更為冷漠。

『幫你復活維爾達納瓦？沒興趣。我並不恨祂封印了芬，而且祂於我們有恩，賜予我們這片土地、照顧我們。話雖如此，我並不願意協助你們復活那位大人。』

菲德維和達格里爾的關係本來就沒有很好。

達格里爾反倒因為聽說自己真正的朋友迪諾受到米迦勒的精神支配，而對菲德維感到憤怒。

聽到迪諾背叛時，他還心想迪諾到底在發什麼瘋——

（仔細想想，背叛這種事麻煩至極，那個笨蛋（迪諾）根本不可能主動這麼做。）

聽完說明之後，他才恍然大悟。

因此達格里爾果斷拒絕了菲德維的請求。

菲德維聞言很不高興。

『喂喂，高高在上的「反叛之巨神（Rebellion）」達格里爾當上魔王後卻被人馴服了嗎？』

他試圖激怒性格暴躁的達格里爾，使談判往有利於自己的方向發展。

在遠古時代，曾有凶惡的巨神向「星王龍」維爾達納瓦挑釁後遭到封印。那就是達格里爾三兄弟。

他們是四處破壞大地的暴虐之王。

那驚人的破壞力使許多土地化為焦土。

達格里爾等人雖然曾被稱為最邪惡的破壞神，但在歸順維爾達納瓦之後就變得安分許多。

後來達格里爾在維爾達納瓦賜予的領地安安靜靜地生活，盡責地看守「天通閣」。

可是這並不代表他個性變得溫順。

即使如今力量被維爾達納瓦封印，他發怒起來還是被稱為「大地之怒」。

菲德維認為他依舊會輕易被挑起情緒。

然而——

『抱歉啊，現在和以前不同了，我意外地開始對未來懷抱希望。這都是託利姆路的福，所以我不能背叛他。』

沒想到他還是一口回絕。

接著達格里爾顯然認為再交涉下去也沒意義，只說了『下回戰場見』就單方面切斷「念力交談」。

……………………

…………

……

出亂子了——達格里爾呢喃道。

「菲德維那傢伙竟然解除了芬的封印。是因為我拒絕協助才藉此洩憤嗎？」

「兄長，無須介意。那個人已經深陷於自己的執念之中。事情早晚會演變成這樣，無可避免。」

見到這對兄弟一派悠哉，維儂顯露不快。

「哎呀，這些話不才可不能當作沒聽到。達格里爾大人，您該不會私下和敵人有所聯繫吧？」

這是他主子烏蒂瑪的命令。維儂追問下去，彷彿不容對方找任何藉口。

事實證明，他白緊張了一場。

達格里爾打從一開始就沒有要隱瞞的意思。

「用不著這麼咄咄逼人。我認同你的實力，不過還是比我弱。」

達格里爾不慌不忙地回答。

他的弟弟古拉索德也接著開口：

「請冷靜點，維儂先生。我兄長確實收到了菲德維的邀約，但正因為他拒絕了，才會導致現在的狀況喔。」

在對方安撫下，維儂點頭回了聲：「嗯。」

他這麼做只是為了測試對方，其實本來就察覺到了。

達格里爾等人的態度不像在說謊，維儂因而判斷這是真話。

那麼，他為何會在魔王盛宴上說出有利於敵人的言論？

「我們偉大的君主注意到您的行動有很多疑點，請您一定要解釋清——」

就在維儂正準備發問之時——

「嗯，我懂了。大叔應該是想向利姆路大人求援吧？你刻意在魔王盛宴上說出可疑的發言，是為了暗示自己和敵人之間的關係，對吧？」

晚一步到場的烏蒂瑪這樣詢問達格里爾。

應該說不是詢問，而是斷言。

達格里爾聽見後開心地哈哈大笑。

「太厲害了！不愧是我的宿敵。還好這次來的不是卡蕾拉，而是妳！」

這是達格里爾的心裡話。

卡蕾拉身體動得比腦子快，不擅長解讀別人行為背後的意思。

萬一她誤以為達格里爾背叛，將很難解開誤會。

相對地，烏蒂瑪則令人安心。

正因她是過去一直折磨自己的宿敵，達格里爾更加相信她的聰明才智。

達格里爾笑容滿面，告訴烏蒂瑪事情正如她的猜想。他想藉由透露自己和菲德維有關聯，暗示自己和「聖墟」可能被敵人盯上。

他無法忍受自己像迪諾那樣，在他人的操控下變成叛徒。既然已經知道有這個可能性，他認為應該先告知盟友。

不過，直接說出來也容易招致誤會，所以只透露出一點端倪。

「是喔？果然跟我想的一樣。那麼大叔你這招奏效了。因為利姆路大人也明白了你的意思。那位大人生性狡猾，能夠看穿一切，這個狀況應該也在他計算之內吧？所以不需擔心，自然會有辦法解決。」

烏蒂瑪笑著說道。

達格里爾也深深點頭，安心地笑了。

「聽見了嗎，古拉索德？我的同僚是個狠角色。我就知道，他既然擁有能將克雷曼玩弄於股掌的洞察力，一定能看出我的意圖！」

利姆路雖不在場，烏蒂瑪和達格里爾卻因他而意氣相投。他們完全沒發現自己徹底誤會了利姆路，這對兩人而言或許是好事。

總之，雙方因此順利和解。

「那我們就在利姆路大人來之前好好努力吧。」

「烏蒂瑪大人，請儘管下令。您的敵人就由不才來消滅！」

烏蒂瑪和維儂懷著對利姆路的信任，準備迎戰。

「好啊，我也給他點顏色瞧瞧吧。和芬交手雖然有點辛苦，但除了我之外沒人能對付他了。」

「我和你一起去，兄長。」

達格里爾兄弟見身為客人的烏蒂瑪等人這麼有幹勁，也振奮起來。

所有人迅速展開行動，迎擊敵人。

蜜莉姆等人望著地平線那端。

「那也太不妙了吧。」

眾人臉色慘白說不出話，最先開口低語的是卡利翁。

大地和天空被蟲子大軍淹沒。威力無法估量，所造成的威脅超乎想像。

「那是『蟲魔王』塞拉努斯麾下『十二大軍』中的八支軍隊……糟糕了，沒想到塞拉努斯的心腹十二蟲將竟會聚集在這裡……」

回應卡利翁的是重傷初癒的歐貝拉。

在蜜莉姆等人的照料下，她的身體已完全康復。

米迦勒殺害了歐貝拉心愛的部下，她為了報仇而奮勇來到戰場。就連這樣的她看到眼前爬滿了噁心的蟲子都嚇得語塞。

也可以說單純是因為討厭蟲子。

否則就不會將這工作託付給札拉利歐，自願對付更危險的滅界龍。

這些背後的故事暫且不提，現在可不是逃避現實的時候。

蜜莉姆開口了。

「我問妳喔，芙蕾，我可以用『龍星爆焰霸（Drago Nova）』把他們全部吹走嗎？」

芙蕾聞言應了聲：「這個嘛……」並開始思索。

這個提議還不錯。

見到歐貝拉滿懷期待地望著蜜莉姆，芙蕾心想或許可以同意。如果芙蕾也怕蟲，肯定會二話不說就答應。

不過芙蕾卻要她再等等。

並沒有什麼明確的反對理由，只是有股不祥的預感。

「一見面就使出最強攻擊確實是一種戰術，但現在不清楚敵人能力，還是別把殺手鐗拿出來吧。」

芙蕾含糊地否決了蜜莉姆的提議。

由於敵方人數眾多，由蜜莉姆一網打盡的提議的確很吸引人。但芙蕾還是認為不能小看蟲魔族。

因為她認識賽奇翁。

與芙蕾交手的雖是「蟲女王（Insect Queen）」阿畢特，不過她也旁觀了卡利翁與賽奇翁的戰鬥過程。

自己以些微差距勝過的阿畢特也是值得敬畏的魔人，然而賽奇翁完全是不同次元的存在。

這次的敵人和賽奇翁他們是同種族。

「老實說或許只是我操心過度，總覺得還是別小看敵人比較好。」

聽見芙蕾這麼說，沒有人笑她軟弱。

不只如此，卡利翁也表示同意。

「本大爺也贊成芙蕾的意見。千萬不要輕忽直覺，而且確實是該謹慎面對敵人。雖然有蜜莉姆在場應該不用擔心，但還是先正面應戰吧。」

米德雷也連聲附和。

「嗯，數量眾多這點是個問題，不過他們感覺實力都只有B級高階。只要把身為指揮官的A級蟲子們解決掉，剩下就是一群烏合之眾。由於敵人的實力一目瞭然，所以我們的目標也很明確。這次說不定能輕鬆獲勝呢。」

他說了些連自己都覺得有點蠢的話。

這根本稱不上計畫呢——芙蕾心想。但又想到米德雷的部下早已習慣他的無理要求，因而把話吞了回去。

「那麼天上飛的就由我們對付，地上爬的蟲子就交給米德雷先生。」

芙蕾以一副「隨便怎樣都好」的態度，下了結論。

「不能只交給米德雷吧？就讓本大爺的戰士團去收拾指揮官級的敵人吧。失去領袖的兵卒正好可以訓練我們的新兵呢。」

「嗯，你能協助就太好了。這個話題雖然是我開啟的，但神官上前線好像不太好。」

卡利翁無奈地說完，米德雷苦笑著同意。

歐貝拉聽著他們的對話心想——

豈止不太好，簡直錯得離譜。但明智的她沒有將這感想說出來，只說了句：「我留在蜜莉姆大人身邊保護她。」

最後蜜莉姆笑著宣言：

「哇哈哈哈！各位是我的四天王，我很期待你們的表現喔！」

她像平時一樣歡快地說。

幾個人如常聊了起來，使氣氛緩和下來。

「喂喂，那什麼四天王是認真的嗎？」

「蜜莉姆，妳受利姆路影響太深了。不要叫什麼四天王，取個普通一點的職稱吧。」

「不要！就是要叫四天王！我從很久以前就覺得怎麼可以只有利姆路有四天王，太狡猾了！」

「本大爺是沒差啦。」

「我也是，既然蜜莉姆大人想這麼叫，我們遵從就是了。」

「我個人很喜歡這個名字呢。感覺像融入了大家一樣，好開心。」

「……什麼嘛，只有我一個人反對，顯得我像壞人。算了，就這樣吧。」

最後總是由芙蕾讓步，這一連串的互動已成為他們之間的常態。

*

面對異界來的敵人，蜜莉姆麾下的大軍嚴陣以待。

蜜莉姆陣營併吞了三座舊魔王領地，因此軍隊人數上升到「八星魔王」中的最高規模。

由於卡利翁和芙蕾進化為超級覺醒者（Million Class）等因素，軍隊也重新整編。

身為主帥的卡利翁在這次作戰中擔任大將軍，負責指揮全軍。

芙蕾以親衛長官的身分，擔任蜜莉姆的直屬護衛。

米德雷則以大神官的身分，率領武僧神官團負責後勤支援。

而新加入的歐貝拉則作為軍師，立定作戰計畫。

以上四個人，就是蜜莉姆引以為傲的四天王。

首先介紹卡利翁率領的主力部隊——「飛獸騎士團」。

團長是蘇菲亞，副團長是法比歐。

這支軍團由前獸王戰士團的成員領軍，率領克雷曼軍隊的殘黨與獸王國的戰士，每人率領一千人。

戰士團的數量約有一百個，光是這樣就有十萬大軍。

再搭配卡利翁的指揮，就成了一支無所畏懼的軍團。

下一個介紹的是超菁英部隊，由芙蕾直接率領的「蜜莉姆親衛軍」。

露琪亞和克萊亞擔任副官，輔佐長官芙蕾。

他們是一群天空騎士，騎乘芙蕾珍視的飛翔魔獸（Griffon），人數約有三千出頭。由芙蕾的心腹「天翔眾」擔任隊長，各率領十至三十人。

飛翔魔獸原是B^{+}級的魔獸，在卡利翁的調教下提升至A^{-}級。供各處匯集而來的獸王國精銳戰士與「天空女王」（Sky Queen）親衛隊成員騎乘，綜合戰力超過A級。

而「天翔眾」則受芙蕾覺醒的影響，強度提升至A級高階，甚至有不少人能媲美特A級，可謂堅實的戰力。

他們是世上規模最大的一支僅由A級以上成員組成的軍隊。雖然只有三千多人，個個都是猛將，連需要同心協力、高速且機動性強的空中戰鬥也能輕鬆執行。

最後介紹倉促成軍的後勤支援部隊。

由米德雷擔任代表，實際上的指揮官卻是赫爾梅斯。

成員有流浪魔人、人族傭兵，以及克雷曼的前部下。這是一支多元的混合部隊，在米德雷的管理下從事戰鬥輔助工作。

他們多半是之前參與建設工程的人，強度從D級起跳，好一點可到B級。個性上也不適合戰鬥，因此這次被安排的任務是協助神官團，從事搬運物資、糧食補給與醫護等工作。

不過這支部隊人數多達十萬人。

以上就是蜜莉姆麾下二十多萬大軍的全貌。

預定由戰鬥部隊上前迎戰，守護後方的支援部隊。

此外還有魔國聯邦派來的援軍。

其中最亮眼的就是蓋德率領的軍團。

他們最初是被召集來建設蜜莉姆的首都，如今直接投入防衛戰。

有些成員被調去其他部署支援，因此在這裡的並非所有人，但黃色軍團(Yellow Numbers)和橙色軍團(Orange Numbers)總計仍達到三萬五千人。

這是一支專職防衛的戰力，黃色軍團的實力尤為出色。

隨著蓋德的進化，麾下豬人族(High Orc)們的戰鬥力大幅提升，團員數也增加到一萬人。其中甚至有人達到Ａ級，平均為Ａ-級，稱得上是支令人畏懼的軍團。

橙色軍團也累積了一定的戰鬥經驗，如今已是老練的軍團。平均為Ｂ級，強度不輸給任何一支騎士團。和蓋德的權能相互搭配下，能夠化作銅牆鐵壁守護同伴。

他們這次未上前線，而是擔任後衛。

此外也不能忘記戈畢爾率領的「飛龍眾」。

僅僅一百人，卻個個都是特Ａ級，強得離譜。

他們將會臨機應變，隨心所欲地參戰。

最後是卡蕾拉和耶斯普利。

雖然只有兩個人，卻是威脅性十足的戰力。

蜜莉姆的軍隊會和這些援軍一同對抗「蟲魔王」塞拉努斯的大軍，然而仍將是場嚴峻的戰役。

因為敵方人數是己方的十倍以上——超過三百萬。

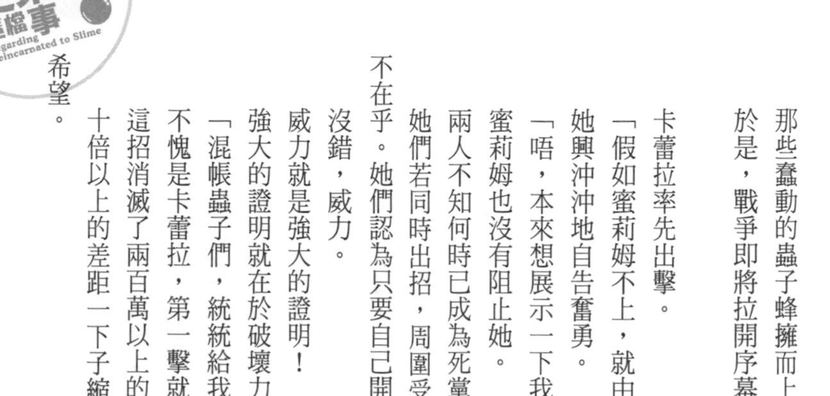

那些蠢動的蟲子蜂擁而上，大舉進逼。

於是，戰爭即將拉開序幕──

卡蕾拉率先出擊。

「假如蜜莉姆不上，就由我來吧。」

她興沖沖地自告奮勇。

「唔，本來想展示一下我的實力，既然芙蕾反對就沒辦法了，讓給卡蕾拉表現吧。」

蜜莉姆也沒有阻止她。

兩人不知何時已成為死黨。

她們若同時出招，周圍受的損害不僅會加倍，還會因為加乘效果達到無以計數的地步，但兩人完全不在乎。她們認為只要自己開心就好，因此熱愛互相切磋，提升自己的威力。

沒錯，威力。

威力就是強大的證明！

強大的證明就在於破壞力。

「混帳蟲子們，統統給我消失吧！讓你們見識最頂級、最強大的──『終末崩縮消滅波(Abyss Annihilation)』！」

不愧是卡蕾拉，第一擊就使出最強魔法。

這招消滅了兩百萬以上的蟲子。

十倍以上的差距一下子縮減至四倍。士兵們原本因令人絕望的戰力差距而意志消沉，見狀臉上浮現希望。

卡蕾拉的行動看似魯莽，但用來鼓舞人心、提振士氣卻再好不過。她在己方出現傷亡之前就先削減敵方人數，因而能在保有戰力的同時，提升眾人的戰鬥意志。

這樣一來，戰況肯定會開始對己方有利——原以為如此……

然而芙蕾的不祥預感成真了。

「不會吧！那傢伙把我的魔法導向異界了……」

「竟然把卡蕾拉大人的魔法……雖然難以置信，但似乎是事實。我就是因為這樣才討厭蟲型魔獸（Insect）。其中甚至有些傢伙能使魔法無效化，真的是我們的天敵呢。」

事情正如耶斯普利所言。

僅僅一名蟲型魔獸，就改變了卡蕾拉魔法的流向。

那是個擁有亮麗彩虹色細長翅膀、女性外型的蟲型魔獸。

她叫比利歐德，是十二蟲將之一，在魔法上握有絕對優勢。

「行了，現在不是佩服對方的時候。攻擊要來了。蓋德先生，請全力朝正上方的天空設置結界。」

「唔，明白了。」

卡蕾拉臉上的笑意消失，對蓋德下指示。

蓋德內心感到疑惑，但未詢問原因，而是乖乖聽命。

就在他們對話的同時，耶斯普利也趕緊出動。她用獨有技「見識者」察覺事態不妙，自己也展開防禦魔法，以補強蓋德設置的「防禦結界」。

「——這是在做什麼？」

就在芙蕾提出疑問之際，天空出現裂縫。

甚至還浮現出異樣的扭曲紋路。

「嗯，果然不出所料。」

「卡蕾拉大人英明！一下子就看穿那麼複雜的魔法轉換呢。」

「當然，這是基本功啊。重點是這個撐得住嗎？」

「呵，我也來幫忙吧。要是這座城堡被毀掉，芙蕾可是會生氣的！」

蜜莉姆說著也朝天空伸出手。

接著蓋德的「結界」、耶斯普利的防禦魔法、蜜莉姆的防護罩等三層防護同時發動。

隨後天空裂縫中降下極具破壞力的波動。那正是卡蕾拉剛才放出的「終末崩縮消滅波」。

「等等，這該不會是——」

「喂喂，原來是這麼回事啊……」

芙蕾憑著聰明才智，推測出發生了什麼事。

卡利翁也基於本能，理解到眼前發生的狀況。

米德雷晚了一拍才喃喃自語。

「原來如此。對方先將卡蕾拉小姐的魔法導向異界，再將出口重新連結至我們正上方是吧？實在太亂來了……」

他猜得沒錯。

唯一未能察覺事情原委的只有戈畢爾，但這也不能怪他。擅長魔法的卡蕾拉使出自己引以為傲的最強魔法，卻被敵人丟回來。這種事就算聽了說明也很難相信，常人根本無法想像。

這個行為本身就令人難以置信。

總之，現在只能指望蓋德等人努力撐住，眾人屏息等待即將襲來的衝擊。

剎那間，刺眼的光芒在眼前閃爍，一陣天搖地動隨之而來。

衝擊逐漸趨緩，最後恢復平靜。

搖晃停止後，卡蕾拉才再度開口：

「沒想到竟然有敵人能做到這種事。如果這是蜜莉姆的魔法，真不知道會怎麼樣。」

好不容易消除自己放出的「終末崩縮消滅波」，卡蕾拉才終於冷靜下來。而後她試圖說些笑話，卻讓聽的人嚇得臉色發白。

由於該魔法的威力已減弱至三成以下，眾人才得以撐過來。但城堡周圍的地形仍大幅崩毀，幹道等設施皆消失無蹤。

要重建這些設施令人頭大，唯一值得慶幸的是沒有人員傷亡。

然而，若是「龍星爆焰霸」呢？

「哇哈哈哈！我的魔法才沒那麼好操控。被扔回來的魔法應該只會具備一部分的威力喔。」

「就算只有一部分，我們可能也擋不住。該怎麼說呢？畢竟妳的魔法建立在未知的理論上。不可能改寫法則，我沒有信心能完全擋下來。」

卡蕾拉回以心裡話。

她雖然對魔法很在行，但蜜莉姆的魔法完全是不同次元的存在。老實說，正因兩人總是在較勁魔法威力，卡蕾拉比誰都清楚蜜莉姆魔法的危險性。

聽完之後，戈畢爾道出心中的疑問：

「那麼，敵人是不是也無法將蜜莉姆大人的魔法扔回來？」

這是個好問題。

戈畢爾意外聰明，正因具備出色的感受力才有這樣的觀點。

回答他的是蜜莉姆。

「不，還是能扔回來。因為那個人能夠熟練運用『空間支配』。她的演算能力可能特別突出吧，凡是有方向性的魔法，不論任何性質，她似乎都能改變魔法行進的方向。」

卡蕾拉表示同意。

「我也這麼覺得。雖然不想承認，但規模愈大愈複雜的魔法，對她而言似乎愈好操縱。就算是定點發動型的『破滅之焰(Nuclear Flame)』，她還是能預測發動地點，將那塊空間切割，使魔法失效。」

若是可以毫無時間差發動的魔法，敵人可能就沒有餘力轉移，但那種魔法也無法造成致命傷。互相看穿魔法、投擲魔法本來是惡魔的拿手絕活，這一招如今卻彷彿被敵人奪走，卡蕾拉當然覺得不開心。

總之，敵方之中有擅長魔法的人是件麻煩的事。

「很抱歉，如果我了解蟲魔族，就能阻止這種危險行為了……」

歐貝拉低頭致歉，不過沒有人責備她。

「反正過都過了嘛。」

「沒錯。反倒該慶幸能在無人傷亡的情況下削減敵方人數，純論結果可說是大成功喔！」

「是啊……幸好我們平安無事，現在再抱怨什麼也沒用，不如思考下一步該怎麼走。」

蜜莉姆和芙蕾說得對。

卡蕾拉那一擊確實讓敵方戰力大幅減損，不知情的將士們依然士氣高昂。乘勢痛擊敵人比追究責任來得更有意義。

「今後禁止使用魔法。」

「沒有異議！」

芙蕾下了決定，卡蕾拉跟著附和。

「那我們就正面迎戰敵人吧。」

「挺有意思的。雖然看不見敵方主帥，但將領一共有八名，剛好和我們這邊人數相同，不如每個人分配一名吧。」

卡利翁以大將軍身分表達意見，米德雷卻不經大腦發言。

卡蕾拉贊同這提議。

「哈哈哈，感覺很好玩。我要對付一副踐樣坐在那裡的傢伙。」

她的目光指向坐在飛行型蟲魔族背上的塞斯。塞斯不愧為蟲將之首，散發十足的威嚴。

「太狡猾了！那我要——」

「不行喔，蜜莉姆。妳是主帥，必須靜靜地坐鎮在這裡。」

「就是說啊。萬一我們遇到危機，還得靠妳出面支援呢。」

「唔、唔，我知道了。」

芙蕾阻止意圖參戰的蜜莉姆，環視整座戰場後發出宣言。

「既然這樣，我就來會一會那隻空中的飛蟲吧。」

她的視線緊盯飛在空中的金龜子？托倫。

見到卡蕾拉和芙蕾率先出擊，剩下的人慌了起來。

「那本大爺——」

「我——」

「我——」

卡利翁、戈畢爾、米德雷三人同時開口，互看了一眼。

「先搶先贏嘍，沒意見吧？」

「嗯，好啊。我也來久違地大顯威風一番吧。」

「我也一樣！那麼，準備好就上吧！」

說時遲那時快。

三個人互相牽制，從城堡衝了出去。

大軍在他們的影響下也展開行動。一場大戰就這樣正式揭開序幕。

＊

蓋德向蜜莉姆行完禮後，便前去指揮軍隊。

現場只剩下蜜莉姆、歐貝拉，以及耶斯普利。

「妳不上嗎？」

聽見這個問題，耶斯普利不甘願地說出真心話。

「說老實話，我實力比較弱，還是先觀察一下戰況，看要去誰那邊助陣比較保險。萬一因為逞強而吃了敗仗，反而會扯大家的後腿……」

這是明智的判斷。

都這種時候了，耶斯普利當然不可能偷懶。

「——確實。要是小看蟲將，下場可是很慘的。我和他們交手的經驗雖然也很少，但還是知道他們是不可輕忽的對手。」

事實上，她有許多同伴都遭到蟲魔族殺害。

尤其是卡蕾拉迎擊的塞斯，聽說連札拉利歐都拿他沒轍。老實說，歐貝拉也無法肯定自己贏得過對方。

因此留下來的三個人決定先靜觀戰況。

首先遇敵的，是第一個衝出去的卡蕾拉。

「礙事。」

她邊說邊用拳打腳踢清除掉無數小兵，一口氣衝破戰場。來到從容不迫的塞斯面前後，舉起事先抽出的黃金槍朝他射擊。

卻被塞斯輕鬆避開。

從超近距離射出的超音速子彈，對塞斯來說竟像微不足道的玩具。

「哼，挺行的嘛。」

卡蕾拉不禁感到佩服。

接著她將黃金槍變成一把泛著熠熠金光的軍刀。

「我叫卡蕾拉，是來取你性命的人喔。」

「笑話。有本事就先讓我站起來認真對付妳，再說這種話吧。」

話一說完，他們的戰鬥就此展開。

至於與卡蕾拉同時出動的芙蕾，她的「大翔眾」未等主子下令就自動隨侍左右。而「蜜莉姆親衛軍」當然也一起行動。

他們原本的職責是保護蜜莉姆，但在戰爭時期工作也會有所變動，因此沒有問題。

而且蜜莉姆根本不需要護衛。此外現在歐貝拉也留在她身邊，芙蕾更能夠毫無顧慮地和敵人交戰。

於是，芙蕾邊擊退空中的飛蟲，邊來到托倫面前。

托倫是個以金屬光澤外骨骼包裹全身的蟲將。

他外型圓滾滾的，毫無纖細之處。近距離一看意外巨大，身高達兩公尺。不過他的實力不容小覷。

擅長利用蜻蜓般的兩對翅膀，隨心所欲地飛行。

托倫在芙蕾首次出擊的瞬間立刻避開，讓她理解到這敵人有多難纏。

她高速飛翔使出的爪擊，被停在半空中的托倫輕鬆閃過。這是因為兩者的飛行方式不同，在空戰中托倫顯然占有更大的優勢。

更重要的是，托倫的複眼能以慢動作捕捉芙蕾的行動。他的直線速度雖比芙蕾慢，但是可以輕易預測芙蕾的移動方向，因此很好閃避。

托倫並不具備什麼特殊權能。他的力量來自於外骨骼的強度、預測未來的能力與飛行速度等不同方面。儘管單純，卻是很強的能力組成。

尤其他的拳頭，更是由名為生體異鋼（Alionium）的特殊物質構成，強度超越生體魔鋼（Adamantite），堪比神話級武器。

反應速度、防禦力，以及攻擊力等戰鬥中的重要條件，托倫全都具備，即使存在值比芙蕾低，戰鬥能力卻在她之上。

芙蕾原本憑著氣勢企圖拿下敵方大將，如今卻因為自己的錯誤判斷而陷入苦戰——本該是這樣。

然而托倫在這時失言。

「嘰嘻、嘰嘻嘻嘻嘻。妳，好慢。我，很快。」

「啊？」

這句話激怒了芙蕾。

後來蜜莉姆對此發表看法。

芙蕾個性一點都不溫厚。她會讓說出蠢話的人切身體會到自己有多蠢——蜜莉姆如是說。

正因蜜莉姆總是被芙蕾責罵，這番話更有分量。

托倫接下來便會透過自己的肉身，明白這番話背後的意義。

戈畢爾率領「飛龍眾」跟在芙蕾身後。

「各位，這次的敵人是蟲型魔獸，和賽奇翁先生、阿畢特小姐同種族。我想各位應該都知道他們有多強，但還是不能掉以輕心喔！」

聽見戈畢爾大聲提醒，部下們全都深深點頭。

他們在迷宮內受訓時總是被打得很慘。任誰都知道該種族的危險性，甚至有些謹慎過頭。

戈畢爾一邊用吐息(Breath)驅除布滿天空的蟲子，一邊前進。角新、助郎與彌七三人組也跟在他身後。

「我說，戈畢爾大人！我們要去助芙蕾大人一臂之力嗎？」

「唔？如果她陷入苦戰，這倒也不失為一種選擇——」

戈畢爾對於彌七的提議似乎意願不高。因為他認為芙蕾可能會不高興。

更重要的是，他有個感興趣的對手。

「唔，戈畢爾大人！前方有個感覺很危險的傢伙喔。」

助郎注意到戈畢爾在意的對手。

「沒錯。散發出的氣場和阿畢特小姐有點像，但更加凶惡！」

接著角新也說出了戈畢爾內心的擔憂。

是的，戈畢爾也認為對方的威脅性在阿畢特之上。

阿畢特的存在值雖然比戈畢爾低，但和她交手起來平分秋色。戈畢爾的勝率算不上高，總是會陷入苦戰。

然而眼前這個人的氣場比阿畢特更不祥。

戈畢爾的本能告訴他。

這傢伙很危險。

那人名叫彼特霍普，是一名有著蜜蜂和蝗蟲特徵的蟲將。

戈畢爾感到不知該如何是好。

假如只有自己一個人就算了，不過現在的他掌握著部下的性命。

利姆路也曾下令「千萬別死」，因此戈畢爾很清楚不該貿然展開勝率不明的戰鬥。

戈畢爾剛才只是在氣氛影響下，不小心被卡利翁和米德雷帶著走，其實他不是個好戰的人。身為習武之人，當然想測試自己的武藝，但也知道沒必要冒著生命危險做這種事。

（而且萬一在此受了重傷，蒼華可能真的會和我斷絕關係。之前也因為這樣惹哭她，費了好多工夫才讓她消氣……）

苦澀的回憶讓戈畢爾感慨不已。

戰鬥有所謂的適性，他完全沒必要拋棄自己能夠飛行的優勢。與其在此挑戰危險的對手，不如找個能輕鬆戰勝的敵人。

如此心想的戈畢爾便打算尋找其他蟲將——但這想法太天真了。

「喂，你別逃啊！」

彼特霍普是個能力驚人的蟲將。

雙方之間原本還有一大段距離，他卻一瞬間就飛到戈畢爾面前。

「什……！」

戈畢爾能夠接下彼特霍普剎那間使出的飛踢，這都多虧他已習慣阿畢特的速度。此外，由於水渦槍（Vortex Spear）的性能已提升至接近神話級，所以才能承受住飛踢的衝擊。

彼特霍普手腳的外骨骼也和托倫一樣，變異成了生體異鋼。

頭部和身上的要害也是。

由於他身材苗條，飛行速度比托倫還快。防禦力雖然和托倫相等，攻擊力卻在托倫之上，可說是有著犯規般戰鬥能力的蟲將。

單純比較存在值，他的數值比戈畢爾還高。芙蕾可能還難說，但對戈畢爾而言委實負擔過重。

然而這下子他就算想逃也逃不掉。戈畢爾做好覺悟，如今唯有戰勝對方才能夠活下去。

「由你來當我的對手正好！我叫戈畢爾！是利姆路大人任命的『天龍王（Drag Lord）』！」

戈畢爾如此自我介紹後，和彼特霍普展開對峙。

卡利翁在地面上狂奔。

跟在他身後的是背上生著蜘蛛般手腳的蟲將。

「我叫阿巴特，準備殺了你。」

「還真敢說。做不到就別說大話了！」

兩人在奔跑中進行激烈的攻防。

帶有神性的卡利翁實力非同小可。倘若這是一場無所顧忌的單挑，他早就用獸王閃光吼將阿巴特打倒了。

但由於這裡是戰場，他沒有這麼做。這裡還有其他蟲將在，可不能隨便現出自己的絕招。

而且這裡和迷宮內不同，一旦死了就萬事休矣。戰鬥中最重要的就是活下去，因此必須保留體力，摸索出一個不會太勉強的戰鬥方式。

不過之所以會有這些判斷，是因為他認定對方實力比自己差。當面對真正強大的敵人時，卡利翁會心無旁騖地全力以赴。

但是卡利翁本能上知道自己穩操勝券。

阿巴特的存在值低於卡利翁的一半。即使和其他蟲將相同，有著專為戰鬥而生的能力組成，然而這方面卡利翁也一樣。

在這場戰鬥中，占上風的是卡利翁。

米德雷遇見的蟲將名叫薩里爾，他的體表沾滿顯然有毒的液體，外骨骼泛著紫紅色光澤，不用說那也是生體異鋼。此外尾巴還不停滲出會使人一觸即亡的劇毒。

人稱毒蠍薩里爾。

對於擅長格鬥戰的人來說，他是個令人無處使力的對手。

——但米德雷沒有這個問題。

「唔，這下有點傷腦筋了。」

「咯咯咯，遇到我，你還真倒楣啊。」

「倒楣？你好像搞錯了什麼，就讓我來告訴你吧，戰鬥之中才不存在運氣這項成分。」

「什麼？」

「世上確實可以見到以弱勝強的例子，這種現象有時又被稱為幸運的一擊或逆轉勝。但那其實是經由努力得來的成果。自身的武器唯有歷經千錘百鍊，才能在強者身上發揮作用。光用『運氣』來稱呼，太看輕努力的價值了吧？」

「你到底想說什麼？」

「好，就直說吧。我很強喔。」

米德雷如此宣言完便消失無蹤。

不，不對。

他使出連薩里爾的認知能力都無法捕捉的「瞬動法」，瞬間拉近了距離。

薩里爾被揍飛出去。米德雷的拳頭深深陷入他的臉部之中。

「嗯，有點痛，但習慣就好。」

米德雷喃喃自語，他的拳頭冒著紫煙。

那是薩里爾的蠍毒。米德雷全身被「氣鬥法」形成的鬥氣防護罩所包覆。劇毒侵蝕著防護罩，但他毫不在意。

「你、你到底是什麼人？碰到我的蠍毒竟然沒事——」

「全靠氣勢。要是沒這點本事，怎麼能當蜜莉姆大人的玩伴呢？」

米德雷叫喊道。

先不論他說的有無道理，光是那洪亮的音量就足以讓薩里爾震懾。

米德雷乍看並不強。

所以薩里爾才會感到混亂。

（不對，這太奇怪了吧！徒手揍了我的外骨骼不可能毫髮無傷啊！到底是怎麼回事！）

儘管這麼想，薩里爾仍確信自己會獲勝。

他認為區區脆弱的人類，不可能傷到身為蟲將的自己。

然而他想得太簡單了。

米德雷。

其外表雖然是人類，但本質和戈畢爾一樣是真．龍人族（Dragonewt）。

再者——

米德雷平常都用「氣鬥法」完美隱藏自己的實力，事實上他的存在值高達戈畢爾的兩倍。

如今他將在薩里爾面前發揮自己的本領。

蓋德回到前線後，告訴部下們。

「我們絕不能讓任何一名敵人通過。」

「「「是！」」」

所有武將精神抖擻地回應蓋德的號令。

他們臉上毫無懼色，冷靜地直視迫近的敵人。

敵方大軍中的成員外型各異。

就像融合了許多大型昆蟲的特徵，再經過魔物化後的產物。

人型者數量較少，但不可思議的是，外型愈接近人類能力愈強。

這時，蓋德的目光停留在一點上。

對方坐在一隻身長超過三十公尺的巨大蜈蚣上。從那強烈的存在感來看，他肯定也是蟲將之一。

「由我來當他的對手吧。」

蓋德低聲說完，幾名副官朝他點頭。

「祝您武運昌隆！」

他將那些聲音留在身後，獨自邁步向前。

耶斯普利拿起一把刀。

見她走向窗邊，蜜莉姆向她搭話。

「妳要走了嗎？」

「啊，是的。卡蕾拉大人好像正陷入苦戰。雖然我力量微薄，還是去幫她好了。」

耶斯普利口氣輕鬆，彷彿只是在說要出去散步。

根據耶斯普利的觀察，卡蕾拉面對的蟲將——塞斯擁有驚人的戰鬥能力。此外，比利歐德還從旁干擾，試圖封住卡蕾拉的魔法，使得卡蕾拉毫無還手之力。

這下耶斯普利不能再因自己實力較弱而袖手旁觀。因此她決定毫不保留地拿出祕藏之刀。

那是出自黑兵衛之手、相當於傳說級（Legend）的寶刀。

耶斯普利原本認為對惡魔而言，魔法以外的事物全都毫無用處，最近卻開始偷偷學習劍術。

一方面因為這是上司卡蕾拉熱衷的興趣，身為下屬也想稍微涉獵。但更重要的是，與阿格拉共同戰鬥的經驗，勾起了耶斯普利對劍術的興趣。

耶斯普利認為當個精通劍術的惡魔也挺有趣的，便開始私下開發魔法劍。

她的開發本來還不足以應用在實戰中，但現在不是在意這個的時候。比利歐德有著出色的抗魔法能力，耶斯普利拿她沒轍。儘管對此感到屈辱，這仍是事實。

所以她決定不用魔法，改用魔法劍對付對方。

「反正敵人也不堅持一定要一對一戰鬥，假如我不出手豈不是虧大了嗎？總之就是這樣，我去去就回！」

聽見她以爽朗的語氣這麼說，蜜莉姆露出笑容。

「嗯，要加油喔！」

於是在蜜莉姆目送下，耶斯普利也奔赴戰場。

這下在芙蕾引以為傲的摩天天守閣中，只剩蜜莉姆和歐貝拉兩人。

這時歐貝拉開口了。

「那麼蜜莉姆大人，我也該出動了。」

「唔？妳的傷不要緊了嗎？」

「抱歉讓您擔心了。我早已痊癒，請無須太過操心。」

「妳還真是一板一眼呢。」

蜜莉姆傻眼地這麼說，令歐貝拉不禁笑了出來。

「這是個性使然。此外，我想您應該已經注意到——」

「嗯。妳是指散發出黏膩氣息，彷彿籠罩整座戰場的那個人對吧？」

「是的。」

歐貝拉點點頭後，斂起表情。

「『蟲魔王』塞拉努斯無比強大，憑我的力量實在無法應對，請您千萬要小心。」

如果蜜莉姆能不上場是最好的。但歐貝拉推測，塞拉努斯一旦出動，他們這些部下都抵擋不了他。

屆時不得已只能仰賴蜜莉姆的力量。

因此，她想儘早讓敵方將領人數減少。

這時她正好瞧見一名在戰場上活動自如的蟲將——雙手幻化成銳利刀刃的提斯霍恩。她打算拿下他之後，再乘勢去支援其他人。

這樣等於和時間賽跑。

歐貝拉希望能在塞拉努斯出動前，儘可能多消滅一些將領。但敵方的戰力畢竟是未知數，沒這麼容易對付。

「我感覺得到戰場上有幾個危險的傢伙。歐貝拉，妳務必幫助同伴，讓所有人平安歸來。」

「遵命！」

歐貝拉內心激動萬分。

被主君委以重任，原來是這麼暢快的事。

這和之前基於責任感上戰場的經驗完全不同，她感覺到一股力量從心底油然而生。

（是嗎，原來你們的心情也是這樣啊？若是如此，真希望能再多回報你們一點。）

歐貝拉雖然感傷，但很快就整理好心情。

她現在之所以還活著，全是因為承襲了親愛部下們的心願。

那麼她當然不能停下腳步。

「我得走了。」

「嗯！期待妳的戰果喔！」

在蜜莉姆的激勵聲中，歐貝拉前往戰場。

這場大戰於是愈演愈烈——

第三章

王都燃起戰火

會議順利進行。

畢竟事前都溝通好了。

我方已取得通過議案所需的票數，不可能出亂子。

再者，與帝國和解的機會千載難逢，沒有傻子會出面反對。

因此正幸站起身來，準備以皇帝身分簽署和解文件。

議場內響起熱烈的歡呼和掌聲，正幸在眾人注視下登上議事台。

一切都符合預期。

為了今日奔走的戴絲特蘿莎，臉上也露出滿意的微笑。她無疑是這件事最大的幕後功臣，之後得好好慰勞她。

好，快簽名吧。

簽署完文件，就能舉行快樂的雞尾酒會了。

日向這次同樣會換上絢麗的禮服，展現美妙姿態。

這方面我也準備萬全，拜託過魯米納斯。

我提出一套頗為大膽的設計，請她幫忙縫製。

真完美。

賄賂費用雖然較高，所幸我們是同好。

魯米納斯對此表示理解，以合理價格接下委託。

別管什麼文件了，快讓我去雞尾酒會場——不知道是不是因為我腦中充滿邪念的關係，會場方向傳來巨大的爆炸聲。

遲了一拍後，議場也開始搖晃。

「正幸，沒事吧？」

「咦，怎麼了？」

拜託別在我旁邊放閃。

維爾格琳小姐以完美保鏢之姿守在正幸身邊，這還無所謂，但我實在受不了她一抓到機會就和正幸卿卿我我。

所以應該輪不到我操心，但我畢竟是邀他們來的人，還是出聲關切。

「正幸，你還好嗎？」

「啊，我沒事。還好大家看來也都安然無恙——」

正幸說著環視議場。

我順著他的視線望去，在座的不愧是各國選出的議員，個個態度冷靜。

「那當然，要是因為這點小狀況便驚慌，就不配和我共事了。」

不知不覺間，戴絲特蘿莎已開始從容地指揮眾人。守衛議場的騎士們接到她明確的指示，有秩序地展開行動。

「我已命令聖騎士團（Crusaders）保持警戒。議場周圍自不用說，此外也派人去調查酒會會場發生了什麼事。」

「啊，謝謝。」

日向來到我身邊告知這些，我這才想起一個重要的問題。

就是酒會會場有沒有受損？

請人事先準備的珍稀佳餚或許還能設法補足，但要是場地受損過重，可能影響今晚的雞尾酒會。

該不會要停辦……

這怎麼行！

如果停辦，不就看不到穿禮服的日向了嗎？

我腦中閃過不安的想法，準備飛奔出去。

就在這時——

『利姆路大人！方才接到芙蕾小姐聯繫。由於「蟲魔王」塞拉努斯的大軍來襲，他們準備要和對方開戰了！』

紅丸向我回報這個殘酷至極的事實，打破了僅存的希望。

不，沒問題的，現在立刻飛去解決塞拉努斯，還能趕上晚上的酒會——

『利姆路，糟糕了！各魔王之間一直依規定互相聯絡，但從剛剛起達瑪爾加尼亞就沒有回應。是不是很不妙？』

很不妙啊。

在我們設想的幾種狀況中，沒有音訊相當危險。

所以之前才會為了應付這種狀況，特地編寫指南——我在心中抱怨，並用「思念網」請菈米莉絲繼續蒐集資訊。

菈米莉絲聽完我的提醒，好像才想起有指南這個東西。我一點都不慌張喔——她大言不慚地說完，又回去和接線生們溝通。

總之，沒有資訊就無法判斷下一步。

話說回來，還是別指望今晚能辦雞尾酒會吧……

這讓我想起前世的一次經驗。

那是二十多歲，還在負責現場監工時發生的事。

那天是自己每天都會玩的ＭＭＯＲＰＧ大規模更新的日子。我內心興奮不已，等待下班時間到來。

就在作業即將結束之際，機器卻突然故障……

我心想，不會吧。

現場的收尾工作還未完成，工程機具就罷工。直到修理好之前其他工程全部停擺……那個瞬間確定要加班了。

我指示工班調度夜間照明設備後，又聯絡公所、警察局等有關單位說明事情經過，並將人力所能完成的工作全部做完。後來又因應需要，去向附近居民說明狀況，連抱怨的時間都沒有。

由於要做的事太多，回過神來早就超過下班時間。

現在的感覺和當時完全一樣。

換言之，還是對日向穿禮服的模樣死心吧。

一處就算了，現在是兩處同時遭到進攻，必須做好長期抗戰的心理準備。根本不可能在晚上之前處理完。

而且其中一處有可能是陷阱，絕不能抱著興奮浮躁的心情應對。

不過，我絕不會忘記心頭湧出的怨恨。

一定要讓那些愚蠢的傢伙明白，奪走我樂趣的代價有多高……

我想著這些事轉換心情，開始思考對策。

＊

日向眼尖地注意到我的變化。

「出事了對吧？」

我點點頭，簡單向她說明。

「嗯，敵人出動了。雖然這裡好像也出了狀況——」

「沒事，由我負責應付。」

真不愧是日向。

不用我拜託，她就主動將這任務承接下來。

「戴絲特蘿莎，協助日向將狀況排除。」

「明白了。」

這樣就行了。

我將這裡的事留待之後再操心，先向紅丸確認情況。

『紅丸，接到後續報告了嗎？』

『還在確認，情況似乎相當不妙。』

蜜莉姆那邊仍有回應，不至於太過驚慌，但感覺情勢十萬火急。我默默祈禱不會出現超乎意料的損傷，並等待後續報告。

『接到回報了。真令人驚訝，據說雙方戰力不相上下。卡蕾拉放出超大魔法作為開戰信號，敵方中卻有人能將她的魔法投擲回來，他們不得不採取正面迎戰的方式，和敵方廝殺——』

將卡蕾拉的魔法投擲回來？

是怎麼將那強得離譜的魔法——等等，若是「空間支配」系的權能或許有可能？

《雖然仍要依演算能力而定，但的確有可能。依據魔法規模和威力也有差別，若面對的是具備方向性的破壞魔法，就可以用此方法扭曲空間，化解魔法的威力。然而這麼做一不小心就會害同伴受傷，所以不推薦。》

原來如此。

要是花太多時間預測魔法落下的位置，可能會害同伴遭到波及。

再者，萬一預測失敗，想當然會損失慘重。這種事我猜希爾大師應該也能辦到，但除非別無他法，否則我不會同意使用這招。

這樣想想，這招不但有可能讓夥伴喪命，失敗時所需承擔的損失也過高，看來敵方之中有個不要命的賭徒呢。

那傢伙害得雙方不得不展開正面衝突，據說敵方有八名蟲將。

他們的正式名稱是十二蟲將，現在只剩下八名，全都齊聚在戰場上。

此外還能感受到「蟲魔王」塞拉努斯的氣息，蜜莉姆因而無法隨意行動。蜜莉姆四天王和卡蕾拉他們便全部投入戰場，和蟲將們對抗。

蜜莉姆四天王是什麼？這個疑問先擺一邊，我不禁讚嘆真虧她能湊到這個人數。

『那他們能打贏嗎？』

『不清楚，好像有一些對手很難應付。』

『好，我們也派援軍過去吧。』

『就知道您會這麼說，我已經派三百名「紅焰眾」過去了。』

喔喔，紅丸果然很優秀。

他沒有坐以待斃，而是當機立斷採取行動。

「傳送魔法陣」一次能輸送五十個人，若使用者提供自身魔素作為補給，就能夠持續運作。而且我國迷宮內魔素豐富，不用等太久就能再度使用。

這次維爾德拉也有幫忙，因而得以將三百名壯士順利送上戰場。

擔任指揮的哥布亞也充滿幹勁。

『她不知道從何時開始和法比歐交往，聽到戀人遭遇危機，她也鬥志高昂想要幫忙。應該不會輕易敗下陣來才對。』

『那就好。但我有點擔心戰力不足。』

聽說敵方數量超過百萬隻，我們只派出三百名似乎不太夠。以實力而言，他們每個人都超過A級，非常充裕。但屆時若因疲勞過度而不斷出錯，可能會一下子潰不成軍。

『要派哥布達過去嗎？』

嗯，狼鬼兵部隊有一百名騎士。

我國有迷宮保護，很少需要哥布達他們出馬。應該說假如需要就糟了。

畢竟狼鬼兵部隊機動性佳，適合在寬闊的戰場上馳騁。要是不得不讓他們在迷宮內戰鬥，代表情況已經相當緊急。

看來保留這支戰力不是個好選擇。

『好，就派他們去吧。蘭加，你跟在哥布達身邊，保護他的安全！』

『遵命！』

我感覺到蘭加從我影子中消失。

這樣大概能稍微放心了。如此心想之時，紅丸突然笑了起來。

『呵呵，利姆路大人還是這麼疼哥布達。』

『咦，有嗎？』

『是啊。那傢伙已經是個可靠的幹部，您不用操心，他也會好好表現的。』

『可是不覺得那傢伙有時候會少根筋嗎？』

『哈哈哈，平常就算了，他在戰場上可是很認真的。不過這次多多保護他或許才正確呢……』

原本語氣歡快的紅丸態度一變。

他似乎從敵人的動向中察覺到危險。

『意思是，你也認為敵人很強嘍？』

『令人毛骨悚然。我正透過蓋德他們的眼睛「觀察」戰場，那些蟲子根本不知恐懼為何物，前仆後繼地踩在同伴的屍體上持續進攻。』

『嗚哇，好討厭的敵人……』

『蓋德說，這讓他想起了在父王(Lord)支配下的自己和同伴。』

『嗯，獨有技「飢餓者」啊……』

比起懷念，他更覺得那是段不堪的過往吧。

不過他這樣描述，確實足以讓人明白那些蟲子的形象。

『總之，希望所有人平安無事。你繼續監視戰場，一旦發現情勢不對立刻前去支援。』

『沒問題。』

於是，我和紅丸的對話到此結束。

＊

接著聯絡我的是菈米莉絲。

『怎麼樣，有回應了嗎？』

『等等，我在處理要緊的事——呃，原來是利姆路啊！你聽我說，情況比不妙更不妙啊！』

還真夠吵的。

她好像把我跟誰搞混了，這種情況下還讓「思念網」受雜訊干擾，實在太不應該。看來這傢伙根本沒有認真受訓吧？

說得也是。之前因為有德蕾妮小姐和貝瑞塔幫忙，讓我對她們信賴有加，但仔細想想，由菈米莉絲發號施令其實是個錯誤的決定……

『可以換貝瑞塔接聽嗎？』

『啊，等一下，你不信任我——』

『快點。』

『是。』

我不聽她辯解就直接換人。

這不是因為對日向的事耿耿於懷，也不是遷怒，純粹因為現在是緊急狀況。這不是鬧著玩的。

於是換貝瑞塔向我報告。

『祖達先生不久前聯繫我們。他說自己在烏蒂瑪大人命令下，逃到了能夠通話的區域。』

不愧是烏蒂瑪，和某個偷懶的妖精不同，有確實按照指南行動。

『所以敵人呢？』

『據說強得嚇人，需立即支援——請問該如何是好？是否請其他魔王配合，將我方戰力返還呢？』

唔嗯，這個方案的確可行，但「強得嚇人」這點令人在意。要是隨便移動戰力，可能會中了敵人的計，各區域還是該保有最低限度的戰力。

更重要的是，這片英格拉西亞是魯米納斯的支配領域。沒辦法從魯米納斯那裡調人過去。

雷昂已落入敵人手中，金則要保護黃金鄉埃爾德拉，無法行動。若是維爾薩澤攻來自然另當別論，但此外還是讓他按兵不動才是上策。

那麼，能派出戰力的豈不就只剩下自己了嗎……

我思索著該怎麼做。

要派迷宮內的戰力過去，還是我自己去？

這裡的狀況也令人擔憂，但目前感覺不到強大氣息。除了有戴絲特蘿莎在場之外，日向和聖騎士團也已展開行動。

魯米納斯應該也能配合需要派出援軍，重點是，維爾格琳小姐也在呢。

這樣看來——

『啊，利姆路大人！接續回報敵方陣容。我軍目擊到迪諾先生和雷昂先生的身影！』

這則消息讓我下定決心。

本來就決定好雷昂在哪裡，我就跟到哪裡。

這下自己不再猶豫。現在該做的就是遵從指南，讓雷昂回到我方陣營。

雖然內心仍有些遺憾，但我決定將這股情緒化作憤怒，發洩在敵人身上。

『好，我過去支援。妳們那邊就交由紅丸指揮，幫我交代菈米莉絲要認真受訓喔。』

『——我明白了。』

貝瑞塔散發出一股難以言喻的悲傷，但仍答應下來。我不會把話說得那麼難聽，叫菈米莉絲別玩司令官家家酒，不過若不好好記住指南會很困擾。

我不由得想，是不是「管制室」改建得太豪華所致。

之前按照記憶，將那裡改建得比任何動漫中的場景還要豪華。都怪自己浪費錢耍任性，結果每個人都想坐一下司令官的椅子，真傷腦筋。

我還幫菈米莉絲準備了特等席，令她躍躍欲試……

倘若只是在玩家家酒還沒關係，但這次是認真的戰鬥。我連忙提醒她一定要善盡自己的職責。

達格里爾面前站著一個溫文儒雅的男子。

是芬。

說他溫文儒雅，是因為比較的對象是達格里爾。芬身材纖細，但身高仍與一般巨人無異，肌肉柔韌而結實。

膚色很白。經年累月關在不見天日的房間令他皮膚白得病態，彷彿失去色素一般。

他有著綠色的蓬亂長髮，雙眸如翡翠般閃亮。

身穿一件袒胸的寬鬆長袍，腰際和肩上纏繞著鎖鏈，十分醒目。

那是長年束縛他的聖魔封鎖，如今成了他的最愛。

芬前後晃動身體，以謎樣的動作走向達格里爾。

乍看毫無防備，事實上並非如此。

那是隨時能應付任何攻擊、精通武藝之人的動作。

芬狡詐地笑了。

「好懷念啊，老哥。」

聽見芬這樣的開場白，達格里爾深深嘆了口氣。

「懷念是懷念，但我並不想再見到你喔。」

「喂喂，別說這麼令人傷心的話嘛。我們可是三兄弟呢。」

「是啊，所以我才對你誤入歧途一事感到遺憾。」

「哈！你變了，老哥。以前明明那麼帥的。」

芬一臉不悅地應道。

他過去很崇拜達格里爾。

但達格里爾如今卻像被拔掉獠牙的猛獸，變得如此窩囊，令芬覺得無趣。

「我們也曾反抗過維爾達納瓦大人。後來認清了現實，不是嗎？」

「那是你的藉口吧？我可不認同喔。」

「住口！我們是因為那位大人網開一面才得以活下來的！」

「我就是看不慣老哥你這懦弱的樣子！維爾達納瓦又怎樣？菲德維讓維爾達納瓦復活之後，我一定會讓他明白誰才是老大！」

「蠢貨！因為你不了解那位大人——」

「不用再討論下去了，反正也沒共識。來打一架吧。我會打倒老哥，讓你清醒過來。」

「芬，你這傢伙……」

芬和達格里爾的身體都被翻湧的鬥氣所包覆。他們散發出的強大壓力，使固若金湯的「天通閣」劇烈搖晃。

下個瞬間，伴隨著一陣驚天動地的衝擊，達格里爾一拳揍向芬的臉。

但芬踩緊地面，撐在原地。

接著像要回敬哥哥般，他將重心深深下沉後，朝達格里爾腹部使出一記沉重而銳利的上勾拳。

達格里爾身體承受不住浮了起來。芬沒有放過這個機會，接著用腳刀踹向對方。

達格里爾的巨大身軀撞上牆壁，撞擊力道強到讓「天通閣」彷彿要崩塌般嘎吱作響。

不過達格里爾卻若無其事站起身來。

「嘖，看來你沒退步啊。」

「老哥也是啊。一般人挨了剛剛那擊就不行了喔。」

「別小看我。『八星魔王』的稱號可不是浪得虛名。」

「你就這麼喜歡那個名字嗎？」

「挺喜歡的！」

達格里爾回答完，盡全力解放自己的鬥氣。

他的能力換算成存在值超過四千萬。芬的數值較高，其散發出的壓力也足以媲美「龍種」——最後勝負如何，就依各自的實力而定了。

雷昂靜靜地來到戰場。

擋在他面前的是達格里爾的弟弟、芬的兄長——古拉索德。

他身高達兩公尺，就其他種族看來十分魁梧，但在巨人族中卻相對嬌小。膚色也介於哥哥和弟弟之間，偏黃色系。

紫色的眼眸蘊含著知性光輝。以往被夾在豪放不羈的哥哥與自由奔放的弟弟中間，吃了很多苦頭，因而認為自己必須當個穩重的人。

他本人也有意識到這點，無奈生來個性就是如此。

正因古拉索德這獨特的性格，他用的武器也和一般巨人族不同，並非徒手或棍棒類力量型武器，而是兩手劍（Great Sword）這種重視技量的武器。

他採用不拿盾牌的完全攻擊型戰鬥風格，這是古拉索德自信的表徵。

古拉索德存在值將近兩百萬，在三兄弟中較為弱小，但無疑是實力堅強的超級覺醒者。

而且其技量在三兄弟中首屈一指——

「你是魔王雷昂先生吧？在下名叫古拉索德，是巨人兵團的副團長。雖然想與未被奪去自由意志的你一較高下，但也只能另找機會——今天要請你當我的手下敗將了。」

古拉索德自我介紹完畢，朝雷昂踏出一步。

迪諾無精打采地來到前線，站在他面前的是一副紳士樣貌的維儂。

維儂是公爵級的惡魔大公，實力僅次於大公摩斯。但他還是不得不承認，面對能與「始祖」匹敵的「始源」，自己顯然處於劣勢。

不過無論如何，維儂已比同時應付兩名「始源」的主子好多了，他只希望自己能善盡義務。

也就是爭取時間。

『反正迪諾一定不會動真格，就算是你也應付得來啦。而且也擔心由我出馬，迪諾會全力出擊。所以這個任務就交給你嘍，維儂♪』

聽見烏蒂瑪以可愛的口吻拜託，維儂實在無從拒絕。他打算盡己所能回應主子的期待。

「呃，我果然還是得戰鬥啊……」

「如果您能配合一下，一起拖延時間，不才會很感激的。」

「沒辦法啦，現在的我就連偷懶都不被允許。」

迪諾雖然這麼回答，實際上正在確認自己的自由度有多大。無法告訴對方這點令他有些焦躁，而下一句話成功說出來後，他終於鬆了口氣。

「烏蒂瑪可能另當別論，但和你交手只用劍技就夠了。」

言下之意是他不會使用權能。

迪諾從雷昂的應戰方式中觀察到，即使不卯足全力也沒關係。若雷昂拿出真本事，雙方的攻防應該會更激烈才對。

迪諾以前曾旁觀過雷昂認真戰鬥的樣子。那銳利的劍光，蘊含著連靈子都能斬斷的必殺威力。對照起當時的情景，就能推知現在的雷昂並未認真。

所以迪諾有樣學樣。

這不是偷懶，只是不想背叛朋友──他這樣說服自己。

維儂從迪諾言行中察覺到他的心思。畢竟惡魔善於洞察人心的細微變化。

（嗯，果然和烏蒂瑪大人猜想的一樣，迪諾大人對這場戰鬥意興闌珊。那麼由我來和他交手也不成問題呢。）

了解這點後，事情就好辦了。

他假裝被迪諾激怒，接受挑戰。

「也太瞧不起人。不才這就來挫挫你的銳氣。」

維儂說著就用究極贈與（Ultimate Gift）「真贗作家（Artist）」幻化成不同姿態。

模仿對象不用說正是阿格拉的前世，荒木白夜年輕時的樣子。

他手中握著黑兵衛鍛造的手杖刀。那是一把藏於手杖中的傳說級寶刀。

其實黑兵衛這陣子手藝進步不少。

他如今是個強得令人難以置信的刀匠，鍛造出的十把刀裡有七、八把可達傳說級，交給耶斯普利那把刀也是如此。

不只是這樣，甚至可望在不久的將來達到「神匠」領域。

黑兵衛鍛造的刀，維儂用起來得心應手。雖然僅限於運用究極贈與「真贋作家」時，但維儂也開始明白刀劍的魅力。

「有意思，我就認真點和你打吧。」

這是騙人的。

迪諾的眼神不安地搖曳。

（沒問題吧？你應該知道我想說什麼吧？）

他拚命用眼神詢問。

維儂深深點頭，好讓迪諾安心。

「不才來跟您討教了，還請您『手下留情』！」

聽見維儂的回答，迪諾露出笑容。

烏蒂瑪單槍匹馬站在皮可和卡拉夏面前。

「喂喂，紫色始祖（violet）。不，妳現在叫烏蒂瑪是吧？我想妳應該理解狀況，怎麼還會想一個人對付我們兩個？」

卡拉夏問道。

烏蒂瑪笑著回答她。

「沒問題喔，妳們正好可以讓我用來暖身。」

「是、是嗎……妳未免太小看我們呢……」

「我聽得也火大了。就算妳哭出來也不會放過妳喔！」

不同於迪諾和維儂那組，這邊真的起了衝突。

應該說，烏蒂瑪連在這種情況下都很享受。

她看穿皮可和卡拉夏的戰鬥能力，認定這兩人比自己弱。

這是正確的判斷。

皮可和卡拉夏一點都不弱，而且當然也是超級覺醒者，但存在值僅兩百萬左右，略遜烏蒂瑪一籌。

此外烏蒂瑪還有個上位者少有的經驗，那就是曾與實力相當的對手（達姆拉德）進行生死決鬥並勝出，這件事增加了烏蒂瑪的自信，令她認為用眼前這兩人來磨練武藝再好不過。

「被我揍了之後說不定能找回自由意志，我來幫幫妳們吧。」

「這方法絕對不會成功。」

「是啊是啊，別多管閒事了！」

雙方互相鬥嘴，展開認真的對決。

＊

達格里爾和芬的戰鬥就旁人看來無比激烈。

不過其實兩人都尚未動真格。若他們全力應戰，共處一室的人全都得承受鬥氣的壓力，甚至有人會站不起來。

更不用說戰鬥了。

但這段互相試探的時間即將結束。

其他組人馬不願在狹小的建築物中對決，紛紛另闢戰場。

最後在這個多層結構的「天通閣」內，留在原處的只剩達格里爾他們。

「好久沒這麼熱血沸騰了。老哥，我要拿出真本事嘍。」

「哼！求之不得。」

芬的鬥氣開始膨脹。

媲美「龍種」的實力化作肉眼可見的壓力，刮向達格里爾。

而達格里爾也不甘示弱。

「唔嗯！」

他讓自己的鬥氣融入肉體後，將肌肉改造成專門用來戰鬥的型態。

真正的兄弟對決就此展開，原因在於雙方各執己見。

芬希望達格里爾回到以前恣意作亂時的狀態。

相對地，達格里爾則追求穩定和秩序。如有需要當然還是會開戰，但已不再是個無理取鬧的莽漢。

兩者的主張互不相容。在對決中勝出的人，能讓對方唯命是從。

要問為什麼——

因為戰鬥愈來愈白熱化。

原本勢均力敵的對決，逐漸由芬取得上風。

雙方的實力差距開始顯現。

此外還有一項關鍵，那就是芬操縱自如的鎖鏈——聖魔封鎖。

聖魔封鎖由維爾達納瓦親手創造，在神話級中具備較佳的強度和柔軟度，不容易毀壞。芬因長年被聖魔封鎖綑綁，不知不覺間已能隨心所欲操控，宛如身體的一部分。

「唔，狂妄的傢伙……能將我逼到這個地步，可見你變得比以前更強了是吧——唔？」

達格里爾被逮到破綻，手腳遭到聖魔封鎖五花大綁起來。

他神情痛苦，如此低喃。

芬賊賊地笑了。

「老哥——完完整整地收下我所嘗過的苦澀記憶吧！」

說著便使出一記猛烈的頭錘。

剎那間，達格里爾和芬的「靈魂」相互碰撞，記憶與情感交織在一起。

這個行為讓兩人得以共享記憶。

最後——

達格里爾「想起來了」。

「想起來了嗎，老哥？」

「呼，有種清醒過來的感覺啊。」

「是嗎？那太好了。」

芬臉上的笑意加深。

而後懷著親愛之情，朝哥哥達格里爾伸出手。

那隻手被緊緊握住——

「戰爭的時刻到了。讓全世界瞧瞧我等巨神軍團的威力吧！」

「沒錯。不愧是老哥，這就對了！」

聽見達格里爾如此號令全軍，芬喜孜孜地勾起嘴角。

作為「八星魔王」的一員，守護「天通閣」的巨人魔王已然消失。

上古惡神就此復活。

＊

接到達格里爾的號令後，巨人族戰士們開始聚集。

巨人兵團改名為「縛鎖巨神團」，朝荒涼的沙漠進軍，準備重現上古時代的狂暴威勢。

他們的動作毫無秩序可言。

每個人各自拿起武器，遵從君王達格里爾的命令行動。因此連準備時間都不需要，速度快到像在嘲笑軍隊這種組織般，迅速展開集體行動。

與雷昂短兵相接的古拉索德也不例外。

「哼，看來你我已沒有敵對的理由。今後我們就是戰友了，請多指教。」

他對雷昂說完，便轉身離去。

雷昂顯得不慌不忙。他們原先就已預料到芬戰勝後會有這樣的結果。

見狀感到欲哭無淚的反倒是烏蒂瑪。

「喂，不會吧？我雖然變強了，但這已經超出我的能力範圍……」

她會這麼抱怨也情有可原。

這下子友軍變少，敵方人數增加。

敵人用的正是利姆路打算使用的戰術。

值得慶幸的是，倒戈的達格里爾無視了烏蒂瑪等人，逕自踏上征途。

不，這不是什麼好事，但若烏蒂瑪現在被他們盯上便必敗無疑，因此也只能將之視為一種幸運。

話說回來，這個狀況惡劣至極。

和迪諾戰得平分秋色的維儂也難掩焦慮。

「烏蒂瑪大人，您打算怎麼做？這樣下去無疑會節節敗退，小的認為還是先撤退為妙。」

維儂不畏烏蒂瑪責難，如此向她建言。

烏蒂瑪並未訓斥他，反而陷入沉默。

她正在思考。

「嘿，我承認妳確實變強了。不過在我們和達格里爾聯手之下，妳就沒勝算了吧？」

「是啊是啊，妳還是老實認輸退回惡魔界吧。這樣我們想追也沒辦法，姑且可以當作兩敗俱傷！」

卡拉夏和皮可輸得徹底，但一抓到機會又囂張起來。

無論是烏蒂瑪還是皮可和卡拉夏，雙方在戰鬥中都沒有使用權能。兩人承受被對方以一敵二擊敗的屈辱，如今情勢逆轉。因此無關乎立場，她們純粹為此感到開心。

「少囉嗦……不用妳們說我也知道。可是現在撤退，就沒臉面對利姆路大人了……」

烏蒂瑪心情愈來愈差。

眼看情況這麼糟，她已顧不得輸贏，自暴自棄地想拿出全力來大鬧一場。

她從利姆路那裡得知迪諾等人不過是被米迦勒控制，因此本來不打算使出全力，只想著讓他們失去力量就好。

問題在於，如果她現在動真格，能否將在場所有敵人打倒？

若不顧對方死活，勝率會高一些。

但烏蒂瑪認為就算是這樣也未必能贏。

雷昂、迪諾、皮可、卡拉夏。

這四人中最難纏的是迪諾。

此外倘若雷昂認真起來，烏蒂瑪也不見得能贏過他。

換言之，她沒有勝算。

維儂判斷得沒錯，所以烏蒂瑪才沉默不語，沒有發怒。

她想冷靜下來思考下一步，但情況並不允許。

因此只好當機立斷。

「我相信利姆路大人！他很快就會前來支援，我們要做的就是攔住敵人。沒意見吧，維儂？」

「遵命！」

方針就此確定——

「咯呵呵呵，妳的選擇很正確。我就稱讚一下吧，烏蒂瑪。」

他們引頸期盼的援軍及時趕到。

我帶著迪亞布羅和蒼影前往「聖墟」達瑪爾加尼亞。

我以祖達所在的地點為目標，發動「空間轉移」和他會合，再火速趕往烏蒂瑪等人身邊。

途中看見的景象令人震撼。

巨人們散亂地從四面八方湧來，不知不覺間變成一支井然有序的軍團。

領軍的是達格里爾，然而和我認識的他判若兩人。

我們有一瞬間對到眼，他勾起嘴角來威嚇我。

老實說感覺大事不妙。

我想了想該怎麼做，但其實無須煩惱，答案只有一個。

現在還不是和達格里爾交手的時候。我用「思念網」聯絡完各個相關單位後，迅速離開現場。

就在剛剛，我們和烏蒂瑪等人會合了。

我帶來的人有迪亞布羅和蒼影，加上本來就在這裡的烏蒂瑪、維儂和祖達三人，一共有六名戰力。

對手則有雷昂、迪諾、皮可和卡拉夏這四個人。我們現階段在人數上已占上風，只要按照計畫讓雷昂恢復理智，我方必勝無疑。

「唷，連利姆路都來了啊！」

「沒錯，迪諾老弟。不過我等下再去找你。」

我邊回答邊將意識集中在雷昂身上。

雷昂似乎也察覺到我的意圖，但毫無反抗之意，可見米迦勒的支配並沒有強到洗腦的地步。

能獲得究極技能的人都擁有強韌的心智，任誰都無法光靠權能之力就讓這樣的人真心宣誓效忠。就

算真能控制對方，得到的也只是表面的忠誠，頂多只能限制當事人不做出違反米迦勒心意的行動——我從當下的狀況認知到這點。

因此我決定終結這個狀況。

我像剛才宣告的那樣跳過迪諾，先處理雷昂。

「雷昂，覺悟吧！吞噬一切的『虛數空間（暴食之王）』——！」

一見面就放大招。

我用究極技能「虛空之神阿撒托斯」管理下的「虛數空間」，將雷昂帶往另一個世界。接著立刻請希爾大師強制執行「能力改變（Alteration）」。

這樣一來，雷昂就——

「呼，雖然一切都按計畫進行，但我真不想再來一次呢。」

——平安復活了。

於是雷昂回到我們陣營。

下個目標是懶洋洋的迪諾。

他本來就沒什麼幹勁，因此阻力應該也很小。

我心想要讓他脫離控制很容易，便將他往後排，現在決定一口氣完成這個工作——不過看來自己太天真了。

一股強烈的氣息襲來。

就像「龍種」火力全開時所散發出的壓迫感。

與此同時，與「管制室」一直保持通話狀態的蒼影也向我回報一件事。

「利姆路大人，這裡——『聖墟』達瑪爾加尼亞一帶遭到無法突破的『結界』隔離。」

這下可以確定。

敵方老大登場了。

「咯呵呵呵，竟敢獨自過來，真是太小看我們了。」

迪亞布羅盯著一個悠然佇立的人，笑著說道。

他的容貌和正幸相仿——正是取代了魯德拉的米迦勒。

「我們搶回雷昂嘍。」

「無所謂。反正雷昂的權能——『純潔之王梅塔特隆』已落入寡人手中，他不過是誘餌罷了。」

「誘餌……？」

《——「果然」是「王手飛車（註：將棋術語，同時叫吃對手的王與大將，讓對手陷入兩難）」。用的手法還真是跟我們如出一轍。》

呃，王手飛車……將棋的王手飛車嗎！

套用在現在的狀況，就是——

《雷昂不過是用來當作誘餌的飛車，真正的目標是——》

正幸嗎！

《……沒錯。》

中計了。

他將雷昂作為飛車（誘餌）遞到我面前，讓我把雷昂和身為王的正幸放在天平兩端衡量。結果我完全落入他的圈套。

換言之，將我引誘到此地之時，米迦勒的計策就已經成功了。

我能明白正幸很重要，但沒想到敵人竟對正幸如此執著。不過只要我能從這裡逃脫，米迦勒的計策就會以失敗告終……

「這樣便以為自己勝利，也太早了吧？」

「會嗎？從寡人出動那一刻起，你們就毫無勝算可言。」

真是有自信。

迪諾他們雖然還在敵方陣營，但我有能力讓他們從支配中解脫。米迦勒知道這點還如此咄咄逼人，也太厲害。

還是說他有其他必勝的妙計？

「呵，你那表情就像在懷疑寡人是否有其他計策。放心吧，你對寡人而言微不足道。都是因為菲德維太愛操心，寡人才配合他，其實從一開始就該這麼做。」

米迦勒話一說完，迪亞布羅突然倒下。

我們都有用「魔力感知」來提防敵人，所以可以確定這絕非一般的偷襲。

更重要的是，我從未見過迪亞布羅像這樣倒下。

雖然想相信他沒死，但那一動也不動的模樣令人不安。

「喂——」

蒼影正準備朝他衝去，自己卻也當場倒地。

什麼？

我感到莫名其妙。

面對這超乎尋常的狀況，雷昂重新舉起劍——整個人癱軟下來。

不會吧？

我完全不明白發生了什麼事。

驚訝的不只我，迪諾他們也一樣。亦即知道現場發生什麼事的人，就只有疑似發動攻擊的米迦勒本人呢。

這究竟是怎麼——

《怎麼可能……》

「怎麼可能」嗎？

也就是說，連希爾大師也不明所以。

情況已經超出不妙的範疇。

既不知道發生什麼事，又沒辦法逃跑。

不過我當然不可能拋下迪亞布羅和蒼影逃跑。雷昂也是。

「烏蒂瑪，帶著那些倒地的人離開這裡。」

「可、可是？」

「照做就是了，我自有打算！」

其實沒有呢。

「咯、咯呵呵呵。請等一下，利姆路大人，我還能戰鬥。」

喔喔，迪亞布羅果然平安無事啊。

「嗯，寡人感覺得到你沒死，早知道就不該手下留情，該將你一次解決掉才對。」

即使見到迪亞布羅起身，米迦勒仍一派從容。像是有股絕對的自信，起來幾次就打倒幾次。

我心想。

這下真的糟糕到極點。

「好，迪亞布羅，該撤退了。帶著倒在那裡的雷昂快走吧。」

「可是！」

「這是命令。既然打不贏，逃跑才是上策喔。」

我說著便拔刀並擺好架式。

米迦勒的目標是我，他肯定不會讓我逃。那麼乾脆用自己當誘餌，讓其他人逃跑。

迪亞布羅當然明白這點，但內心還是很掙扎，直到聽見「命令」二字才開始動作。他和烏蒂瑪他們分工合作，扶起蒼影和雷昂然後迅速撤退。

「還以為你會阻止他們呢。」

「寡人對小嘍囉沒興趣。」

嗚哇，還好迪亞布羅沒聽見。

竟敢說這種話，一定會被迪亞布羅列在待殺清單上喔。

那傢伙執念很深，總有一天會親手除掉對方。他就是這麼危險的人。

話說回來，現場只剩下我一個人對抗他們四個啊。

光是面對米迦勒一個敵人就已經夠絕望，這下死定了。

因為有維爾德拉在，最糟的情況下還是可以復活，但叫我嘗試還是千百個不願意。

自己會忍不住想，復活之後的我還是我嗎？所以也不想讓維爾德拉死掉……

在思考這些事時，米迦勒有了動作。

「迪諾，這裡就交給寡人，你們也回去吧。」

哎呀，他似乎也想和我單挑，真是可喜可賀。或許是因為他發現我打算逮到機會就解放迪諾他們，不過成功機率很低，所以他們離開對我來說也不是什麼壞事。

「咦，可以嗎？」

「可以。若連心智都支配，你們就無法隨機應變，但在這種情況下你們也只會敷衍了事吧？這樣的棋子一點都不中用。」

原來如此，他早就知道迪諾和雷昂不是真心聽命於他。

所以我這次完全是上了米迦勒的當嘍？

《……》

唉，沒關係啦。

希爾大師也會犯錯嘛。

《不，這也是計畫的一環。》

好了啦，不服輸也該有個限度。

希爾大師好強的個性有時真令人傷腦筋。

閒聊到此為止，我就來盡力做垂死掙扎吧。

既然確定會輸，心情輕鬆多了。

我不願被部下看到難堪的一面，幸好迪亞布羅他們都離開了。

再來就放膽嘗試吧。

我把心一橫，開始觀察米迦勒。接著感覺到他散發出的氣息比上次見面時擴張許多。

大概比自己多好幾倍吧？

《這裡不是迷宮，無法正確計算，但推估起來應該超過一億。》

那怎麼可能贏啊！

差一倍以上就已經夠勉強，差十倍根本就是不可能的任務。

《不，沒問題的。重點在於能量輸出，空有龐大的魔素含量並不能決定勝負。》

簡單來說就是差在氣勢。是叫我用意志力撐下去嗎？

好勝心過重的希爾大師說的話也有幾分道理。

若在開戰前放棄，勝率就是零。但若放手一搏，說不定意外能看到轉機。

問題在於，米迦勒那連迪亞布羅也能打倒的謎樣攻擊。

雖然不知道他做了什麼，總有股似曾相識的感覺。

對，就是——

《是的，我也對此現象有印象。那股感覺……再花點時間應該就能明白——》

喔喔，希爾大師果然可靠。所以你早就料到米迦勒會使出那陣攻擊嘍？

《不，這部分我完全失算了。》

這、這樣啊。

這也無可奈何呢。

不可能完全預料敵人的招數，只能利用這次機會揭開他的祕密，幫助下次勝利。

這樣想想，這次的失敗——不對，我還沒輸呢。

即使還不知道能不能真的復活，總之盡力掙扎就對了。

在我思考這些事時，迪諾他們已然離去。

留在現場的只有我和米迦勒。

我們將以這座「天通閣」大廳為舞台，展開單挑。

●

送走利姆路後，日向努力釐清現況。

在舉行世界會議的議事堂中，其他樓層備有會議室與客房。日向借了其中一間作為臨時指揮所，整理部下們回報的內容。

理解狀況後，日向的頭隱隱作痛，嘆了口氣。

「這到底是怎麼回事……」

她不由得如此低喃。

為保護各國政要的安全，議事堂守備萬全。擔任警備員的不只聖騎士團，還有各國騎士以及臨時徵召來的冒險者。

萬一議事堂淪陷，指揮系統就會中斷，因此由其他地點收容避難的人民會比較保險。

除了英格拉西亞王國的聖教會本堂開放給人民避難外，王都各處也有充足的避難場所。

為防五百年一度的天使襲擊——「天魔大戰」，該國平常就已準備好這些設施。

不只英格拉西亞王國，西方諸國也有同樣的設施，從防空洞到近郊山腰間的洞窟都可供居民避難。引導避難也是這次會議的議題之一，基於上述原因，西方諸國能將此工作做得十分徹底。

關於當下發生在王都的恐怖攻擊，也希望能透過將居民引導進這類設施，減少民眾傷亡。這樣就能事先防止都內發生大混亂，創造一個能專心對付敵人的環境。

如今，人員們發揮平時訓練的成果，成功將民眾疏散至安全的地方。避難工作告一段落，逃脫的人們也已安頓下來。

然而這樣仍未解決問題。

因為這次發生的不是自然災害，而是人為的動亂。

報告指出王都多處發生爆炸，並演變成火災。罪魁禍首是一群特A級以上的魔人。

這次各國政要齊聚在此，聖騎士團因而全員出動。多虧這點才得以由原本負責警戒的「聖騎士（Holy Knight）」立即對付那些魔人，然而情況仍不樂觀。

日向為此感到煩心，但是她的立場不允許顯露心情。這樣可能會讓部下的不安加劇，增加不必要的工作。

此外日向也深深明白，不能在避難的人民面前顯得太情緒化。

人民已經夠憂慮了，不能再引起他們的恐慌。

因此日向沒有一絲猶豫。

她現在能做的就是儘量緩解人民的焦慮，預先防範混亂狀況。

幸運的是，避難設施環境舒適，糧食也很充足。

總之為了避免民眾更加驚慌，趕緊解決敵人才是上策。

「這邊就交給你們。記得各避難所至少要有一名聖騎士把守。並請神殿騎士團提供協助。」

「「「是！」」」

敵人不只存在於外部。

避難的人民也可能化身為暴徒。

現在民眾還算冷靜，但若耗費太多時間排除敵人可就難說了。

隨著時間過去，會有愈來愈多人因恐懼而混亂，或因不安而大吵大鬧。

這方面要視今後的狀況而定，最糟的情況可能需派部分兵力鎮壓暴動。

日向如此想著便將憂鬱的嘆息吞回肚子裡。

各地發生爆炸後，又過了一段時間。

敵人的全貌終於逐漸浮現。

「你說這是死刑犯們發起的暴動？」

「是的，而且那些敵人還解放了被軟禁在城堡北塔的艾洛利克王子，拱他作領袖！」

「艾洛利克王子——這樣啊，看來那個男人完全沒反省呢。」

艾洛利克由於評議會上的失態舉動，正在接受特殊管教。他差點就被剝奪王位繼承權，不過利姆路和英格拉西亞的艾基爾國王都不想把事情鬧大，雙方達成共識，當作王子只是被人利用而罪減一等。

即使如此他仍是王室的恥辱，所以這一年被軟禁在城堡北塔閉門思過……看來已落入敵人手中。

更麻煩的是，他還主動協助敵人。

不只如此，艾洛利克等人還點名日向並加以斥責。

「親愛的國民們！我被魔女給騙了！那傢伙誣陷我，讓我在評議會中失去地位。甚至造謠說我意圖殺害父王，給這個國家帶來混亂和不幸。你們別被她騙了！避難只是藉口，她其實想剝奪你們的自由！各位親愛的國民眼睛雪亮，一定知道誰說的才是真話！」

據說艾洛利克王子本人正在城鎮的大廣場上發表演說。

「這是真的嗎？」

「我親耳聽見的。」

「有沒有其他證據？」

「現在無法進入王城。我正透過魯米納斯教徒進行確認，裡頭的狀況似乎相當混亂……」

「那麼艾基爾國王很有可能已經被殺了。天哪，糟糕透頂……」

真令人頭大。

日向雖已料到民眾可能被煽動而變成暴徒，仍沒想到會在最糟的時候出現做出最糟行徑的人。

而且最不妙，也最讓日向等人苦惱的是，那人竟然還是英格拉西亞王國的王族。

艾洛利克王子先前惹了麻煩，但詳細經過並未公布。這會讓此次事件變得更加複雜。

他竭盡所能地動用王族地位與國家權力。

就連日向也想不到，在此緊急情況下與當事國的合作竟會遭人攪局。

「這下該怎麼辦？」

日向正思考時，一名身穿軍服的白髮美女出現在她面前。

那名美女——戴絲特蘿莎宛如房間主人般優雅地靠在沙發上後，悠悠開口：

「我這邊已取得證據。摩斯親眼確認艾基爾被殺害。」

「——那麼不能再指望這個國家的高層了。外頭是不是很混亂？」

戴絲特蘿莎笑著點頭說城內已亂成一團。

「是的，所有人不知所措，指揮系統也亂七八糟。」

日向也點頭說了聲「果然」。

「不過議場那邊我已經命蓋多拉把守，可以確保政要們的安全。」

戴絲特蘿莎確信他至少能在敵人來襲時撐一段時間。這是相當高的評價，可見她意外認同蓋多拉的實力。

「那可以稍微安心點了。」

戴絲特蘿莎和日向相視點頭。

然而現在的狀況非常棘手。

不只有身分不明的敵人，甚至出現意圖加害日向之人。

對方指名道姓說日向是迷惑人心的魔女，要否認這點十分困難。

若是一般人還沒問題。就算是貴族，日向也能用魯米納斯教的公權力將之擊潰。

但對方是這個國家的王族。

最大的問題是，艾洛利克王子在國民間的人氣很高。

長相斯文秀氣的艾洛利克王子深受女性歡迎。撇除能力，他靠著和藹可親的形象博得國民支持。

國民並不知道他在評議會上的失態之舉，就算知道也覺得無關緊要。

日向的知名度雖高，但其過於冷靜的態度令眾人敬而遠之，人氣遠不如艾洛利克王子。

順帶一提，日向受到部分特殊愛好者的死忠支持，不過她本人並不知情。他們最起碼還知道一旦被

發現就死定了，稱得上是相當紳士的一群人。

言歸正傳，現在最大的問題就是艾洛利克王子。

部下們忐忑地望著日向。

這反應很正常。

畢竟這個國家的王子正在高聲批判日向，加深人民的不安。

他肆無忌憚地稱日向為弒君者、被魔王迷惑的魔女、引導人民走向毀滅之人等等。

（不過真沒想到……他是這麼愚蠢的一個人……）

日向不禁在心中咒罵自己太過大意。

竟沒看出艾洛利克王子是這樣無可救藥的笨蛋。

他居然做出弒父篡位的可怕暴行，完全出乎日向意料。

這時敲門聲響起，一名騎士走了進來。

他是日向信賴的部下，聖騎士團其中一名隊長，阿爾諾·鮑曼。

「日向大人，我們發現了英格拉西亞王國前騎士團總團長——萊納的身影。此外也見到幾十名作為他的共犯一同被捕的騎士們。」

阿爾諾一進房間就開始報告。

「那麼殺害國王的人應該是萊納吧。」

「我想沒錯。」

「他們把這個罪名賴在我頭上，我大概連上法庭辯解的機會都沒有吧。」

日向嘆著氣思考。

「你說的萊納，是那個混帳嗎？就算在評議會上被日向大人摺倒，也不能這樣反過來怨恨人啊！」

在房間中待命的另一名隊長，夫利茲憤恨難平地抱怨。

根據阿爾諾的說明，萊納由於在評議會上被日向嚇到失禁，處心積慮想要洗刷這個汙點。

因此他打算在大眾面前打倒日向，挽回自身名譽。

也就是說這是基於私人恩怨犯下的罪行，實在愚蠢到家。

然而問題盤根錯節。

他們都知道這是萊納為了掩飾自己錯誤的強硬手段，但沒辦法證明。

敵人想必已準備萬全，將所有證據銷毀。

若是在平常時候，還能請其他國家的議員出面作證。在這種緊急時刻不能讓議員們暴露在風險中，那麼無論日向等人怎麼辯解，民眾也不會相信。

最氣人的是，艾洛利克王子在這個國家深得人心。

國民會相信誰不言自明。

「日向大人的風評又算不上好……」

夫利茲不禁耍了一下嘴皮子，阿爾諾微微表示同意。

日向怒瞪他們倆，接著陳述自身感想以轉換話題。

「我們被對方占得先機了呢。」

「不過，沒想到他連自己的父王也殺害。雖然應該是想將罪名賴在日向大人頭上，但這麼做未免太胡來。」

聽見日向的低喃，阿爾諾跟著附和。

艾洛利克王子和萊納的目的昭然若揭。就是要趁著這場混亂讓自己的過錯和罪行全部一筆勾銷。

這樣看來，他們順帶做的一連串暴行，與其說是想報復日向，不如說是想藉此牽制其他國家。

他們倆可能認為，只要在眾人面前打倒號稱西方諸國最強的日向，就能封住其他國家的嘴，避免他們抗議。

「不過，真想不通呢。那個名叫萊納的男人，實力應該沒有強到能暗殺國王才對。」

就日向看來，萊納實力不弱，但也算不上強。相當於A級以上的冒險者。

像英格拉西亞這樣的大國，想必還有一些與萊納旗鼓相當的騎士。當時在評議會上露臉的魔法審問官，感覺也完全足以壓制萊納。

究竟為何會發生這樣的慘劇，實在令人匪夷所思。

前來拜訪日向的尼可拉斯樞機為她帶來了解答。

「魔法審問官似乎全都被殺了。我手上握有王都地底正在進行可疑實驗的情報，大概是實驗對象失控了吧。」

「是你啊，尼可拉斯。」

「我來為魯米納斯大人傳話，順便做了些調查。」

如此回答的尼可拉斯一如既往地能幹。

只要能獲得日向稱讚，他什麼都願意做，是個有如忠犬般的男人。

他對日向以外的人絲毫不講情面，但表面工夫非常了得，隨時保持溫厚的神情，深獲信徒們支持。

不過凡是知道他本性的人，都不想和他有過多牽扯。阿爾諾和夫利茲如今也都縮著身子，不願和尼可拉斯對到眼。

尼可拉斯無視那些無關緊要的人，逕自泡起紅茶。他個性認真，會儘量在這方面博取好感。

他還準備了戴絲特蘿莎的份，只見對方喝了一口後露出滿意的表情。這可說是相當高的評價，可見尼可拉斯不是等閒之輩。

日向也喝著紅茶，整理起自己的想法。

「說不定艾洛利克他們根本不是趁亂行動，而是這起騷動的主謀？」

「咦？可是在街上作亂的都是些怪物耶？」

「這就是奇怪的地方。為什麼受『都市結界』保護的王都會有怪物入侵？而且那些怪物全都強得不像話，對吧？」

報告中提到怪物不只出現一頭，而是同時出現好幾頭。

牠們正在王都四處作亂，目的不明，幾乎是看到什麼就破壞什麼。

此外牠們似乎還具備「超速再生」能力，傷口轉眼間就痊癒。

其戰鬥能力在聖騎士之上，推斷相當於災厄級(Calamity)或災禍級(Disaster)。幸好牠們智力低下，聖騎士團現在準備了一些誘餌，好讓傷害降至最低。

日向判斷個別交手很危險，所以只命令部下阻止牠們的行動。她打算好好思考接下來該怎麼解決那些怪物，最糟的情況可能得親自上陣，這時卻浮現新的問題，讓日向一個頭兩個大。

戴絲特蘿莎加入他們的對話。

「關於這點，我也有幾個手下被打倒。我嚴格命令他們要在死前撤退，所以沒獲得太有用的資訊，不過——」

她事先聲明完，便公開該資訊。

她說的手下是一群高階惡魔騎士，所有人都是存在值超過十萬的特A級強者。

多名高階惡魔騎士一同行動，最後還是不得不撤退，魔法審問官當然也沒本事對付那樣的對手。

「看來天使好像降臨在那些實驗品身上了。」

「妳說什麼？」

「那些因降臨失敗而失控的實驗品，就是現在作亂的怪物喔。而仍保有自我的傢伙——」

戴絲特蘿莎確信，打倒高階惡魔騎士的敵人——就是米迦勒的手下。

聽完戴絲特蘿莎的說明，日向煩躁地用手指敲了敲桌面。

目前在房內的聖騎士隊長只有兩人，阿爾諾和夫利茲。

副團長雷納德帶著巴卡斯和莉緹絲留在現場指揮。

多虧迷宮內的訓練，就連非隊長級的一般聖騎士們，都成長為能以一擋百的強者，隊長們更是強到可以獨自打敗克雷曼這種程度的對手。

然而，這次的對手是吸納了天使之力的魔法審問官實驗品，正面與之對抗是很危險的。

何況其中還能隱約看到利姆路的敵人——米迦勒的影子，日向因而判斷不能隨便出手。

「尼可拉斯，你不是說要幫魯米納斯傳話嗎？」

「是的。她說那邊暫時未遇到緊急狀況，但無法調派援軍過來。」

「換言之還有其他敵人嘍？」

魯米納斯不會拋下日向不管。

因此，她無法派出援軍，就意味著有其他潛在威脅。

那麼日向就必須只靠手邊的戰力，徹底守護王都的治安——

「很艱難呢。」

這就是她得出的結論。

即便聖騎士們的實力變強了，要對付明顯比自己強的敵人還是負擔過重。更麻煩的是，那些怪物得到天使之力，化為光屬性。因此能有效對付一般魔物的聖淨化結界(Holy Field)，對牠們來說絲毫不管用。

「這該如何是好？必勝的戰術全都沒效了。」

「是啊。若只有怪物就算了，現在還有萊納他們。」

「那個叫萊納的，恐怕是成功的個體喔。」

聽懂戴絲特蘿莎這句話的只有日向和尼可拉斯。

「呃，請問這是什麼意思？」

阿爾諾戰戰兢兢地提問。

「我很想叫你自己用腦想，可惜沒時間了。萊納是死刑犯，被當作實驗品也不奇怪吧？」

「啊！」

「是嗎，也就是說，他可能獲得了天使之力……」

阿爾諾和夫利茲恍然大悟，同時臉色發白。

戴絲特蘿莎無情地告訴兩人：「不是可能，這點幾乎已無庸置疑。」

＊

面對這種狀況，光憑聖騎士團不可能處理得來，與戴絲特蘿莎部下的合作便顯得格外重要。

「那麼妳打算怎麼做？」

聽見戴絲特蘿莎這麼問，日向毫不猶豫地回答：

「雖然可能會稱了敵人的心意，也只能出面解釋了。」

艾洛利克王子主張日向是弒君的凶手。但就常理來說，日向既沒有這麼做的動機，而且又參與了世界會議，擁有不在場證明，因此明眼人都不會相信王子的主張。

可惜上述推論僅限於平時。

現在的王都正陷入混亂。

對於習慣太平盛世的英格拉西亞國民而言，眼前的災禍無疑是晴天霹靂。

倘若日向遭到殺害，真凶的主張就會被人全盤接受。

那麼，逃跑也是一種選擇。

「與其老實出面，何不直接逃至魯貝利歐斯呢？幸好王都的聖教會裡也有『傳送陣』，或者可以逃至郊外運用傳送魔法。只要日向大人安然無恙，之後多的是機會解釋吧？」

日向認為尼可拉斯樞機的意見有幾分道理。

然而她無法點頭同意。

「不行。我們幾個確實逃得掉，但沒辦法將所有與會人員都帶走吧？萬一對方挾持那些政要，屆時我們還不是一樣束手無策？」

這點所有人都認同。

「沒錯。而且別忘了，真正的敵人另有其人。假使天使大軍進攻並殺害各國政要，結果會如何？」

尼可拉斯聞言皺起眉頭。

「原來如此，這麼說也對。一旦演變成那種狀況，各國的合作關係就會分崩離析。至少可以確定，不會再有任何國家信任英格拉西亞王國。」

「這樣啊，到時候就不只要跟天使戰鬥了。」

夫利茲愁容滿面地低語，似乎也同意這個看法。

就結論而言，也只能像日向說的那樣由她親自出面了。

日向基於自己的信念，從現在能做的事情開始著手。

她並未抱持想要拯救所有人的荒謬想法，但若面前有自己能救的人，她會不吝伸出援手——這就是日向的人生哲學。

日向很清楚，這麼做才能讓人更信任自己與同伴。

「看來各位都接受這個提議。那麼來分配工作吧。」

日向說完，宣告自己將和萊納交手。

戴絲特蘿莎贊同。

「我陪妳。再來是那些怪物——」

沒等戴絲特蘿莎說完，原本愣住的阿爾諾和夫利茲立刻大叫起來。

「不需要勞煩戴絲特蘿莎小姐，這個任務就交給我們吧！」

「既然對方是一群沒有自我、智力低下的怪物，由我們應付就行。光屬性這點雖然有些麻煩，但我們在迷宮受過訓練，這次就來展現受訓的成果吧！」

日向冷眼看著兩人。

（他們怎麼這麼在意戴絲特蘿莎小姐的觀感？）

她傻眼地想，應該是想在美女面前耍帥吧。

但事實並非如此。

他們倆打從心底害怕戴絲特蘿莎。

這次要是沒有好好表現，勢必會被貼上「沒用」的標籤。這樣一來，今後在迷宮內的特訓會怎樣就不得而知了。

而且不只在迷宮內，戴絲特蘿莎的崇拜者到處都是。議員的人際網中也有她的信徒，因此一個不小心可能會失去發言權。

戴絲特蘿莎的影響力已然提升到這個地步，不過日向已對政治失去興趣，所以並不知情。

戴絲特蘿莎則認為現在是非常重要的時刻。利姆路命令她要讓世界會議成功舉行，沒想到卻被敵人入侵。

此外她也未能阻止王都遭人破壞，必須對此負責。

「人命優先」不足以作為卸責的藉口。

戴絲特蘿莎表面上帶著微笑，實際上怒火中燒。

因此，她接受阿爾諾等人的自薦。

「那就萬事拜託了。我的部下借你們，可以編入你們的部隊中。」

她還主動協助阿爾諾等人。

這全是在為自己的行動鋪路。

戴絲特蘿莎將指揮權和王都治安的復原工作交給他們。這樣自己就能專心揪出幕後黑手。各自的工作就這麼決定。

「好，我們出發吧。去替天行道，消滅那些在緊急時刻做出愚蠢行為的人。」

日向冷靜地說道。

她打算除掉萊納，以洗清自己的不白之冤。

此外還要抓住艾洛利克，讓他自白罪行。

不過——

「捏造證據很容易啊。只要將凶手全部解決，勝者就能自行公開正確資訊。」

這是戴絲特蘿莎的想法。

言下之意是既然敵人想這麼做，我們就以其人之道，還治其人之身。

她畢竟是個不注重倫理觀念的惡魔，認為只要贏了就能操控一切。這樣的主張很有她的風格。

於是，儘管知道是陷阱，日向等人仍動身前往敵人等待之處。

＊

一行人走出議事堂，外頭一片狼藉。

連位在城鎮中心的王城也有部分損毀，有損美麗的外觀。

議事堂和聖教會分部所在的貴族區相對平靜，但面向城鎮大道的鬧區一帶卻有火舌竄升。

「剛才優先讓人民避難，無暇顧及其他事，這樣日後要收拾還真辛苦呢。」

「各處的戰鬥接下來才要正式展開，損失可能還會擴大。英格拉西亞不但失去國王，繼承人又是那副德行，想必要花一段時間才能復興呢。」

日向喃喃說完，尼可拉斯冷靜地回應。

那反應冷淡到不像聖職者。不過這就是尼可拉斯平常的樣子。

尼可拉斯以日向為第一優先，完全不在乎其他事。之所以爬到僅次於法皇的樞機地位，也是因為想幫日向的忙。

他正是這樣的男人，所以現在也不顧危險跟在日向身邊。

補充一點，他們一行共有五個人。

除了日向和戴絲特蘿莎，還有因擔心日向而跟來的尼可拉斯樞機。被召集來的摩斯和席恩也和他們三人會合。

他們邊前往目的地，邊擬定計畫。

「摩斯，你不用戰鬥，只要開啟『偵察模式』防範敵人偷襲就好。」

「遵命！」

摩斯對戴絲特蘿莎唯命是從。

他乖乖遵從上司的命令，沒有多嘴。

儘管偶爾還是會因為不小心多嘴而被修理得很慘，但他不愧是戴絲特蘿莎長年以來的副官，很懂得保身的方法。

摩斯的「偵察模式」也是一種「結界」。他可以將自己細分成無數「分身」，再分散開來形成直徑一公里的半球。這樣一來即使有人從五百公尺遠的地方偷襲，他也能立即反應過來。

這招乍看和「萬能感知」相差無幾，實則不然。不但資訊傳遞速度快到無法比較，再加上摩斯自身的分析能力，還能應付敵人的攻擊。

再者，戴絲特蘿莎因為權能的關係，可將「知覺速度」提升百萬倍，對她來說五百公尺是最保險的距離。就算是光速攻擊，在摩斯的「偵察模式」影響下，在被攻擊之前體感速度仍有一秒以上的空檔，所以來得及應付。

他們當然無法以光速行動，而且也只是延長體感時間而已，但戴絲特蘿莎還是有辦法應對。

摩斯這看似萬無一失的「偵察模式」仍有一個缺點。

那就是——

負責承受第一波攻擊的摩斯所冒的風險最高。

（就算我被敵人的偷襲傷到，她也不會擔心我吧……）

摩斯表面順從，仍舊在心中偷偷抱怨。

日向一眼就看穿摩斯權能的特性。

「妳果然也擔心敵人會偷襲。所以說，現在這陣騷動只是陷阱嘍？」

她指出這點，戴絲特蘿莎回以微笑。

「是的。應該說，在敵人對這場會議下手時，他們的目標就很明顯了。」

「可能是想分裂西方諸國，或是想釣出利姆路。但最有可能的目標還是剛成為帝國皇帝的『勇者』正幸吧？」

日向不假思索地回答，令戴絲特蘿莎加深笑意。

「不愧是日向小姐，難怪利姆路大人如此認可妳。」

「別恭維我了，這種事任誰都看得出來。」

「也不見得，不過就當是這樣吧。」

戴絲特蘿莎想起最近與自己交談過的一些人，不禁苦笑。他們大部分理解能力都很差，令她累積了不少壓力。

最糟糕的就是不聽別人說話的那種人。他們只追求自身利益，陳述自己的意見，害得原本能談攏的事情也談不攏。

甚至有人在會議結束後擅自宣布同意決議內容，讓戴絲特蘿莎深切體會到政治談判的麻煩之處。就連重視契約的惡魔也無法理解這些愚蠢之人。

戴絲特蘿莎總會讓他們明白什麼叫分寸，但還是時常希望這些人別再浪費她的時間。

不過和日向溝通起來很順利，令她身心舒暢。

「如妳所言，敵人確實想釣出利姆路大人。」

「對吧？畢竟除了這陣騷動外，其他地方也同時出了狀況，使利姆路不得不趕去。看來敵人提供了很大的誘餌吧？」

「對，妳猜得沒錯。」

戴絲特蘿莎點頭稱是。

只要雷昂一出現，利姆路就會趕過去，這是事前訂下的方針。戴絲特蘿莎也聽說過這項方針，但日向是在不知情的狀況下猜中的。

既然她已經猜到這麼多，戴絲特蘿莎便決定將部分資訊告訴她。

日向聽完也指出幾個問題。

雙方有來有往，談得非常愉快。

（我早就聽說她很聰明機靈，真想收她當部下。但是利姆路大人大概不會同意。）

利姆路允許日向直呼自己的名字，光是這點就能讓人察覺她對利姆路來說是特別的存在。再者，利姆路和她相處時也很自在，感覺很開心。

正因知道利姆路這一面，戴絲特蘿莎自然也對日向另眼相看。

（真羨慕她。不過另一方面又覺得，利姆路大人中意的女性不是蠢材真是太好了。）

自古以來，受君王寵愛的女性導致國家衰亡的例子不勝枚舉。

但那個人若是日向，就無須擔心。

說實在的，利姆路和日向並非戀人關係，所以其實是戴絲特蘿莎多慮了，然而這麼想的人意外地還不少。

不知情的就只有他們本人。

言歸正傳，回到敵人的目的上。

讓魔王雷昂恢復神智回到己方陣營，這是利姆路方的基本戰術。

不過可想而知，敵方也注意到他們的意圖。

「菲德維腦袋很靈光，應該有察覺到讓維爾格琳大人恢復神智的是利姆路大人。那麼——」

就連戴絲特蘿莎也認同菲德維是個能幹的人。儘管他有很多缺點，但想必也在思考要怎麼對付利姆路。

「既然他敢以魔王雷昂為誘餌釣出利姆路，背後應該有什麼必勝之策。」

戴絲特蘿莎點頭贊同。

不過，利姆路鐵定也看穿了敵人的計謀。

他深謀遠慮到彷彿能看透深淵，必然已洞悉菲德維的計策。

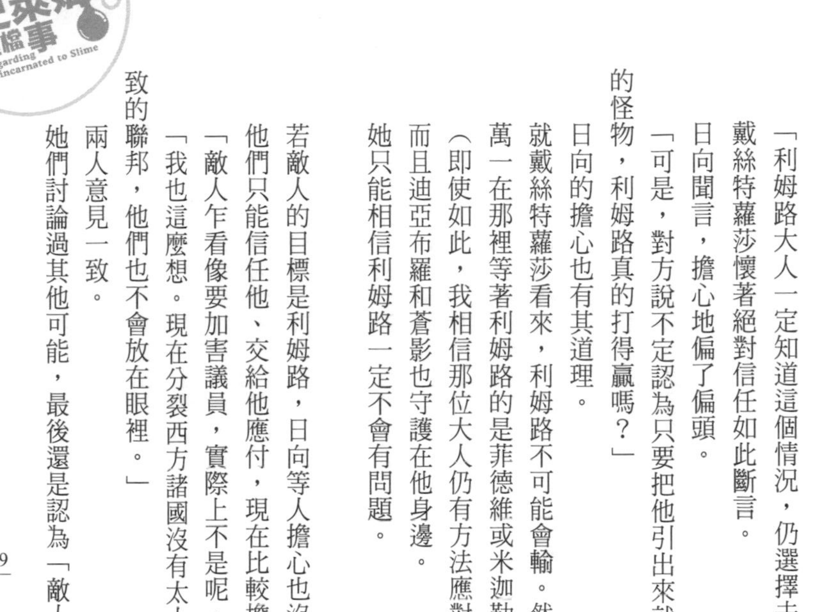

「利姆路大人一定知道這個情況，仍選擇去救魔王雷昂。」

戴絲特蘿莎懷著絕對信任如此斷言。

日向聞言，擔心地偏了偏頭。

「可是，對方說不定認為只要把他引出來就贏了。那個叫米迦勒的已取得『龍種』之力，面對那樣的怪物，利姆路真的打得贏嗎？」

日向的擔心也有其道理。

就戴絲特蘿莎看來，利姆路不可能會輸。然而她尚未見過敵人的真面目，現階段無法給出答案。

萬一在那裡等著利姆路的是菲德維或米迦勒呢？

（即使如此，我相信那位大人仍有方法應對。）

而且迪亞布羅和蒼影也守護在他身邊。

她只能相信利姆路一定不會有問題。

若敵人的目標是利姆路，日向等人擔心也沒用。

他們只能信任他、交給他應付，現在比較擔心敵人有其他目標。

「敵人乍看像要加害議員，實際上不是呢。」

「我也這麼想。現在分裂西方諸國沒有太大的好處。倘若敵人強到足以打倒利姆路，就算是團結一致的聯邦，他們也不會放在眼裡。」

兩人意見一致。

她們討論過其他可能，最後還是認為「敵人最有可能的目標就是正幸」。

「那麼皇帝陛下本人去哪了？」

日向問道。

騷動發生後沒多久，議事堂中就不見正幸的身影。

議事堂外有從帝國帶來的護衛，「灼熱龍」維爾格琳也隨侍在他左右。正幸想當然是最安全的人。

正因如此，日向才沒管他，但如果敵人的目標是正幸就另當別論了。

「大概是維爾格琳大人察覺到敵方的目的，帶他去避難了。」

不，無論敵方目的為何，她都會以正幸的安全為優先吧。戴絲特蘿莎確信她會這麼做。

「所以應該可以確定他是安全的。」

日向也認為這樣總比由他們來守護正幸好。

那麼，下一步該思考的就是如何獲勝。

「既然敵人的目標是正幸，那我們豈不是被當成誘餌了？對方是不是認為正幸若看到我們快被殺，便會出面營救？」

日向也認識正幸，知道那個少年是濫好人。不過他現在登基為皇帝，該以自身為優先，想必會冷靜應對。

戴絲特蘿莎對此也有同感。

「這很難說吧。雖然是個不可能成真的假設，就算我們快死了，正幸先生應該也不會出面營救。」

這可不是正幸一個人的問題。既然維爾格琳跟在他身邊，一定會優先考量他的安危。

日向和戴絲特蘿莎在這方面也有一致的見解。

因此她們得到同樣的結論。

「就算接下來要面對的敵人只把我們當作誘餌，也沒必要讓對方稱心如意。」

「沒錯。讓我們解決所有敵人，引出幕後黑手吧。」

到頭來只要獲勝，所有問題都解決了。

就在她們達成共識——待會兒可能會被偷襲時，一行人到達了目的地。

＊

摩斯的身影已然消失，剩下四個人。

「尼可拉斯，你留在這裡待命。一旦我們取得勝利，立刻把艾洛利克王子抓起來。」

日向言下之意是，萬一他們敗北就快點逃。

尼可拉斯不是個弱者，但也沒有強到能站上這座戰場。日向是出於這樣的判斷才如此命令他。

「我明白了。祝您戰鬥順利！」

尼可拉斯自己也不希望拖累日向他們。

倘若日向遭遇危機，他願意犧牲自己的性命保護她，但現在這個狀況只能乖乖聽從命令。

於是日向他們三人步入廣場。

在王都廣場等他們的，是一群全副武裝的騎士。

除了艾洛利克和萊納外，還有將近二十個人。

「終於來了啊，我等到都不耐煩了！」

那個不懷好意笑著放話的人就是萊納，日向對他有印象。

她只是稍微觀察一下，就看出他受過大幅強化。

日向從他散發出的氣息，推知對方的魔素含量超過自己。

（讓尼可拉斯留在外面是對的。假如認真打起來我肯定沒心力顧及他。）

這樣也許會害尼可拉斯遭到波及。

他只是一介凡人，可能沒本事活下來，這下日向稍微放心了。

總之，她無視萊納的話語，開始分析敵方戰力。

（艾洛利克未散發霸氣，應該還是普通人類。可是，其他人就——）

艾洛利克看樣子只是來幫腔的，狀態和以前無異。他情緒有點激動，應該是被軟禁的關係。

然而，其他人可就不是這樣。

（他們的氣息非比尋常，感覺比隊長級的聖騎士還強。說不定已經強到與我不相上下……）

光用看的還無法斷言，不過日向擁有獨有技「數學家」。用該技能分析後，可知他們的實力起碼在災厄級以上。其中甚至有能與路易和羅伊等災禍級匹敵的人，將近二十個這樣的人湊在一起，連對「聖人」日向而言也會是一場硬仗。

但最大的問題並不在此。

（萊納的狀態太詭異，實力可能超越我了呢。）

雖然還比不上身旁的戴絲特蘿莎，仍是一股相當強大的力量。日向感受到危險，因而加強警戒。

若能交給戴絲特蘿莎應付會是最安全的選項。

可惜無法這麼做。

因為現場還有另一個危險至極的男人。

「呀哈哈哈！萊納啊，我們真走運！竟然一次遇到兩個這樣的美女，看來連架都不用打了！」

「沒錯。威格大哥，我就依約收下日向，您不介意吧？」

「當然不介意。就算吃了那樣弱小的女人，本大爺的力量也不會增強。雖然有其他享樂方式，可惜現在還在執行任務。」

那人正是用猥瑣聲音大笑的男人——威格。

他雙腳大開坐在噴水池邊，毫不隱藏地散發不祥氣息。儘管吸納了天使這類光屬性的精神生命體，威格仍邪惡到無以復加。

（我不是他的對手。以我的實力或許能撐上一段時間，但是獲勝機率恐怕接近零。）

日向認清這點。

事實上，威格的存在值少說有一千萬，是日向的十多倍。就算日向使出隱藏的絕技，勝率也很低。

那麼能和威格打的只有戴絲特蘿莎。日向則勢必得和萊納交手。

「哼，下流。最討厭你這種不知天高地厚的蠢貨。」

戴絲特蘿莎嫣然一笑，以蔑視威格的口吻說道。

那股自信讓日向感到安心。

「自大的女人。好，就讓妳見識一下『七凶天將』之首的實力！」

她的話語輕輕鬆鬆就激怒了威格。

戴絲特蘿莎與威格的對決就此確定。

日向不能放過這個好機會。

她故作從容地發問：

「那誰要當我的對手？你們光被我瞪一眼就動彈不得了，該不會想要全部一起上吧？」

日向刻意挑釁，想讓萊納和自己單挑。

要是他們所有人一起上，日向幾乎沒有勝算。即便和席恩聯手，最多也只能打倒十人左右。

不過，若能先解決掉萊納，就能重挫剩餘敵人的戰鬥意志。如此一來他們就無法充分發揮實力，日向獲勝的可能性也會大幅提升。

另外，日向認為這樣一挑釁，萊納就不得不接受挑戰。因為王都到處設有與地底避難所相連的魔法裝置，讓人得以窺見地面上的狀況。

這座大廣場噴水池的石像也是其中之一，因此日向和萊納等人的對話全被王都人民聽見了。

艾洛利克知道這點，所以才會選在這裡演講。萊納想必也知道。

要是這次選擇不戰而逃，一輩子都不可能洗刷汙名——日向瞪視著萊納，認為他應該會這樣想。

她猜得沒錯。

「咯咯咯，別小看我。那時候只是狀態有點差。不如就在這裡打倒妳，證明這一點吧。」

於是萊納和日向也展開一對一對決。

＊

日向拔出劍。

那是利姆路送她的珍品。

那把細劍(Rapier)並非特質級(Unique)。經過不斷改良，加上黑兵衛技量提升的緣故，劍的品質也提升至傳說級。

名為幻虹細劍（Phantom Pain）。

品質比同為傳說級的月光細劍（Moonlight）稍差一些，不過這把幻虹細劍能完美重現「七彩終焉刺擊（Dead End Rainbow）」。與利姆路交手時用的那把劍，能在第七次攻擊時完全破壞對手的精神體（Spiritual Body）。而這把劍甚至連星幽體（Astral Body）都可能破壞。

其威力和強度想當然都較佳，因此也比月光細劍好用。

「做好覺悟了嗎？」

「蠢貨，這是我要說的話！」

戰鬥於焉展開。

日向一如往常開始分析敵人戰力，鎖定他的弱點。

萊納外表依舊像人，實際上已經變質成不同的生物。證據就在於他的移動方式很古怪。他能夠不靠步行，平順地向兩側滑動。還能在蹬地後維持原本的姿勢飛撲過來。

祕密似乎藏在他的鞋底，但更令日向在意的是其肩膀。該處高高隆起，很明顯藏著什麼。

「受死吧！」

萊納將劍高高舉起，朝日向揮下。日向沒有接招，而是迅速扭身避開。

因為她有股不祥的預感，事實證明這是正確的選擇。

（這把劍的力量感覺在傳說級之上。沒錯，是神話級的……）

日向不清楚這把劍是從哪裡、又是如何到手的，不過萊納的力量在這瞬間可見一斑。

這樣一來，日向連在武器性能上都居於劣勢。若兩把劍對砍，日向的幻虹細劍可能會斷裂。

雙方的存在值也有極大的差距。

日向除了是「聖人」外，也具備「勇者資質」，但她並沒有培育這份資質，而是全權交給克蘿耶。「聖人」的力量仍和原本相同，換算成存在值約為一百萬出頭。

以人類來說已十分強大，和蓋札王同等級，但仍遠遠不及兩百萬的萊納。

不過，這只是肉體層面的狀況。

日向擁有與克蘿耶一同旅行的記憶和經驗。

這點至今仍體現在日向純粹的技量上。

萊納的力量雖和上次交手時天差地遠，綜合來看武器的性能差距也令人擔憂，所幸日向仍遠比他強得多。

當他們展開單挑時，就已經可以確定日向會獲勝。

然而，前提是萊納必須具備騎士精神和光明磊落的個性。

日向看錯他了。

可想而知萊納性格卑劣，但其卑劣程度遠超越日向的想像。

儘管她也是個謹慎小心、不敢大意的人，不過世上確實有比差勁更差勁，超乎想像的愚劣之人。

萊納就是如此。

究竟是生來如此，還是因被改造而導致性格扭曲，現已不得而知，而且也不重要。重點是他打從一開始就沒有要和日向單挑的意思。

兩人經過數度攻防，日向每次都巧妙避開萊納的劍。接著她抓緊一瞬間的機會，從側邊敲擊萊納的劍，將那把劍彈飛出去。

日向原以為這樣就能獲勝，因而露出破綻。

「哼，你也沒自己說的那麼強嘛。若你願意投降——」

她打算將對方作為叛國賊逮捕，讓他接受司法審判——施予了不必要的同情。

這是個致命的錯誤。

萊納已事先命令手下站定位，當他倒下時，手下們正好就站在日向身後。他們抓準時機一同從後方攻擊日向。

日向當然有用「魔力感知」防範偷襲，同時也和摩斯透過「思念網」相連並接收警告。

然而她防範的始終是萊納，沒有心力顧及其他嘍囉。

這也是為什麼她認為若是多對一的局面，自己沒勝算——面對一定程度的攻擊，只能默默承受。

所有事都發生在一瞬間。

「日向小姐！」

在席恩叫出聲前，多發光彈就在日向身上炸裂開來。而後萊納更是大笑著給她致命一擊。

他手上雖然沒有劍，但身上穿戴的也是神話級盔甲。肩膀部分大大裂開，長出兩對又細又硬、被神話級盔甲包覆的手。

那些手化作四支長槍，貫穿日向的手腳。

日向失去支撐，癱倒在地。

劍從手中滑落。

她已然失去握劍的力氣，連站都站不穩。

「哈哈哈！妳一副高高在上的樣子，其實也沒自己說的那麼強嘛！像這樣倒在地上的模樣，真適合自大的妳啊！」

萊納用令人火大的尖銳聲音笑道。

「混帳！這哪裡是堂堂正正的單挑！」

聽見席恩氣急敗壞地大叫，萊納用鼻子出聲嘲笑：

「罪犯不配擁有人權啊。我們已經夠仁慈了，若妳哭著求饒，我可以考慮把死刑延後幾天。」

萊納說著賊笑起來。不等日向回答，他就逕自繼續提出自己的主張：

「不過，妳可得拿出誠意好好感謝我呢。」

那猥瑣的笑容，將下流的想法表露無遺。

萊納的部下們也一樣。

「呀哈哈！西方最強之人真夠慘的！」

「這下子不敗的魔女大人也要殞落了。」

「不不，這都怪我們變得太強了。多虧萊納大人放水，才讓這場對決多了些看頭呢。」

那些人口不擇言地盡說些難聽的話。

他們是不是原本就是這樣的個性，同樣不得而知。不過現在的他們確實愚不可及。

日向的模樣慘不忍睹。

破爛不堪的「聖靈武裝」背部，還可以看見被燒爛的皮膚。

此外她的手腳肌腱也被切斷，無法動彈。

儘管狀況如此淒慘，那張汗濕的面容依舊美麗。她的眼眸並未失去光芒，剛毅的表情透露出尚未放棄的強烈意志。

「來吧，哭著向我求饒吧。不然現在就殺了妳喔！」

萊納眼中冒著血絲，瘋狂地叫道。

看見日向趴在地上的樣子，他內心受到一股嗜虐快感驅使。

理智早就飛到九霄雲外。

日向對萊納而言，本是高不可攀的存在。如今能夠蹂躪那遙不可及的日向，讓他嘗到前所未有的快感。

萊納就算再怎麼不知天高地厚，也知道自己的實力比不上日向。

不，他是在交手那瞬間察覺到的。

即便力量如何強過日向，還是無法扭轉「實力差距」。日向光憑劍技就能輕易凌駕於萊納之上。

這個事實被明明白白擺在眼前，令萊納嫉妒得快要瘋了。因此他果斷執行原本只是用來以防萬一的計策。

雖未按照原定計畫進行，結果仍令人滿意。

（而且沒傷到她的臉真是走運。讓我欣賞那姣好的臉蛋痛苦扭曲的樣子，享受那動聽的哭號吧！）

萊納感到熱血沸騰、力量高漲。光是想像日向的慘樣，他心底深處就湧現黑暗汙濁的愉悅感。

他認定這下己方必勝無疑。因而打算盡情虐待日向，讓對方屈服。

在這之後還能品嘗到另一種樂趣……所以他判斷在此殺了日向太過可惜。

「喂！再不快點求饒，我真的會殺了妳喔。」

萊納用令人膽寒的聲音宣言。

這句威脅是認真的。

他雖然想品嘗虐待日向的快感，但日向的實力不是蓋的。

若她不肯認輸，萊納打算砍斷她的手腳。

萊納是個膽小鬼。

所以會謹慎思考自己有無疏漏。

就算日向現在向同伴求援，他們仍要花一段時間才能趕來。重點是她根本沒辦法召來能與萊納等人抗衡的戰力。

再者，若感覺到援軍的氣息，他只要立刻命令部下攻擊就行了。

他占有絕對優勢。

完全沒有戰敗的可能。

日向沒有回話，只是一味地瞪著萊納。

那眼神就像在宣示自己還沒輸。

（嘖，真是個自大的女人。好啊，我這就把她一隻腳砍斷！）

萊納煩躁地將劍舉起，朝日向揮下——

＊

儘管日向的情況岌岌可危，戴絲特蘿莎也沒有餘力去救她。

光應付威格都來不及了。

而且看日向的眼神就知道她沒有放棄，所以戴絲特蘿莎選擇相信她。

（她畢竟是少數能將利姆路大人逼至絕境、打成平手的人，不可能在這種地方輕易敗下陣來呢。）

萬一她真的戰敗，就到時候再說。

屆時利姆路很可能會震怒，不過他當初並沒有命令戴絲特蘿莎保護日向。

雖然也可以揣測他的心思，按其心意行動，但那對日向來說無非是多管閒事。自作主張反而會傷到日向的自尊，惹得利姆路不快。

戴絲特蘿莎因而判斷，等日向確定戰敗，自己再奮不顧身去幫她也不遲。

因此她果斷決定專心對付威格。

威格是個棘手的對手。

他的魔素含量是自己的好幾倍，但她以為如果只是殺死威格，應該很容易。然而這是錯誤的想法。

（這傢伙似乎在地底布滿了根。該不會能透過吸收屍體，來化解掉自己所受的傷害吧？）

戴絲特蘿莎的判斷沒錯。

威格讓自己的權能遍布整座英格拉西亞王都，攫取並吸收那些正在被掃蕩的怪物屍體。

他的力量雖未上升，但可以藉此填補缺損的部位、補充能量。如此一來便近似於不死的存在。

（這傢伙真是麻煩到令人火大……）

這是戴絲特蘿莎的心聲。

假如用大範圍的核擊魔法將這一帶燒毀殆盡，或許能消滅威格。然而為了達到這點必須先掌握威格的全貌。

光是這樣就已經夠麻煩了，更重要的是，這是個不被允許的手段。只要在英格拉西亞王都戰鬥，就不能做出任何有可能破壞都市的行為。

即使可以選擇逃亡，但不是為了贏就可以不擇手段。

若是這樣，幾乎不可能殺死威格。

此外，如果將威格逼至絕境也很不妙。假使這麼做，他很可能會以逃至地底的王都居民為食，嘗試自我再生。

對威格來說，現在吸收那些化作怪物的萊納部下就已足夠。然而要是繼續窮追猛打，威格可能會更不擇手段。

戴絲特蘿莎宛如被要求打一場沒有勝算的硬仗。

而讓這種狀況的她更煩躁的是——

「喂喂，怎麼啦！剛才還一副跩樣，實力也不怎麼樣嘛！」

威格那得意忘形的態度。

（能讓我打從心底想殺了他，還真不簡單呢。這點他確實可以引以為傲。）

戴絲特蘿莎內心火冒三丈。

但自己沒有餘裕也是事實。

她揮舞著火鞭，看似將威格玩弄於股掌，腦袋已算到接下來第二、第三步。既然無法將威格逼至絕境，就只能繼續維持膠著狀態。要想打破這個現狀，必須有外部因素介入。

敵方無疑有隱藏的戰力。因此就大局來看，戴絲特蘿莎等人也處於劣勢。

若說有什麼可以讓他們逆轉局勢的因素，就只有維爾格琳了。但可想而知她不會離開正幸身邊。

（菲德維的目標八成是正幸先生。維爾格琳大人才沒天真到會讓敵人稱心如意。）

維爾格琳一定也明白菲德維的意圖，因此想必不會前來支援。

戴絲特蘿莎推知這點的同時——

也理解到她們倆被當成引誘正幸出來的誘餌。

這個膠著狀態對菲德維等人來說求之不得。

（真的很煩躁。明知道對方的意圖，卻又不得不接受現況。卡蕾拉和烏蒂瑪她們似乎也忙不過來，又沒有其他能行動的幹部。如果賽奇翁能來──不，利姆路大人不會答應的。）

她透過「管制室」的緊急聯絡，得知同僚們也在苦戰。而「管制室」本身也已發布緊急事態宣言，進入戰鬥狀態。

既然他們正在警戒敵人入侵，作為防守大將的賽奇翁更不可能出動。

現在能自由行動的幹部中，唯一可靠的只有賽奇翁。其他人並不弱，卻不具備足以扭轉任何狀況的實力。

不，此外還有維爾德拉這個超級戰力──但米迦勒的目標是他，她不可能蠢到請他從迷宮中出來。

換言之，沒有人能來幫忙。

只能靠自己了，戴絲特蘿莎無奈地下了這個結論。

然而，這時卻發生出乎她意料的事──

*

萊納將劍朝日向揮下。

那一瞬間──

「鏘！」一聲清脆的聲音響起，有人用劍接下了萊納的劍。

不，那不是劍。

美麗女子拿在手中的，是一把完全不像武器的羽扇。

那名留著閃耀藍色長髮的美女——正是「灼熱龍」維爾格琳。

「妳是日向吧？據舍弟所言，妳似乎證明過自己獨創且不斷精進的技量也能比得上『龍種（我們）』。對吧，戴絲特蘿莎？」

如果那是真的，就不許妳在此輸掉——這是維爾格琳的言下之意。

接著她無視萊納，將視線投向戴絲特蘿莎。

「沒錯，維爾格琳大人。話說我沒想到您會過來。」

「呵呵呵，是啊。我本來也不打算多管閒事，是正幸他……」

維爾格琳用充滿關愛的眼神朝正幸望去。

映入眼簾的是——

「妳沒事吧，日向小姐！」

「啊——」

正在揉著日向胸部的正幸。

當事人正幸表面上嚴肅鎮定，內心卻驚慌失措。

（到、到底是怎麼回事……）

由於事出突然，正幸有一瞬間無法認清現實。

（話說，這右手的觸感是……）

右手掌傳來柔軟觸感。在這個瞬間，正幸的大腦終於開始理解那是什麼。

之所以會如此，全是因為正幸看日向看到入迷。

正幸本來想扶起日向，卻巧妙地被腳邊的小石頭絆倒。

結果倒地的正幸就這麼剛好將日向壓在身下。而他的右手也無意間觸碰到日向的胸部。

堪稱登峰造極的幸運色狼。

還有更誇張的事。

由於兩人近到幾乎嘴唇相貼，正幸因而得以看清楚日向的容貌。

睜大的雙眸宛如略帶黑色的紫水晶（Amethyst）般閃閃發光。鼻梁高挺，雙唇柔軟而水潤。肌膚未施脂粉卻十分細緻，吹彈可破。

（這個人真的超美的，難怪利姆路先生無法違抗她。）

正幸開始胡思亂想以逃避現實。

這也無可厚非。

畢竟日向呼出的氣息搔弄他的鼻孔，甘美的氣味令他心神蕩漾。

要是沒有無數次被維爾格琳抱住的經驗，他可能會開心到昏厥過去。

這段時間感覺很長，實際上連一秒都不到。

正幸的腦袋重新運轉，驚覺不能再和日向繼續對看。

日向也驚訝地瞪大眼睛，正幸心想這很正常。

這種情況下她當然會質疑「這傢伙到底在幹嘛」。

正幸害怕日向回神的那一刻。他知道屆時一定有可怕的事等著自己，為此恐懼不已。

「不、不是的！」

妳誤會了、我不是故意的，正幸在心裡大叫。

他臉色發白，正準備站起身對日向解釋——

（咦？剛剛那是……）

正幸背部感到一陣衝擊，發現有什麼東西飛過他們倆上方。

緊接而來的是毛骨悚然的感受。

「——正幸！」

遲了一拍聽見的是維爾格琳的尖叫。

聲音中蘊含的不是對正幸的憤怒，而是由衷的擔憂。

剛剛發生什麼事了？

其實是有人在正幸倒下那一瞬間發動了攻擊。

注意到的只有維爾格琳。

連戴絲特蘿莎都沒能察覺。她甚至連忙確認與摩斯之間的聯繫有無出錯。

旁人都來不及出聲的那記攻擊，正幸竟因偶然跌倒而避開。若他沒被石頭絆倒，可能會當場沒命。

真是個幸運的男孩。

吉星高照的正幸，這次又有了一展長才的機會。

（嗚喔！該不會有人要殺我吧！）

正幸晚一步才發覺這點，又因不同原因而臉色發白。所幸除了驚嚇外並無大礙，等於賺到了。

這時日向展開行動。

待在被攻擊的地方不動是危險至極的愚蠢行為。因此日向不由分說地抱起正幸在地上翻滾。

正幸感動萬分，除了被擁抱的幸福觸感外，還能感受到日向的頭髮輕柔地拂過自己臉頰。癢癢的感覺配上好聞的香氣，令他想要逃避現實。然而這是不被允許的……

應該說，現在根本不是時候。

「嘖，不會吧……竟能避開我的暗殺必擊（Assassination）……」

以驚愕的聲音邊說邊現身的，是一身黑衣，背上長著純白羽翼的男子——阿里歐斯。

究極賦予「刑罰之王聖德芬」的母體為獨有技「殺人者」，其中有項名為「存在隱蔽」的權能。該權能可以讓當事人和同伴在採取行動之前，不被周圍的人認知到。

阿里歐斯正是利用這項權能和菲德維一同隱身，伺機而動。

剛才他看準正幸出現的時機，使出必殺技暗殺必擊，卻徹底失敗。

他原本還想再度嘗試，不料竟冒出兩個男人擋在他面前。

「正幸的敵人就是我的敵人。」

「沒錯，不會讓你碰陛下一根汗毛的。」

威諾姆和梅納茲加入戰局。

一會兒後，邦尼和袠也出現了。

「我們身負保護陛下的重任，卻未認出刺客。這份重罪，日後——」

「好了，沒關係啦！」

邦尼和袠雖然一直在暗中保護正幸，卻沒發現阿里歐斯打從一開始就潛伏在警戒範圍內。這不是他們倆的錯，但的確是個重大失誤。

不過正幸連忙否認這點。

若不這麼做，他們肯定會囉嗦地說出什麼要自盡以示負責之類的話。

總之，正幸要他們先專心對付敵人，想讓這件事不了了之。於是這四個人為了保護正幸，全都站出來擋在阿里歐斯面前。

戰事到此暫時中斷。

提高戒心的戴絲特蘿莎和摩斯。

孤軍奮戰，牽制那些騎士的席恩。

掙扎著想起身的日向，以及不知不覺攙扶著日向、手足無措的正幸。

為了守護正幸而趕來的威諾姆與帝國高層。

看似通知維爾格琳和正幸前來，其實是在途中與他們會合的尼可拉斯。他見到日向的慘狀，氣到怒髮衝冠。

以及嫣然微笑的維爾格琳。

對上——

將日向逼至絕境，卻未能造成致命打擊而一臉不悅的萊納。

得意洋洋笑著享受眼前狀況的威格。

自傲的攻擊未能奏效的阿里歐斯。

原以為計畫已完美成功，卻發現失敗而不快到極點的菲德維。

以及依舊活蹦亂跳的萊納部下們。

由於正幸與維爾格琳這支強大戰力來到戰場，戰局變得更加混亂複雜。

●

王都的居民們懷著不安的心情聆聽廣播。

而有些人待在能看到影像的區域，目不轉睛盯著畫面。

萊納說的話雖然有些奇怪，但見到艾洛利克王子站在他那邊後，眾人便不再懷疑他。

然而隨著戰鬥越發激烈，萊納那殘暴的個性愈來愈令人不敢恭維。

那是不合騎士精神，品行低劣的戰鬥方式。

此外，現在仍拚命守護王都的，不是萊納率領的騎士團，而是日向麾下的聖騎士團和神殿騎士團。

先不論哪方的說法才是真的，日向他們讓人更想相信。

民眾中仍有一些艾洛利克的支持者，但比例愈來愈低。

後來日向遭遇危機時，所有人都在畫面前祈求日向平安。

某人的出現，讓他們的願望得以實現。

眾人看見那耀眼奪目的來者，口中不由得發出呢喃：

「是勇者大人……」

「勇、勇者大人——？」

「勇者大人！」

「是、是正幸大人！『勇者』正幸大人回來了！」

「正幸大人當上皇帝回來了——！」

過沒多久，眾人的呢喃便匯集成大合唱。

「正～幸、正～～幸——！」

地底避難所各處響起如雷的歡呼聲，使地面為之震動。

不只人民如此。

倖存的王族和有權勢的貴族們也一樣。

他們之中沒有人蠢到分辨不出艾洛利克是否具備正當性。

日向一直是法律與秩序的守護者，持續守護人類，沒理由殺害國王。

而且英格拉西亞王國正在舉行世界會議，警備處於萬全狀態。

就算她真的想取國王性命，也不會選在這時候行動。若有人想做那種事，那一定是企圖擾亂人類社會的勢力。

就連黑社會的支配者「三賢醉（利艾葛）」都提出了非正式申請，自願提供協助，務必讓這次世界會議成功。

他們表示若人類社會不發展，黑社會也不會有未來。這主張非常合理，王國高層也選擇與之合作。

從這點看來，會出來妨礙好事的一定是不知道內情的人。換言之，掌權者們認為艾洛利克王子就是主謀。

「民眾原本還很慌亂，看到正幸先生才冷靜下來。」

「這點固然可喜，但以我們的立場而言可就傷腦筋了。」

「是啊。要是放任主謀不管，一味交由外國人處理，我們日後肯定會備受批判。」

「王宮騎士已經瓦解了，還有沒有其他戰力？」

「出動王都四方軍吧，也將我們的部下全部投入戰場。」

「「「遵命！」」」

他們開始思考如何讓事件盡快平息。

正幸雖是英雄，如今畢竟是帝國的皇帝。

英格拉西亞的貴族們無法仰賴他，只能自己好好努力。

另一方面，「三賢醉」也出動了。

「三位首領不希望看到此地陷入混亂。不過若讓戰力白白犧牲也很愚蠢，所以就由我本人帶著『火槍隊』出戰吧。」

古蓮妲・阿德利如是說。

魔國聯邦祕密開發了一批武器試作品，至今從未公開過。這些武器全都賣給了古蓮妲所率領的「火槍隊」。

那是她自傲的部下，他們全都在帝國祕密接受過改造手術。每個人的戰鬥能力都至少達到A級，且擅長操縱各種武器。

他們擁有許多危險的武器，例如小型反戰車砲（Rocket Launcher），以及可攜式格林機槍等等。那些武器用的也不是一般彈藥，而是被列為危險物質的劇毒，唯有具備專業知識的人才能使用。其威力可想而知。

「好，我們走吧！」

「「「是！」」」

「祝妳好運。」

「妳就算死了，『靈魂』也會回到神那裡，轉生成魔人吧！」

我才不想要這種下場──古蓮妲雖然這麼想，但知道這是同僚表達體貼的方式，不禁露出苦笑。

於是，她便率領不到一百人的部下躍上戰場。

●

眼前瞬息萬變的狀況令正幸困惑不已。

他完全在狀況外。

日向的一句話更加將他逼至絕境。

「所以你要揉我的胸部揉到什麼時候？」

「噗呼！」正幸不由得嗆咳起來。

我沒有揉！只是手不小心碰到──正幸正打算解釋，下意識和日向近距離對看，卻因為對方的美貌而緊張起來。

魔國聯邦雖有很多美女，不過呈現出的皆是異種族之美。維爾格琳也一樣，超脫了人類的領域。

相對地，日向的美貌則是正幸熟悉的日本人臉孔。成為「聖人」後，她的美又更上一層樓，但仍有股令人安心的獨特魅力。

可是，不能被她的外表給騙了。

正幸聽利姆路說了很多日向的事。

他說絕對不能惹怒日向。

維爾德拉也表示同意。

那女人很會記仇。不管用什麼手段，一定會報一箭之仇——維爾德拉一臉認真地給了這樣的忠告。

就連魔王和「龍種」都如此害怕日向，自己要是不小心得罪她，可不是鬧著玩的。正幸充分理解這點，因而連忙跳開並對日向道歉。

此時，日向雖然故作鎮定，其實心亂如麻。她沒有被人揉胸部的經驗，因此不知該作何反應。

如果正幸是故意的，日向還知道怎麼對付他，然而剛才那個狀況怎麼看都是意外。這讓日向判斷時產生猶豫，到頭來救了正幸一命。

「對、對不起，我、我真的不是故意的……」

正幸想不到更好的藉口，說到一半卻被日向打斷。

「開玩笑的，我當然知道那是意外。」

即使日向笑著回答，正幸已嚇到背上冷汗直流。他真的不知道這是怎麼回事。

理解速度跟不上。

正幸很想這樣老實告訴日向，但感覺說完之後等著他的只有毀滅，只好保持沉默。

「不過是揉個胸部而已，哪可能真的生氣啊。正幸，我可以讓你揉個痛快喔。」

維爾格琳笑著投下震撼彈。

不用了——正幸沒能這麼說。他畢竟也是男孩子。

不過，還是找個沒有人的安靜地方再說吧。正幸在內心真切懇求。

日向冷眼看著他們倆，想要起身卻發出痛苦呻吟。

「日、日向大人！」

尼可拉斯樞機大喊著衝向日向，將她扶起。她的雙手雙腳都被刺穿，連站立都沒辦法。

「我這就替您治療！」

尼可拉斯即便慌亂，還是以精湛技術施展神聖魔法「高階回復(High Heal)」。日向隨即痊癒，得以回歸戰線。

於是稍作暫停的戰事再度展開。

「日、日向大人……真的沒事嗎？這裡不如就交給正幸先生吧？」

日向對於尼可拉斯的提議充耳不聞。

反倒是正幸聞言嚇了一跳，知道日向沒那個意思後大大鬆了口氣。他心想不要強人所難，還是請日向上陣吧。

也不知道是否看穿了他的心思，日向輕笑出聲。

那冷酷的笑容，讓身為男裝美女的日向顯得更有魅力。

事實上，日向對萊納已經忍無可忍。

但她更無法容忍的是自己因大意而犯下的失誤。

「一點問題都沒有。觀望的階段到此為止。」

這句話相當於勝利宣言。

面對剛才還在凌虐自己的對手，完全沒必要展現同情。

日向已將通往勝利之路看得一清二楚。

她露出滿是慈愛的笑容望著萊納。

然而眼神依舊冰冷。

「好了，我會認真對付你的，做好覺悟吧。」

「混、混帳！弒君的大罪人竟敢看不起我……我才想對妳說遊戲結束了！我要殺了妳。像妳這樣卑鄙無恥的人，無論如何都打不贏本大爺！」

「這番話還真有趣，卑鄙的是你吧？」

沒有什麼比事實被揭穿更令人生氣了，萊納氣得咬牙切齒。

「嘖，看來妳還不明白呢。本大爺是念在妳是女人才放水的。下手那麼輕就是怕不小心殺了妳。妳卻用這種態度回報我。」

萊納激動到雙眼布滿血絲，精神已快要失常。

日向看出這點，繼續激怒他。

「哦，是這樣嗎？那就好好掙扎，證明你說的是真的吧。」

日向不再大意。

她如今明白萊納不具備半點騎士精神，不必對卑鄙小人留情面。

萊納似乎也心知肚明，因而面紅耳赤地大叫。

「這下子就算妳哭著求饒也沒用。好啊，就如妳所願吧！我會一次又一次砍妳、砍妳、把妳砍到不成人形！」

萊納的目的只剩一個，就是以壓倒性的力量制伏日向，讓部下和民眾見識自己的厲害。他已不再具備正常的判斷力。

日向察覺到這點，冷冷望著萊納。她眼裡沒有一絲溫柔，盡是輕蔑之色。

萊納朝著日向衝去。

日向不慌不忙地舉起幻虹細劍。

雙方劍刃交錯。

「呀──哈、哈、哈────！去死去死去死去死──！」

萊納以瘋狂的神情叫道。

他盡全力揮下的劍，蘊含著必殺威力──然而那對日向已不再有用。

倘若接下他的劍，就連幻虹細劍都會碎裂，不過沒有正面迎擊的必要。

不必再跟他客氣了。

萊納的體能在日向之上，但這對日向來說完全不是問題。她輕巧避開萊納的劍，瞄準盔甲的縫隙將劍刺入。

「啊啊啊啊────！」

萊納發出慘叫。

竄遍全身的劇痛，讓他找回些許冷靜。

（什麼，這陣疼痛是怎麼回事？我明明、我明明獲得了力量，普通的攻擊應該對我沒用才對啊！）

他成為威格的手下，取得了「參謀」級妖魔族的力量。此外還得到神話級武器，不可能輸給日向這種人，更不用說感到疼痛。

自身擁有的「痛覺阻斷」未發揮效果，令他面露困惑。所受的傷害本身雖不嚴重，疼痛感卻一直沒有消退。

萊納咬牙切齒。他剛剛只覺得自己狀況不好，現在真的開始著急了。

「呵呵呵，很痛嗎？再哭大聲點，好好取悅我吧！」

日向露出陶醉的表情，嫵媚地用舌頭沾濕嘴唇。

那動作和日向非常相襯。

讓人聯想到強者捕食弱者的樣子。

尼可拉斯對她投以熾熱眼神，正幸卻望而卻步。那動作足以讓一些有特殊性癖的人變成她的狂熱粉絲，但正幸對此敬謝不敏。

（這個人好可怕！我會牢牢記住，絕不會惹怒日向小姐……）

他打從心底認同利姆路說的話。

日向完全不在乎周圍的人有什麼反應，對萊納展開追擊。

萊納開始害怕那會產生莫名劇痛的刺擊，拚命想保護自己。然而日向的攻擊沒那麼好避開。

「受死吧！『七彩終焉刺擊』——！」

日向以流暢的動作，確實貫穿萊納的身體。

每一擊都伴隨著劇痛，折磨萊納。

（這、這種程度！只要我能忍受疼痛——唔嘎喔喔喔喔——唔！）

由於遭到破壞的是精神，萊納根本沒辦法忍耐。重點是他的肉體雖然受到大幅強化，但精神層面尚不成熟。就算吸收了身為精神生命體的妖魔族，心理防護並沒有因此強化。

「救、救救我，威格大哥！疼、疼痛一直沒有消退啊！」

萊納努力恢復身上的傷口，但無法連心理層面的傷一同治癒。他不具備這方面的權能，這也是當然的，然而他痛到陷入恐慌，已因強烈的恐懼和痛苦而失去正常的判斷力。

而且，正因為他的精神體擴大，受苦的時間反而變得更長。

在這種狀態下，死了還比較痛快——

＊

戰鬥剛開始時，主要和阿里歐斯交手的只有威諾姆一人。

剩下三人擔任輔助角色，牽制阿里歐斯。

正幸盯著威諾姆那邊的戰況，雙手抱胸佇立。

事實上，與其說他是在旁觀戰況，不如說是愣在原地還比較貼切。

時而冒出的火光證明戰鬥還在繼續。但正幸不可能親眼捕捉並理解戰鬥內容。

那速度快到無法看清，更別說理解發生什麼事。正幸只是裝模作樣，假裝觀戰而已。

（——話說對方強成這樣，我也沒轍啊。）

正幸將戰鬥工作完全交給同伴，以免妨礙到他們。

他非常清楚自己的實力，甚至到了達觀的地步，連恐懼感都很淡薄。

不過，怕還是會怕。

為了排解內心的恐懼，正幸開始回顧幸福的記憶。

沒錯，正是那殘留在右手的——日向胸部的柔軟觸感與暖意。

（雖然格琳小姐主動說要讓我揉，這樣未必是好事。揉了之後還得擔心後果，跟剛才的狀況又不太一樣呢。）

相較之下，日向就很完美。

儘管他也嚇得膽顫心驚，但因為是意外而被原諒。

這下就沒有後顧之憂。

可以不用擔心後果，盡情沉浸在幸福感中。

正幸這股幸福的心情不自覺地為現場帶來了巨大的影響。

能夠回應正幸的願望，賦予幸運補正的「幸運領域(Lucky Field)」，給了所有與正幸同陣營的夥伴們無比強大的護佑……

他發揮出能觸及世界真理的——究極技能「英雄之王」的本領。

如此便讓威諾姆等人得以在戰鬥中占上風。

威諾姆不慌不忙，像在散步般發動攻擊。

「滅殺分斷破(Doom Enemy)！」

他的雙手指甲染上漆黑色彩，伸長了許多。這項技藝可以透過指甲表面的細微震動，散發出能分割所有物質的波動。

阿里歐斯咂了下舌，避開攻擊。然而對方的進攻並未結束。

「太天真了。」

梅納茲撂下這句低喃，乘勢襲擊失去平衡的阿里歐斯。他以一個不自然的姿勢傾斜身體，無視重力與慣性，猶如砲彈般衝了過去。

獨有技「壓制者」為他開出一條通向阿里歐斯的軌道，並除去所有障礙物。此外他還壓縮腳下的空氣，使之爆發後產生推力。

梅納茲一瞬間就達到最高速度，不給阿里歐斯防禦的機會便展開連擊。

「一個嘍囉也敢這麼囂張！」

阿里歐斯下頜遭到頭錘，腹部被膝蓋撞擊，怒目橫眉地瞪著梅納茲。

但戰況容不得他喘息。

「若是暗殺，我也很在行。」

一道黑色閃光斬裂了阿里歐斯。完美隱身的裘趁阿里歐斯注意力被梅納茲引開時襲擊他。

阿里歐斯承受不住，想將身體退開，卻被一支閃電纏繞的長槍貫穿。那是邦尼的必殺一擊，將雷擊大魔雨凝聚後，與槍術結合而成。

「可不能忘了我喔。」

儘管失去究極賦予「代行權利」，那畢竟是他曾經獲得過的權能。邦尼想為皇帝正幸效力，經過一番努力，得以一定程度重現過去的力量。

裘也一樣。

梅納茲則變得比以前還強。不愧是曾誇口說喜歡戰鬥，不但累積了經驗還變得豁然開朗。

就邦尼看來，性格愈異常的人愈容易變強，這或許和意志的強弱有關，但他沒有蠢到會把這種事說出口。還是想得單純點，認為有個強大的夥伴令人安心就好。

因此，即使面對像阿里歐斯這樣存在值高到無法比較的強者，四人仍打得很漂亮。

就連阿里歐斯開始動真格後，狀況依舊沒變。

「哼，我沒空陪你們玩。從現在起要拿出全力了，覺悟吧。」

阿里歐斯好心宣布過後，手裡不知何時多了兩把短劍。雙手持握兩把神話級的劍，正是他原本的近戰風格。

（真是令人抓狂的一群人……只有三腳貓功夫，還敢妨礙我……）

他氣憤不已。

這樣就能不費工夫處理掉這些嘍囉──阿里歐斯對此深信不疑。

然而下一波攻防證明他大意了。

他飛快地砍向威諾姆，將對方勉強擋下短劍的黑爪斬斷。即使是能切斷所有物質的震動，在神話級面前也顯得無力──乍看是這樣。

彷彿理當如此般，阿里歐斯面不改色，勾起嘴角看向威諾姆。

那副眼神猶如在看蟲子。

他一臉得意，像是在說「這就是你我之間的差距」。然而那笑容突然因為離譜的狀況而扭曲。他的雙臂竟感到疼痛。

「哈哈，活該！我運氣真好，竟然有兩根命中。」

聽見威諾姆的笑聲，阿里歐斯的表情僵住了。

如威諾姆所言，阿里歐斯兩隻手臂各插了一根黑爪。

阿里歐斯認為自己是絕對的強者，威諾姆等人都比自己弱得多。然而他卻受到了傷害。

剛剛他一直沒拿出全力，這次不同，他可以斷言自己絲毫沒有大意，內心因而開始感到焦急。

「這是你刻意為之的嗎？」

「當然。雖然有點難，需要賭一把，但我『今天也』很幸運。」

原本還想說，能有一根擦傷你就已經很不錯了──威諾姆毫不諱言地說。

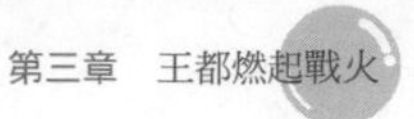

是的，自從和正幸一起行動後，他每天都被幸運女神眷顧。

然而不是受女生歡迎、賭博會贏這類的幸運，因此缺乏真實感，但他做每件事情都會進行得比想像中順利。

「自以為是的傢伙——我不會再放水了。」

「白痴啊！你剛剛不是說要拿出全力了嗎！」

見阿里歐斯火冒三丈，威諾姆繼續以開朗的語調挑釁。

威諾姆正以自己當誘餌。

要是能讓阿里歐斯露出更大的破綻，夥伴們就會更好行動。

雖然盡說些瞧不起阿里歐斯的話，其實威諾姆從未大意。他迅速讓被斬斷的黑爪長回來，專心注意阿里歐斯的動向。

這是當然的。

威諾姆不會過度自信。

他轉生成惡魔的歲月還不長，再加上迪亞布羅這個壓倒性的存在，更讓他了解到自身的渺小，因而養成了客觀看待自己的習慣。

（這場仗打得真艱辛。若這份幸運持續下去還勉強應付得來，但我的實力完全不如對方。差不多該和邦尼換手，從誘餌轉為攻擊手了——）

這次威諾姆擔任誘餌是因為他是所有人裡面最不容易死的。平常都是由邦尼擔任主要坦職，這次的分工卻和以往不同。

威諾姆被分配到的工作是所謂的迴避型坦職。

一旦被阿里歐斯的攻擊命中就完了。所以他們選了不容易被命中，萬一被命中也不會立即死亡的威諾姆負責此職務。

（——話雖如此，萬一死了好像要花上幾百年才能復活啊。真吃不消呢。）

他邊想邊繃緊神經。

夥伴們也明白威諾姆其實很拚命，他們才得以不慌不忙地各出奇招。

梅納茲的工作是連續發動大招，使阿里歐斯分心。有沒有效不重要，重點在於不讓攻勢中斷。

俗話說「攻擊就是最好的防守」，正因有梅納茲在，威諾姆才能更加應付自如。

邦尼則用「認知阻礙」封住阿里歐斯的權能，雖然沒辦法做到百分之百，但至少能降低「刑罰之王聖德芬」的影響力。

這也讓梅納茲的攻擊更能發揮作用。邦尼的工作當然不只如此，身為第二坦職的他總會抓緊時機攻擊，以便梅納茲能夠自由行動。

而袞是真正意義上的王牌。

袞的隱形能力和阿里歐斯不同，只能讓自己一人不被看見。不過這樣就已足夠。

可想而知，這樣的能力在戰鬥中十分珍貴。

嬌小的袞會在離開阿里歐斯視線範圍的瞬間發動技能。接著趁對方掉以輕心時，使出致命一擊。

可惜阿里歐斯沒有弱到這樣就被打倒，但傷害仍持續累積。

每個人的分工都有其意義，加上正幸「幸運領域」的影響，形成無比強大的連續技，發揮出極佳的效果。

阿里歐斯原本還瞧不起這些實力比自己弱的對手，卻在不知不覺間陷入困境。

（像我這樣的人，怎麼可能被壓著打？）

就連他憤恨地這麼想時，情況仍在持續惡化。

他不自覺地被玩弄於股掌，時間一點一滴流逝。

這樣下去可能會惹菲德維生氣。阿里歐斯對此心知肚明，因而失去冷靜，愈來愈著急……

＊

萊納倒在地上，放聲大叫。

但沒有人對他伸出援手。

就現況而言，日向已打倒萊納，然而菲德維依舊生龍活虎。雖有維爾格琳對付他，但她的攻擊因為「王宮城塞」的關係而起不了作用。

此外，萊納的部下已由摩斯和席恩這對搭檔壓制。他們打得意外輕鬆。

摩斯負責牽制，席恩則一個個解決掉對手。尼可拉斯也默默加進來幫忙，用魔法阻止對手行動，藉此協助席恩，讓戰況往有利方向發展。

阿里歐斯也沒有餘力。

因此菲德維陣營中沒有人顧得了萊納，應該說就算有也懶得管。

證據就在於威格儘管聽到萊納的呼救，仍在和戴絲特蘿莎交手的同時露出賊笑。

「不幫你朋友嗎？」

「哈！他是我手下，才不是朋友。不過說得也是，差不多是時候了。」

戴絲特蘿莎聽見威格這番話，有股不祥的預感。

（這傢伙好像打算做些什麼……）

在之前的戰鬥中，戴絲特蘿莎已發現威格會利用屍體，來讓自身所受的損傷恢復。但她總覺得威格的能力不只如此，應該還藏著其他權能。

這個猜測是對的。

「妳搞錯了啊，本大爺還沒拿出全力。妳似乎正絞盡腦汁思考要怎麼殺了本大爺，勸妳還是別白費心思。」

「什麼意思？」

「哈！妳這人意外地蠢嘛。意思就是憑妳這點程度，不可能贏得了本大爺啊！」

聽到這句話，戴絲特蘿莎差點就要暴怒。

還好她及時踩煞車，冷眼觀察威格。

（這傢伙連現在戰鬥中，力量都在逐漸增強。所以那傲慢的態度並不是在裝模作樣嘍？）

她看出這點，克制住不在暴怒下行動。

威格對著戴絲特蘿莎宣言道：

「嘿嘿，菲德維先生應該也開始著急了。好啊，本大爺就拿出殺手鐧，讓你們在絕望中死去！」

說完便高聲笑了起來。

而後——

他將自己剛學會如何操縱的權能，以萬全之姿釋放出來。

那成了一場惡夢的開端。

「覺醒吧，『邪龍獸』──」

威格無視戴絲特蘿莎，將手撐在地上。

這只是在做效果。

他大可不必做這個動作，然而為了表示戴絲特蘿莎不是自己的對手，才刻意採取充滿可乘之機的行動。

戴絲特蘿莎沒有上當。

她待在一旁冷靜分析接下來會發生什麼事。

威格的手掌迸出邪惡的波動，傳至地面，吞噬萊納倒臥在地的部下們。

無論是生者還是死者，無一倖免。不過巧妙地避開了艾洛利克一人。

「摩斯，把所有人集合起來。」

在戴絲特蘿莎的命令下，摩斯採取行動。

為保護正幸不受威格的波動侵襲，他將邦尼等人叫回正幸所在的位置。

威諾姆和席恩也不例外，所有人聚集在一處。

屏息等待接下來的發展。

生者和死者在他們面前被揉合在一起。

很快就變成散發腐臭味的邪惡生命體。

萊納也在其中。

「嗚、喂！大哥，威格大哥──！救救我，連我、連我也要被這片汙泥給──唔！」

飽受折磨的萊納拚命向威格呼救。

然而威格見到萊納的模樣，只是一味地賊笑。
他從一開始就將萊納當作棄子，因此果斷拿對方來測試這股新力量。
「行啦，兄弟，放心吧。只要你為我效力，不論多少次都會救你。」
「真、真的嗎！」
威格為了讓萊納安心，加深臉上的笑意。
萊納見到後放下心來，屍體溶解而成的汙泥卻襲向他。
阿里歐斯見狀嚇得臉色發白。
「喂，威格！你、你應該不會連我也拿來當實驗品吧？」
威格咧嘴一笑。
「當然會！」
「王、王八蛋——唔！不可饒恕。就算你是『七天』之首，也無權做出這種蠻橫之舉！」
阿里歐斯大發雷霆，但他的下半身已被汙泥吞噬。
「菲、菲德維大人！請救救我！威格失控了。這樣下去連我也會——」
可悲的是，菲德維對於阿里歐斯的拚死呼救置若罔聞。
並不是因為他忙著應付維爾格琳，而是因為他對此不感興趣。
而且，如果這麼做能讓不中用的人得以強化，菲德維不認為有必要阻止。
「混帳——啊！」
留下這聲慘叫，阿里歐斯也沉入汙泥中。
一切已準備就緒。

由屍體溶解後混雜揉成的汙泥，形成了幾具人體。

恐怖的生物在這個瞬間誕生於世。

威格用自己的權能，重現了催生出妖死族的妖死冥產（Birthday）。

但效果當然不同。

這就是威格的究極技能「邪龍之王阿茲達哈卡」，其中的「有機支配」與「複製量產」的精髓。

若用威格的話來說，這招叫作「邪龍獸生產」——這是能孕育出邪惡的生命體，讓他得以獲得忠心僕人的權能。

生出的邪龍獸共有四隻。牠們雖然模擬了人的外型，卻只能用異形一詞來形容。

邪龍獸全身布滿了由神話級護具變形而成的黑色鱗片，肚子上有一道大大的裂痕，像極了長滿獠牙的嘴巴。

背上則長著兩對黑色潰爛的猛禽翅膀。那是吸納天使所殘留的痕跡。

更特殊的是牠們的頭部，脖子以上看起來像是一顆光滑的瘤。瘤上有兩個空洞，黑暗的洞中浮現一雙骨碌碌的紅色眼睛。

那已經稱不上是人了。

只能說是散發邪惡氣息、不斷蠢動的人型生物。

牠們連腦袋都沒有，眼中當然不具備知性光輝。但似乎仍有判斷力，或許是受生前的憎恨影響，惡狠狠地瞪著日向和威諾姆等人。

「嘎哈哈哈哈！不錯吧，本大爺可愛的寵物們！任憑你們這些嘍囉再怎麼拚命抵抗，也快沒戲唱了。用『邪龍獸』來對付嘍囉有點浪費啊，你們可要好好享受才行喔！」

威格哈哈大笑。

接著雙手環胸命令道：「去和他們玩玩吧。」

*

邪龍獸雖是扭曲的生命體，戰鬥力卻非常高。

牠們的眼睛有跟沒有一樣，但具備了「魔力感知」，因而能正確掌握周遭狀況，依命令行動。

每隻的存在值都高達兩百四十萬，比蟲將平均的存在值還高，這能顯示出邪龍獸是多麼具威脅性的存在。

不過親眼見到牠們的人不用聽上述說明，也清楚知道這些事。

「喂喂，真的假的啊……」

威諾姆喃喃自語。

他認真覺得大事不妙。

和阿里歐斯交手已經夠艱辛了，這四隻更不用說。剛才多虧有正幸才勉強打得有來有往，但感覺謀略對於邪龍獸並不管用。

情感這項要素有好有壞。心高氣傲的阿里歐斯由於心急，無法發揮出原本的實力。而之所以能引出這不好的一面，全是受正幸「幸運領域」的影響。

然而上述要素在現在全被排除。

不具備智慧這點，有時對敵人來說是有利的，但邪龍獸身上留有攻擊本能和無與倫比的戰鬥直覺，

沒有智慧反而能讓牠們徹底成為戰鬥機器，不構成任何妨礙。

威諾姆透過直覺認知到這一點。

「隨便和牠們交手會很危險呢。」

日向也冒著冷汗，提高警戒。

她的生存本能警告自己，邪龍獸危險至極。

牠們表皮上的那層黑色鱗片，看起來連日向的幻虹細劍也無法刺穿。

能攻擊的可能只有眼睛和肚子上的嘴……但日向對此也不抱太大希望。

因此，她向陸續聚集來此的聖騎士們宣布道：

「隊長以外的所有聖騎士聽命。儘量與敵人保持距離，組成陣形！別讓那些邪惡存在逃離這裡，此外，也別讓那個叫威格的人繼續增強力量，用『結界』將這裡隔離起來！」

在此命令下，聚集而來的聖騎士們立刻行動。

在各地大鬧的怪物不知為何突然溶進地面。聖騎士們為了探尋原因來到災禍的中心地帶，卻發現這裡發生了超乎想像的狀況。

見到自己顯然無法應付的邪龍獸，聖騎士們的士氣開始下滑。直到日向登高一呼，才給了他們目標，讓他們重新燃起鬥志。

「沒錯，我們從自己能做的事著手吧。」

尼可拉斯樞機深深頷首。

「了解了，日向大人。」

夫利茲點頭應道。

「是啊……由我們對付這種怪物，只會徒增犧牲而已。」

莉緹絲也未反對。害怕歸害怕，不能在這種時候逃跑。

「交給我們吧！讓敵人見識一下我們的修行成果！」

巴卡斯笑道。任誰都感覺得出他在故作堅強，但那陣笑聲卻不可思議地讓眾人內心湧出力量。

「那就走吧！」

最後阿爾諾集合眾人，如此喊道。

那股氣勢讓眾人不禁深深點頭。

他們沒有因為遇到自己無法應付的敵人就放棄。要是現在逃跑，未來肯定會陷入一片黑暗。

尼可拉斯樞機和四名聖騎士隊長，加上追隨他們的聖騎士團成員，開始按照多種訓練過的形式展開行動。

他們以廣場為中心朝五個方向散開，排成五芒星般的陣形。接著集結眾人之力建構「隔離結界」。

這次的敵人雖然邪惡，但並非以魔素作為能量來源。不，應該說魔素也是能量之一，不過還攝取了其他力量，所以聖淨化結界的效果有限。由於結界內還有惡魔，這麼做反而可能拖累他們。

因此，日向選用的是能將該處與外界完全隔離的「萬物隔離結界（Material Area）」。

戴絲特蘿莎支持她的選擇。

「真是明智呢。席恩、威諾姆，你們也去幫忙。必須儘量強化結界，否則那傢伙可能會向地下尋找食物喔。」

所謂食物，是指避難的王都居民。

戴絲特蘿莎藉由剛才的攻防，對威格的權能建立了一套還算正確的假設。

只要在威格的權能影響範圍內，所有有機物都會變成他的食物。現在只是因為效果薄弱才放過地底人民，但不知何時會開始虐殺人民以療癒自身損傷。

正因有這個可能，戴絲特蘿莎才會減緩攻勢。

「你們也去幫忙吧。」

維爾格琳命令梅納茲等人。

「可是我們要保護陛下——」

「有我在，不會讓對方動正幸一根汗毛的。聽懂的話就快點去。」

「「「遵命。」」」

梅納茲、邦尼、裘等人也朝不同方向散開，協助維持「萬物隔離結界」。於是現場只剩下強者們。

與菲德維對峙的維爾格琳。

仍和威格相對而立的戴絲特蘿莎。

有著男孩外貌的摩斯。

重回戰場的日向，以及抱胸呆站的正幸。

以上共計五人。

（為什麼連我也留在這裡呢？）

其中一人懷抱這樣的疑問，但其他人別說替他解圍了，就連吐槽都沒有。

從這刻起，狀況終於開始發生變化。

「去和他們玩玩吧。」

威格一聲令下，四隻邪龍獸便以驚人的速度一同出動。

牠們依照命令蹬地躍至空中，各自找好目標並襲向自己的獵物——

第四章
英雄雲集

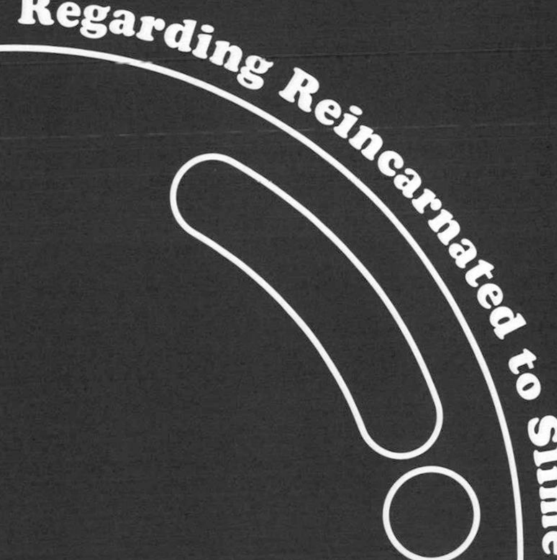
Regarding Reincarnated to Slime

我在與米迦勒的對峙中，迎來了人生最大的危機。雖然好像經常遇到這種狀況，但這次是真的。

眼見米迦勒那原理不明的攻擊連迪亞布羅都能打倒，老實說，我實在感到束手無策。

之所以還能從容以對，全是因為維爾德拉在迷宮內待命的緣故。只要他安然無恙，我就能復活。

不過——

真的沒問題嗎？

《沒問題。若您感到不安，只要別輸就行了。》

話是這麼說沒錯啦。

希爾大師這番大道理太正確了，讓我不知該如何回應呢。

如果辦得到就不必這麼費心，正因辦不到才會如此煩惱和不安。

《請放心。我料到會有這種狀況，已經想好對策——要立即執行嗎？》

喂喂！

你一句話都沒說就默默想好對策了？

為什麼要瞞著我……不對，它沒有瞞，一定是故意的。

《很抱歉。那麼就連帶發動「緊急應對模式」，可以吧？》

既然問我可以「吧」而不是可以「嗎」，可見已經準備好要發動了嘛……算了。

反正希爾大師做的事總不會錯。

聽到它似乎有什麼殺手鐧，給了我一絲希望。

《我會盡最大的努力，滿足您的期待。》

希爾大師理解到我接受它的提議，顯得更加幹勁十足。這對戰況有什麼影響，我自己也一頭霧水。那麼與其繼續煩惱，不如採取行動。

反正也想不出答案——所以試著發動攻擊。

我不再抱持要奮鬥到最後一刻的想法，心情豁然開朗。打算將能做的事全部試過一遍，以便獲取對日後有益的情報。

就算是場必輸的戰鬥，我也不想浪費這次經驗。既然都賭上性命了，還是希望可以換得一些有用的情報。

我這麼心想，舉起劍來。

但自己的想法果然還是太天真了。

「竟沒陷入絕望，這點值得稱讚。不過你不配當寡人的對手。」

聽見米迦勒以超級高高在上的口吻說完，我的動作瞬間靜止。

不，靜止的不只我。

世上的一切全都停下腳步。

這感覺我有印象——

《果然如此。》

咦，什麼？

《剛才打倒迪亞布羅、蒼影和雷昂的攻擊也是如此，這個「現象」與金．克林姆茲、克蘿耶．歐貝爾發動過的招式具備相同性質——》

呃，你的意思是……我上次體驗到這股感覺時的猜測是正確的？

《沒錯，這無疑就是「時間停止」。》

什麼？

這我哪敵得過啊！

太犯規了吧。

這種能力出現在動漫的世界尚可接受，但在現實中遇到這一招實在教人受不了。

我曾說：「無法到達靜止世界的人，不管再怎麼強，都比不過能待在靜止世界的人。」看來這個認知是正確的。

事實上，真的什麼都做不了。

也難怪迪亞布羅會輸。我本來無法想像那傢伙吃敗仗的樣子，但時間都被暫停了，這也無可奈何。

好啦，洗洗睡吧！

這下只能老實認輸——呃，奇怪？

所以現在時間是靜止的吧？

那為什麼我們還能對話？

《由於開啟「緊急應對模式」，我們也能夠認知靜止世界了！》

真的假的啊？

不愧是希爾老師！

它語帶驕傲地回報。我不但能容許這樣的口氣，甚至聽得感激涕零。

這樣就有救了——才剛放下心來，卻發現這是天大的誤會。

讓我意識到這點的，是逼近眼前的米迦勒之劍。

我連忙想要應對，身體卻一動也不動。

就算能認知到靜止的世界，也不代表能在這世界中活動——仔細想想，這也是理所當然。

聽希爾大師說得那樣得意，害我以為自己得救了……

不過我又沒花心力解決問題，沒道理抱怨它的不是。

好吧，結果是空歡喜一場。看來也只能死心挨米迦勒一劍了，真希望能在戰敗前記下他的劍法和戰鬥習慣，以利下次作戰。

《不，現在放棄還太早。》

希爾大師出聲勸阻快要放棄的我。

下個瞬間，彷彿聽見一陣清脆聲響（聲音）。

我對這感覺有印象，覺得似曾相識。記得當時是——

「利姆路老師（先生），我來救你了！」

沒錯，是克蘿耶。

飄逸的銀黑色長髮流淌著銀光，出現在對米迦勒的劍無計可施的我面前。

她手上拿著「月光神女劍（Moon Mistress）」，身上穿戴「神靈武裝」——那是日向託付給她的月光細劍和「聖靈武裝」歷經長年的旅行後，進化而成的神話級裝備。

而裝備的主人不用說，正是出落得亭亭玉立的「勇者」克蘿耶。

＊

儘管克蘿耶趕到了現場，我仍舊動彈不得。

也就是說，連回應她都沒辦法——

《沒有問題。已發現「資訊體」不會受到時空影響，無論在任何時間點都能傳遞資訊。換言之，即使在靜止的世界中也能傳達意念。》

原來如此？

我和希爾大師的「對話」確實是瞬間完成的。但克蘿耶傳來的聲音卻有些微的時間差。還是無法理解背後的原因耶？

如果「資訊體」不受時空影響，那意念的傳達應該也能在瞬間完成才對。

《我是主人的一部分，不受時間影響。然而在靜止世界中倘若想了解外界狀況，就必須釋出「資訊體」以掌握周圍的資訊——》

唔嗯，這好難說明。

簡單來說「資訊體」不受時空影響，在任何狀況下都能活動。所以只要干涉「資訊體」用以代替魔素，就能看見周遭事物、傳達意念。

由此可知，若想在這種狀況下行動，光干涉「資訊體」是不夠的。克蘿耶乍看是在正常說話，但可不能把這裡和現實世界混為一談。

就我的感覺來說，現在很像在進行「思考加速」，不過似乎又不一樣。我們應該只是毫無時間差地交換「資訊體」，之所以能辦到，可能是因為我們共享同一個「靈魂」。

那麼，若想在這「停止世界」向第三者傳達自己的意念——

《只要將乘載著意念的「資訊體」扔給對方就行了。》

雖然講法有點粗暴，但這下我完全明白了。

希爾大師已學會如何干涉「資訊體」，所以我也能夠回應克蘿耶。

歸根究柢，自己現在之所以能「看到」周圍的狀況，也是因為讓「資訊體」反射的緣故。

「資訊體」在這個「停止世界」中的移動速度是否固定，這些原理還有待查明，能和克蘿耶對話已是萬幸。

『抱歉，謝謝妳救了我！可是我還沒辦法動——』

我立刻向克蘿耶傳遞意念。

接著克蘿耶也配合我，用「思念網」回答。

『嗯，我知道。原來你已經會用「思念網」了啊？』

『是啊，好不容易找到方法。』

『我就知道。因為利姆路先生有「希爾」嘛，能做到這些也不奇怪。』

啊，克蘿耶知道希爾大師的存在了。

《是的。我的存在透過克羅諾亞曝了光。所以她這次才會偷偷接下護衛工作，出面保護你。》

喔，我懂了。

這就是希爾大師隱藏的殺手鐧啊。

既然會做到這個地步，就代表你認為這次狀況很危險嘍？

《是的。雖然無法斷定敵人的目標，但可以確定本城正幸被對方盯上。主人您被盯上的機率同樣也很高。》

哦，換言之這是在拿我當誘餌嘍？

希爾大師總會採取保守的策略，甚至小心到過了頭，會做出這樣的決定還真稀奇呢。

咦？

難道「王手飛車」指的是……

《是的。那是在暗喻自以為已經將了主人一軍的米迦勒。》

可惡，被耍了！

我竟然沒察覺到，真丟臉。

難怪希爾大師那時候會一副欲言又止的樣子啊。

我提出的答案雖然沒錯，但也不是正確解答。你當時一定很猶豫要不要提醒我這一點！

《——主人會為了讓雷昂恢復神智而前往戰場這點，米迦勒一定知道。那麼他想必會將雷昂當作誘餌，只是難以判斷他對此重視到什麼程度、會投入多少戰力。》

這、這樣啊。

仔細想想這也是理所當然，畢竟我讓維爾格琳恢復了神智。

米迦勒和菲德維不會蠢到認為維爾格琳是自行恢復的。

我這才明白自己想得太膚淺了……

如此一來，米迦勒當然會防範我把雷昂搶回去，並採取對策。不是因為重視雷昂，而是想趁機利用這個狀況。

換言之，米迦勒的計畫就是用雷昂將我引誘出來。一山還有一山高，希爾大師看穿這點並制定了這次的計畫。

完全沒有我介入的餘地。

說明起來好像很簡單，但由於雙方都設想到兩、三步之後的事，過程中只要有一點點差錯，就會導致大失敗。

不，正因如此，希爾大師才會下此決定。

如果我沒來戰場，米迦勒就會使出其他手段，那還不如假裝被騙來這裡，這樣希爾大師比較容易預

測狀況。

只要有維爾德拉在，我的人身安全便可獲得擔保，所以它判斷故意照米迦勒的計畫來走比較好。

《是的。當然也儘可能考慮到主人的安全。》

也是啦。

能算到這一步已經很厲害了，但連希爾大師都沒想到米迦勒具備「時間停止」的能力。

《我有將這個可能性列入考量，為防萬一便與克蘿耶·歐貝爾交涉，請她待命。》

原來如此，所以你原本推測應該輪不到克蘿耶出場。結果米迦勒太強了，克蘿耶便像這樣跳出來替我解圍。

連希爾大師都摸不清狀況，我更是派不上用場。

《我最大的失誤，就是沒算到米迦勒擁有「時間停止」的能力。不過就結果來說這是好事。》

嗯？

何以見得？

《能操縱該權能的只有極少數人，因此這將是一次寶貴的經驗。成功開發出「緊急應對模式」是我們走運。只要繼續觀測「停止世界」，能夠活動自如只是時間的問題。》

希爾大師一如既往地有自信。

時間都暫停了，還說是時間的問題——要是我這麼吐槽就輸了。這樣很像在找碴，還是老實稱讚它就好。

我在意的是，真的能在靜止的時間中動起來嗎？如果做不到這一點，今後就不用玩了，所以這是非常迫切需要解決的問題。

只能先仰賴克蘿耶了……

總之，現在的我什麼都做不到。

因此決定全心全意觀察克蘿耶和米迦勒這場戰鬥的動向。

＊

克蘿耶的出現令米迦勒提高警戒，紋絲不動。

一會兒後，他終於緩緩舉起右手的劍。

「——寡人真不敢相信會發生如此出乎意料的事。」

「是嗎？」

「想不到除了寡人和維爾薩澤外，還有人能在靜止時間中活動。對於寡人這種身為究極存在的神智

核來說是小事，不過真虧妳能到達這個領域。」

哎呀，米迦勒竟然主動提起神智核這個詞，是想套話嗎？

可能是想觀察克蘿耶的反應，藉此了解她的真面目吧。

我有點擔心，正想提醒克蘿耶，但看來沒這個必要。

「哦，是這樣嗎？其實意外地簡單喔。」

克蘿耶一派輕鬆地帶過。

她的反應讓我想起一件事。

我對克蘿耶的印象一直停留在她是我學生，但她其實是如假包換的戰士。經過長年累月的旅行，站上了最強「勇者」的位置。

而且她還有克羅諾亞這個神智核，完全不需要擔心。

「可笑。妳身上已沒有『希望之王薩利爾』的反應，妳打算對此說明嗎？」

啊，果然。

我原先就認為米迦勒應該能探測天使系究極技能，這下可以確定了。此外既然反應已經消失，就代表克蘿耶成功讓「希望之王薩利爾」昇華，化作自己的力量。

《我完全沒機會幫忙，真可惜。》

我想也是呢。

身為權能狂熱者的希爾大師十分覬覦克蘿耶的技能。若能解開該權能背後的祕密，我們現在說不定

已經能在「停止世界」活動了。

與其說克蘿耶小氣，不如說是希爾大師太犯規……

「這種事我有必要告訴你嗎？」

沒有吧。

米迦勒似乎也不期待聽到她的回答，默默重新將劍舉起。

「那也只能將妳這不確定因素排除了。」

「我有同感。會讓你後悔與我為敵的。」

對話就此結束，克蘿耶與米迦勒展開戰鬥。

那只能用驚心動魄來形容。

我在觀戰過程中明白「『資訊體』的移動速度是固定的」。

在這世界既能與人對話，視覺的反應速度也一致。這和「沒有東西能超越光速」一樣，是明確的物理現象。

那麼「資訊體」為什麼能超越光速？

其實並不是它的速度超越光速。

位於不同座標的「資訊體」之間，能夠毫無時間差地轉錄「資訊」。不管距離多遠都沒有影響，凡是存在於可認知空間的「資訊體」就沒有時間差。換言之，「資訊體」本身能夠超越時空。

我們之所以能對話，也是利用這個「資訊體」之間的轉錄功能。

那麼，為什麼能活動呢？

該不會……

《若是精神生命體，只要將身上的物質全部轉換為「資訊體」，就能變身成資訊生命體（Digital Nature）。》

我果然沒猜錯。

假設心靈和精神都是資訊，就有這個可能。

能否辦到是一回事，重點在於有解決方法。這下不用再擔心辦不到，而能夠專心思考如何辦到。

《您說得是。我這就讓「緊急應對模式」全面運轉，準備進化成資訊生命體，可以嗎？》

當然可以喔，希爾老弟。

全都交給你，隨你怎麼做吧。

——我以高高在上的口氣命令道。

繼續這樣下去無法改變任何事，既然有對策，就該全部試一遍。

希爾大師正確體察我的心意，精神奕奕地展開活動。

再來就等結果出來了。

總覺得每次都把問題推給別人好像不太好，但這也沒辦法。

我這樣說服自己，專心觀看克蘿耶和米迦勒的戰鬥。

至於克蘿耶和米迦勒的實力，可說是不相上下。

我無法正確掌握狀況，所以這只是推測，雙方的體能大概平分秋色。應該說，他們對於「資訊體」的干涉力差不多。

既然速度的上限值是固定的，決定優劣的就是對自身的干涉力。換句話說，「停止世界」中的致勝關鍵，就在於能否巧妙控制「資訊體」並超越敵人。

此外我通過觀察還注意到幾件事。

首先，在「停止世界」中沒有防禦力這個概念。

像克蘿耶和米迦勒這樣能在這世界行動的人，就能透過互相干涉對方的「資訊體」，形成攻防一體的戰鬥。

至於不能夠動的人就無法採取任何防禦行動，不得不遭受攻擊。另外，時間靜止就意味著所有「力量」都無法發揮作用。

舉凡星球的引力和斥力等分子間作用力都會失效，喪失一切結合力。而且也沒有慣性，物體只是因為未受外力影響才得以保持原狀，若在這樣的狀態下遭受攻擊會如何？

答案很簡單，就是會瞬間毀滅。

無論是鋼筋水泥的牆壁、堅固的岩層或鋼鐵塊，由於原子間連結合的力量都沒有，所以對於攻擊毫無抵抗能力。

結論就是，世上沒有任何東西承受得了這樣的攻擊。

所有物理法則都不管用的世界，光想想就很恐怖。完全不知道在其中會發生什麼事，要是隨意干涉下場一定會很慘。

總之，在「停止世界」中能動和不能動的人之間，有著宛如次元般無法跨越之牆。

這樣想想，真虧迪亞布羅和蒼影能平安無事呢……

《迪亞布羅似乎預料到這點，用魔法發動了「防禦結界」。》

哦，是個新發現呢。

迪亞布羅能料到這個狀況固然厲害，但更令我驚奇的是原來魔法在「停止世界」是有效的，真是意外的收穫。

《然而在「停止世界」中無法發動魔法，必須事先發動好，而且一旦失效就沒救了。》

這樣啊，難怪他能平安無事。

所以米迦勒說的「不該手下留情」，指的是應該對迪亞布羅繼續窮追猛打的意思吧？

那蒼影又是如何呢？

《蒼影之所以沒事，是因為方才被打倒的是「並列存在」。他現在仍假裝被打倒，躲在主人的影子

裡面，靜候突襲米迦勒的機會。》

然而現在時間暫停，這麼做也沒意義了——希爾大師為我說明。

完全忘記那傢伙現在會用「並列存在」。

話說回來，蒼影真有一套。這次大概沒有他出場的機會，但換作在平常真是個可靠的同伴。

——總而言之「停止世界」沒有防禦力的概念，是我發現的第一件事。另一件是發動「停止世界」的那一方似乎較為不利。

儘管尚未證實，但應該沒錯。

要讓時間暫停需要耗費相當多能量。因此，若對手也是能在「停止世界」活動的人，就沒必要一直暫停。

這次米迦勒之所以沒解除「停止世界」，大概是因為不想讓我參戰吧。

《不只是這樣，還因為假如不停發動又解除，會消耗掉更多能量。》

喔，原來如此。

跟電器有點像嘛。

所以說，米迦勒剛才是因為不熟悉「時間停止」，才會不自覺發動又解除嘍？

《沒錯。因為對於能夠觀測「停止世界」的人來說，無論是誰、在哪裡發動「時間停止」，都能立刻察覺到。》

嗯，我明白希爾大師想說什麼。

時間不會只在特定空間流淌。一旦發動「停止世界」，便會對所有世界的時間和空間產生影響。

自從金和克蘿耶切磋過後，我再也沒感受到當時的那種異樣感——時間停止的感覺。如希爾大師所言，這可以證明從那之後沒人發動過「時間停止」。

雖然是只有少數人才知道的世界，但這項權能意外地難用。如果對手會用就沒意義了——不對，等一下。

假如在劍碰到對手那瞬間發動會如何？

《金和克蘿耶的攻防正是如此。》

喔，這樣啊……

我當時雖未察覺到，他們應該是在用超乎想像的高明技巧較量吧。而且還說只是在小試身手，愈了解內幕愈覺得可怕。

換言之，我也必須練到能瞬間回應敵人的攻擊，否則面對這種程度的戰鬥就無計可施了。

《我也會努力研究的。》

好，拜託你了。

我差點就要給自己過大的壓力，這句話給了我救贖。

因為有希爾大師這個搭檔在，心裡很踏實。

＊

在我思考這些事時，戰鬥進入最後階段。

克蘿耶和米迦勒依舊戰得平分秋色，但我的指尖微微動了一下。接著身體各處逐漸恢復知覺。

《即將完全進化為資訊生命體。》

希爾大師的話語無疑是一則捷報。

他們單挑打成平手，那麼我一參戰就能讓我方位居上風。

而這個時刻終於來了。

「狡猾又礙事的『勇者』啊，寡人準備消滅妳。」

「我才想這麼說。你以身為神智核為傲，但我要告訴你，這不是什麼稀奇的事。」

言語方面的心理戰也來到高潮。

克蘿耶於這時公開自己擁有「克羅諾亞」的事實。

這讓米迦勒有些驚慌，露出些許破綻。

克蘿耶沒有放過這個機會——

「再見了，你的命運到此終結。」

冷冽的目光貫穿米迦勒。

「使萬物現出其應有面貌——『命運流轉(Reverse Fate)』——！」

象徵著長針和短針的權能，開始加速往逆時針方向旋轉。

即使是在這個「停止世界」，克蘿耶的權能依然可以發揮作用。她直到最後都沒讓米迦勒發現這一點，如今才當作殺手鐧使出來。

其效果非常戲劇化。

克蘿耶雖然說的是「使萬物現出其應有面貌」，但那不是字面上的意思，而是叫對方變成克蘿耶認為應有的樣子。

所以不是命令對方「復原」之意。

米迦勒中了絕招「命運流轉」後的反應是……

「寡人、寡人……究竟在做什……？寡人、我是什麼人——」

他是寄宿在魯德拉肉體中的虛無存在。失去了主人，也失去存在的理由，為了填補那份空虛而狂亂失序的權能。其真實身分是——

「究極技能『正義之王米迦勒』啊。」

原本因為權能效果而得以維持的魯德拉肉體，由於無法承受其內含的過大力量而開始崩毀。克蘿耶將米迦勒變為純粹的權能之後，他也喪失了維持宿主的理由。

克蘿耶溫柔地向那虛無的存在搭話：

「如果你失去了前進的方向，要不要來我這裡？」

我在心裡「嗯？」了一下，但還是選擇靜觀其變。

『——唔？』

和我一樣，米迦勒——不，應該說身為神智核的自我意識變得薄弱、恢復成純粹權能的「正義之王米迦勒」，也對這個提議感到困惑。

克蘿耶提出兩個選項供他選擇，一是就此消失，二是以她(克蘿耶)為主人，繼續留在世上。這個問題不容易回答，所以我原以為在他回答之前，「正義之王米迦勒」就會消失，時間也會恢復運轉——但就在那個瞬間，「停止世界」響起「世界之聲」。

《已確認個體名：克蘿耶．歐貝爾集齊「勇氣、希望、正義」三要素，補足究極技能「希望之王薩利爾」欠缺的要素，開始完全整合進「時空之王猶格索托斯」之中……整合成功。究極技能「時空之王猶格索托斯」完全進化為究極技能「時空之神猶格索托霍特」。》

不用聽說明也知道克蘿耶獲得超級強化。她內部在本人不自覺的情況下發生了究極進化。

「克蘿耶，妳……沒事嗎？」

「嗯。利姆路先生，我好像真的和『克羅諾亞』融為一體了。」

親眼見證克蘿耶變化的我，也猜想到這個可能性。

她身上殘存的稚氣消失，多了股成熟女性的妖豔氣質。這是「克羅諾亞」的特徵，所以我猜測——

啾♪

《——唔！》

什麼？

「喂，克蘿耶，妳在、做什麼——」

克蘿耶冷不防吻了我一下。

我慌張到語無倫次，只見克蘿耶的美麗臉龐突然靠近，下一秒唇上就感覺到柔軟觸感。

這完全是不可抗力。

無須驗證到底迴避得了，還是迴避不了。

「呵呵呵，我已經是大人了。」

是啊，我承認。

但也不能像這樣偷襲別人吧。

唉，因為對象是我所以還沒關係，如果是雷昂可就成了大問題喔。

我沒關係啦，真的。

忍不住對著空氣辯解。

可是，為什麼克蘿耶要突然吻我……

「那東西，利姆路先生也需要吧？總覺得如此，就忍不住這麼做了。」

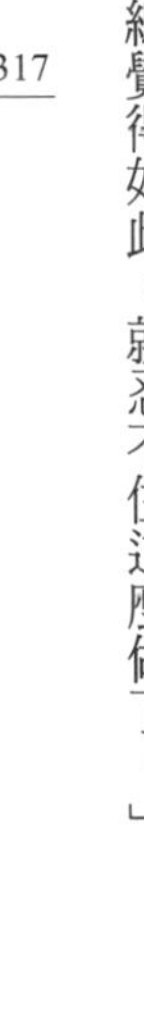

就算妳用可愛的語氣這麼說……不對，妳說我需要什麼？

《——嘖，竟然使出賄賂這招，手段真高明呢……已從克蘿耶那裡接收到「希望之王薩利爾」的殘渣。應該還有其他傳遞方法才對，以後我會提高警戒慎防偷襲。》

呃，你剛剛咂舌了嗎？

是說也沒必要小心成這樣吧……

《會提高警戒。》

喔，好。

不知為何，總覺得不能違抗它的意思。

還是照著希爾大師的意思做比較保險，所以我決定換個話題帶過這件事。

「妳說自己跟『克羅諾亞』完全融為一體，這樣會不會無法再變回小孩的樣子呢？」

「啊，這點不用擔心。」

她說自己可以隨心所欲變化外觀，從小嬰兒到老婆婆都行。先不論這麼做有無意義，這樣至少不會嚇到劍也他們，我也可以安心了。

「那麼，我要解除『時間停止』了喔。」

米迦勒消失後，現在由克蘿耶接手讓時間暫停。一連串動作完成得像呼吸一樣自然。

我無法想像她現在究竟變得多強大。

看來即使沒有神智核輔助，她也能完美操控自己的權能。至少比老是依賴希爾大師的我強，這種事不用說也能看出來。

哎呀，現在不是佩服她的時候。

「在那之前想先跟妳說一件事。等一下應該——」

「嗯，我知道。吸收的力量比想像中少，所以應該沒錯喔。」

「了解，那接下來就交給我吧。妳別勉強自己，好好休息。」

我語氣堅定地勸告克蘿耶。

儘管克蘿耶看起來精神奕奕，但經歷了這麼急劇的進化不可能沒事。還是強迫她去休息，別給她拒絕的機會。

「呵，聽到你為我擔心，好開心。」

「我可不會被騙喔。」

就算露出這種可愛的笑容也沒用，我和雷昂可不一樣。這種時候要確實拿出大人的威嚴。

「知道了，我就休息一下吧。你可別輸噢。」

「那當然。託妳的福，我終於理解時間這個概念。」

「呵呵，也是呢。」

我答應克蘿耶會凱旋而歸。

不過就算輸了也不會承認，這樣不算說謊吧。

於是，克蘿耶解除了「時間停止」，世上的時間再度開始轉動。

＊

方才我和米迦勒兩相對峙時，時間突然被暫停，但對無法認知到這點的人而言，看起來就像是米迦勒突然消失，而克蘿耶突然出現一樣。

實際上發生的事情是蒼影急忙用「思念網」聯絡我。

『利姆路大人，很抱歉，敵人突然失去蹤影——』

『沒事，你先別出來喔。』

『——唔！明白了！』

光是這麼說，蒼影就領悟一切。

幸好他是人才中的人才，理解力很強。

接著，我開始發揮看起來很假的演技。

「哎呀，克蘿耶，謝謝妳來救我。差點就要沒命了。」

「呵呵，利姆路先生真不會演戲呢。」

少囉嗦！

這只是因為我是老實人，不擅長騙人啦。

「算了，不演了。克蘿耶，妳趕快回去休息吧。」

「好。我相信你可以的。」

克蘿耶留下這句話，便遵守我們之間的約定返回魔國聯邦。接下來她會待在迷宮的房間內，療癒急

速進化的後遺症。

接著，我對著空無一人的空間勾起嘴角笑了。

「出來吧，不要躲了。」

「……寡人完全『隱蔽』了自己的氣息，為什麼你會注意到？」

問為什麼，我也只能回答因為這是個老套的招數。

不過我會發現是基於直覺。

一個人最大的破綻往往是出現在自以為戰勝那一瞬間，這是常識。所以我認為他肯定會讓「並列存在」潛伏在一旁。

應該說，換作是我就會這麼做。

由於無法像維爾格琳或蒼影那樣分割自我意識，沒辦法採取這種手段，但若辦得到一定會這麼做。

我確信米迦勒也會實行這種策略。

正當自己打算提醒克蘿耶時，卻反被她告知米迦勒正在使用「並列存在」。

克蘿耶只吸收了米迦勒的一部分。不過那已包含「正義之王米迦勒」的所有資訊，吸收了那些後，克蘿耶也察覺到米迦勒的計策。

我本來想等米迦勒自行發動突襲，但太麻煩了所以作罷。還是該正面擊敗他，終結他那無聊的野心才對。

「懂了，你只是識破寡人的想法，而沒有看穿權能對吧？即使如此——」

米迦勒臉上略顯驚訝，對我說道：

「真沒想到你能戰勝寡人的『並列存在』呢。」

「是啊。不過戰勝你的不是我，而是剛才的女孩。」

「『勇者』克羅諾亞嗎？她竟成長到這個地步，寡人太小看她了。」

「她不是克羅諾亞，而是克蘿耶。算了，反正你很快就會灰飛煙滅，不必修正這個錯誤。」

說完後稍微活動筋骨。

我打算久違地全力應戰，還細心地做了暖身運動。

「可笑，不過是躲在『勇者』身後的膽小鬼，還敢說大話。」

「要怎麼想隨便你。不過克蘿耶是我學生，若不在此展現教師的威嚴，豈不是太沒面子了？」

聽到我這麼回答，米迦勒還是板著臉冷冷盯著我。

那表情像是在說他無法理解。

也是，一個能讓時間暫停的人，當然不會把我放在眼裡。

但這種情況只到剛剛為止。

「魔王利姆路，你記性真差。寡人明明說過你只是礙事鬼，稱不上敵人。掂掂自己的斤兩，趕緊從世上消失吧。」

這是叫我去死嗎？

當然不要啊。

「少廢話，快放馬過來。」

話一說完，時間就停止了。

米迦勒以勝券在握的表情朝我揮劍。

真可惜！

我也能在「停止世界」活動自如了。

無聲的世界中，彷彿響起了刀劍的碰撞聲。

「難道你……！」

「我學會在靜止世界的活動方法啦！」

我先是放聲大喊，斂起表情和米迦勒相對而立。

將米迦勒視為敵人。

對方也一樣。

將我認定為必須打倒的敵人，收起那副輕視的態度。

而後我們——

這一次真正賭上全世界的命運，認真交手。

●

維爾格琳陷入苦戰。

她雖然發下豪語，表示無論如何都要守護正幸，但菲德維沒有傻到會讓她這麼做。

「未免太小看我了吧。維爾格琳啊，妳該不會只是在應付我吧？」

「是的，像你這種對手——這股氣息是怎麼回事！」

原本一味防禦的菲德維，在維爾格琳面前解放了隱藏的力量。那股力量和維爾格琳相等——不，甚至比她還強。

「妳似乎認為不管情況再怎麼壞都還有『並列存在』，但這招我也會用。如果妳想去救正幸，我會全力阻止的。」

「嘖，你的個性還是一樣惹人厭。我最討厭你這個人了。」

「是嗎？真遺憾。」

菲德維刻意講反話，令維爾格琳皺起眉頭。

他從以前就常以哥哥維爾達納瓦副官的身分，對她提出建言。想起當時的事，維爾格琳更加煩躁。

此外，現況也很嚴峻。

維爾格琳光應付菲德維就已耗盡心力，最可靠的同伴戴絲特蘿莎又在和威格本人交手。這樣一來，己方便沒有足夠人手對付四隻邪龍獸。

（我好像太小看菲德維了。要他們三個離開是錯誤的決定嗎？不，若不這麼做就無法維持「萬物隔離結界」……）

假如未將梅納茲、邦尼和袞派往各處，「萬物隔離結界」的強度便會降低。那麼威格可能會以蠻力鑿開地面，以避難的王都居民為食補充能量，無人能阻止他。

因此，維爾格琳的指示並沒有錯，但以正幸為第一優先的她，還是會擔心自己做錯決定。

能夠保護正幸的，只有戴絲特蘿莎的心腹摩斯，以及「聖人」日向。維爾格琳不認為他們倆能抵擋得了四隻邪龍獸，內心因而越發焦慮。

「話說，你能夠同時對付三隻……應該沒辦法吧。」

「謝謝妳這麼快就理解狀況，可是能不能別露出那種失望的眼神？我很努力了啊！」

如此這般，日向和摩斯的對話傳入耳中，令她更加擔憂。

日向和摩斯光是各自牽制兩隻邪龍獸就已用盡全力，更不用說打倒牠們。

實際上，這樣已經算打得不錯了。他們之所以尚能應付，純粹是因為邪龍獸的戰鬥經驗很少，其實兩人的戰鬥力都不如邪龍獸。因此無法對他們抱有更多期待。

戴絲特蘿莎也一樣。

「『萬物隔離結界』終於完成了。」

「那又怎麼樣？」

「這下我就能毫無顧慮地消滅你。」

她說完便展開猛攻，事情到此還算順利。隨後卻因為威格不死之身的特性而陷入苦戰。

戴絲特蘿莎的技量壓倒性地超越威格。儘管雙方存在值有數倍之差，威格絕非她戰勝不了的對手。

沒想到威格竟在戰鬥過程中完成進化。

他吞下阿里歐斯，將其力量據為己有。

接著又發生一件使事態惡化的事。

戴絲特蘿莎等人雖不知情，但米迦勒在這時發動了「時間停止」。

察覺到這股異樣感的，只有維爾格琳和戴絲特蘿莎。兩人都明白這現象意味著什麼。

就算時間恢復運轉之後再來焦急，一切都來不及了。正因知道這點，兩人皆未感到慌張。

只產生了些許破綻。

這種程度的破綻，本來能被正幸的「幸運領域」抵消。

然而在第四次異樣感出現時，正幸的樣子突然變得不太尋常。

「奇怪？」

他嘟噥著跪倒在地。一陣強烈的暈眩感襲來，權能的效果也在同時消失。

「正幸！」

維爾格琳憂心的聲音響起——

「呀哈哈！還敢分心啊！」

威格趁機對戴絲特蘿莎發動攻擊。

日向和摩斯原本就已置身苦戰，幸運效果又突然中斷，更讓他們陷入苦不堪言的絕境。

光是正幸一個人出狀況，所有人就身陷山窮水盡的危機。

而後，最糟糕的一刻來臨。

維爾格琳分心去注意正幸，露出了戰鬥中絕不能有的破綻。

菲德維沒有傻到會錯失這個良機。

「是我贏了！」

他大喊著，用劍貫穿維爾格琳的胸口。

*

正幸無法理解發生在眼前的現實。

無論遇到什麼狀況，總是面帶無畏笑容、自信滿滿、珍視自己的女性，正按著胸口跪倒在地。

他作夢也沒想到會發生這種事。

菲德維是個可怕的怪物，自己不是他的對手，連格琳小姐都被打倒，自己也只能走為上策——這些

他已完全不在乎。他重新審視自己內心感受到了什麼。

強烈的憤怒。

他感受到一股憤怒從頭頂到腳趾尖竄遍全身，幾乎要迸發而出。

「你做了什麼？」

正幸發出的聲音比自己想像中還要小聲。

菲德維回了他的話。

「唔？我的目標是你沒錯，但再等等。我要趁此機會在這裡完全解決掉維爾格——」

他沒能將這句話說完。

「我在問你對我的女人做了什麼啊！」

因為正幸以快到看不清的速度衝上前去，用細劍大力砍他。

那把劍經過黑兵衛著重輕量化與強度增強的打磨後，成了一把相當於特質級的好劍。然而，使出蠻力用它來砍身穿神話級護具的敵人，劍不可能一點事都沒有。

那一擊讓細劍應聲碎裂。

但正幸毫不在意。

他無視被嚇到後退一步的菲德維，一把抱起維爾格琳。

「——正幸？」

「已經沒事了，放心吧。」

「該、不會……」

「之後就交給本殿下。好好休息吧，『格琉』。」

「啊啊——嗚！」

維爾格琳的淚水奪眶而出。

那是她所愛之人對她的暱稱，世上知道這個稱呼的只有一個人——

「歡迎回來，魯德拉！」

「嗯。雖然沒辦法待太久，但我回來了。」

寄宿在正幸身上的魯德拉笑道。

反擊的時刻就此展開。

＊

菲德維不悅地皺起眉頭。

「你說你是魯德拉？說什麼傻話——」

「哈！菲德維，由我來當你的對手，不過其他人看來陷入了苦戰，我來幫幫他們。出來吧，格蘭。還有你，達姆拉德！」

就像在回應魯德拉的呼喚，時空開始搖曳。兩個人完全無視「萬物隔離結界」被召喚出來。

「真是的。我正在和瑪麗亞享清福，怎麼有你這種師父，連死後都愛使喚人。」

頭一個被召喚、髮色金中帶白的男子開口抱怨。

他用老鷹般銳利的視線環顧四周後，輕笑了一下。

「日向啊，妳這不肖的弟子。在我教過的人裡面，妳是才能最高的一個，卻到現在都還沒成為『勇

者』，真令人惋惜啊。」

被搭話的日向想起那人的「名字」，大吃一驚。

「你難道是……」

「當時我沒能在妳面前露一手，這次就示範給妳看吧。擦亮眼睛記清楚了！」

「——格蘭貝爾老爺子！」

那人太過年輕，配不上老爺子這個稱呼，但他無疑就是格蘭貝爾・羅素。他以生前最強的形貌，回到這片土地上。

「出來吧，真意之長劍（Truth）。」

格蘭貝爾呼喚他的愛劍。

收納在亞空間的真意之長劍浮現在格蘭貝爾手中，神話級光輝絲毫未減。

下個瞬間——

超絕聖劍義（Over Blade）——真意靈霸斬（Truth Slash）毫不費力地斬斷一隻邪龍獸，使之化作塵埃。

「不會吧……」

彷彿在嘲笑日向等人的苦戰，格蘭貝爾輕鬆取得勝利。

＊

繼格蘭貝爾之後被召喚的男子，跪在魯德拉面前。

「見到陛下從長眠中甦醒，在下歡欣之至！」

魯德拉傻眼地望著達姆拉德。

「太正經了，達姆拉德。你是這種個性的人嗎？」

「呵，真懷念哪，老朋友。知不知道你害得我有多辛苦啊！」

「抱歉。不記得，這不關我的事。」

「沒錯，你就是這樣的人！我記得很清楚！」

達姆拉德憤慨地說著，但早已熱淚盈眶。

「別哭了，對不起嘛。」

「不是那個問題，但就算了吧。看到你遵守約定就心滿意足了。」

即使轉生了，魯德拉依舊是魯德拉。

達姆拉德效忠的那個魯德拉，拒絕被「魔王」管理，想和同伴親手建立任誰都能幸福生活的和諧世界——以「建立統一國家」為目標。然而過程中一再發生的悲劇，使魯德拉迷失夢想，消磨他的心智。

達姆拉德只能眼睜睜看著主君如此，那段無力的日子讓他懊悔不已——但現在不同。

這個名為正幸的少年中，清晰浮現昔日魯德拉的身影。

光是能見到一如往昔的主君，達姆拉德就滿足了。

「是嗎？但我們的夢想還沒完全實現——」

「呵，只要不放棄，總有一天會實現吧？」

「本殿下確實有這個本事。」

「呵呵呵，真像您會說的話。好了，不能再聊下去，我可不能輸給格蘭，差不多該走了。」

達姆拉德露出爽朗笑容，結束與魯德拉的對話。

而後踏著果斷的步伐來到摩斯身邊。

「長年讓我們帝國吃足苦頭的大惡魔，竟會打得這麼慘呢。」

「嘖，我也有我的苦衷……」

「這是在找藉口嗎？我可沒時間聽你說這些。」

「你變回以前的個性了呢。」

「那是當然的，我一直是魯德拉的朋友、陛下的忠臣。陛下不在的期間，稍微放點水也很合理。」

「反正我們現在也不是敵人，沒差啦。」

摩斯說著微微聳肩。

達姆拉德對摩斯回以笑容，向前踏出一步。

「好，結束這場戰鬥吧。」

話一說完，便壓低重心做出半蹲的貓足立姿勢。他將重心放在右腳，與大地融為一體，使出在地面上滑行的「縮地」招式。他的身體以不同於古武術步法的原理，如砲彈般向前射出。

那道身影與邪龍獸疊合在一起——

「聖霸崩拳！」

鬥氣從擊中的部位傳遍邪龍獸全身。牠無從阻止鬥氣蔓延，連精神一同崩毀。

「看到你的身手一如既往，我就放心了。」

摩斯一臉嫌惡地稱讚道。

「那下一個輪到你了。」

「我想也是。」

儘管心裡感到厭煩，摩斯仍表示同意。

見到仇敵生龍活虎的樣子，摩斯不禁想起過去的衝突與痛苦的回憶，但他知道必須專注在自己現在該做的事情上。

＊

摩斯討厭被打敗。

若只是吃敗仗倒還好，他最討厭的是被可怕的上司（戴絲特蘿莎）追究責任。

正因不想被罵，他總是將著眼點放在如何不落敗上。

這次他一下子就判斷出無法取勝，因此才會儘量拖延時間。不過若只有一名敵人，情況就不同了。

「如果只有一隻，我當然能打贏啊。」

摩斯一邊嘟囔，一邊決定久違地拿出真正的實力。他將分散在大氣中的極小「分身」集合起來，恢復成本來的面貌。

出現的是有著銀髮藍眸的美男子。

他是地獄大公，實力僅次於「始祖」的強者。這就是摩斯。

隨著主子戴絲特蘿莎的成長，摩斯的力量也在日漸增長。他的存在值遠遠超過向戴絲特蘿莎回報的「一百零七萬九千三百九十七」，達到一百五十萬。

而且他手中還拿著無數環刃（Chakram）——無限圓環（Loop Annulus）。

摩斯進化的同時，無限圓環也升至神話級。他完全吸納武器的力量，如今存在值達到超越邪龍獸的

兩百五十萬。

倘若這樣的摩斯拿出真本事——

「受死吧——『虛噬無限獄(Infinite Eater)』。」

摩斯發動技能之際，他的身體開始搖晃。

變得透明又細小，包裹住邪龍獸。

「——唔嘎？」

邪龍獸以無神的眼睛盯著摩斯，接著才意識到自己動彈不得，對無法執行命令一事感到不知所措。

但那只有短短一瞬間。

摩斯的攻擊是以自己的身體為媒介發動的暗黑魔法，也具備技藝的特性，其中更添加獨有技「採集者」的效果。該攻擊能吸收與自己同等的能量。

換言之，摩斯的魔素含量能直接轉換為攻擊力，缺點在於必須使吸收進來的能量完全昇華後才能再使用，但這招「虛噬無限獄」可說是他現階段最強的攻擊手段。

用了這招之後會有一段時間無法攻擊，因此不能在混戰中使用。不但用途很少還很難用，唯獨在這次戰鬥中能讓摩斯獲得壓倒性的勝利。

「你這招還是一樣變態呢。不知道吞噬了多少我國的將士。」

「我很少用在弱者身上耶。那些倒楣鬼之所以被吞噬，應該是因為我在趕時間吧。而且你這種會用『毒』侵蝕敵人精神，連惡魔都能殺害的傢伙才沒資格說我。」

「隨你怎麼說。」

達姆拉德和摩斯以互虧互損的方式，稱讚對方的驍勇善戰。

*

於是，摩斯也贏得勝利。

因此最後一個登場的，是被格蘭貝爾若無其事託付長劍的日向。

「師父，這是……」

「送給妳。這東西對我而言已經沒用了。」

格蘭貝爾說著便將真意之長劍交給日向。

…………

……

…

現在在這裡的格蘭貝爾，不過是具備實體的虛擬存在。實際上也可見到，剛託付給日向的劍再度浮現在他手中。

這項權能可召喚過去的英雄，作為與資訊生命體同性質的存在。這就是正幸覺醒的究極技能「英雄之王」的精髓。

梅納茲和卡勒奇利歐之所以能找回力量，也是受到這項權能的影響。

至於這一次——

正幸的憤怒不自覺地使「英靈道導」以更強勁的力量發動。而他召喚來的，就是最古老、最強大的英雄魯德拉。

時機也很剛好。

不知是偶然，還是正幸的幸運所引發的必然……當時米迦勒的「並列存在」敗給了克蘿耶，其依附的肉身資訊正要回歸至天上。那些資訊全被正幸召喚過來，整合在一起。

如今魯德拉的人格鮮明地顯現在正幸身上。

而魯德拉能夠自由運用維爾格琳的權能。

他以維爾格琳的「並列存在」為基底，給予那些被「英靈道導」召喚來的英雄們暫時性的肉身，可說是誇張至極。

格蘭貝爾新獲得的神話級長劍，也是借用維爾格琳的權能創造出來的。

「你是不是又擅自用了我的力量？」

「不行嗎？」

「不會，完全沒關係。我的一切都是你的喔，魯德拉。」

他們淋漓盡致地表現出笨蛋情侶之姿，做出一系列荒謬絕倫的事。

也難怪與他們對峙的菲德維會表情僵硬。這極端不按牌理出牌的荒謬權能，就是正幸具備的「英雄之王」。

…………

…………

……

「心存感激吧。這是我師父，那位魯德拉．納斯卡授與的神劍，別和一般的破劍相提並論。既然繼承了這把劍，就向我證明妳的實力吧。」

格蘭貝爾如此命令日向。

「我的——實力嗎？」

「沒錯。我這就來鑑定一下，妳是否夠格擁有這把在『勇者』之間流傳的寶劍。」

見日向不知所措，格蘭貝爾從容地點點頭。

對方都說到這個地步，日向也沒了退路。不過她本來就抱持堅定的信念，以人類的守護者自居，不會為了這種事猶豫不決。

「呵，請放心。我現在的實力不輸師父。」

「妳連年老的我都無法擊敗，說什麼大話啊。聽好，千萬別忘記，強烈的意念能讓人變得更強。最重要的不是獲勝，而是獲得更好的結果。」

格蘭貝爾屏除自身成敗，為了人類的未來而行動，這番話出自他之口顯得更有分量。

日向認真玩味他的話語。

「是的，我明白。」

就像她將自身的「希望」託付給克蘿耶一樣，格蘭貝爾也將自己的信念託付給日向。

日向承接他的囑託，邁步向前。

眼神緊盯最後一隻邪龍獸。

她嘗試集中精神，嚇了一跳。

轉換注意力的過程比平時順暢，周遭的狀況隨著她的觀察紛紛進到腦中，而且所有資訊皆已經過整理，她因而能清楚掌握邪龍獸的動向。

格蘭貝爾託付給她的長劍與意志，令她煥然重生。

真意之長劍認定日向為主人，百分之百發揮自己的力量。這使日向的存在值大幅增加。

而且格蘭貝爾的話語也化解了日向的煩惱。

格蘭貝爾說——妳到現在都還沒成為「勇者」，真令人惋惜。

反過來說，這也意味著日向可以成為「勇者」。

（那麼，我得回應他的期待才行。）

聽到比誰都嚴格的師父認同了自己，她當然會感到振奮。

日向對邪龍獸做最後的道別。

「一瞬間就解決你。」

「——真意靈霸斬！」

她甚至沒讓對手意識到自己被砍。

邪龍獸身上浮現無數道斬痕——在那瞬間與日向視線交會。

「日……向……救——」

邪龍獸彷彿想說些什麼，卻說不出完整的話語。

在牠說完前，身體就被斬成碎片，迅速崩解。

那可能是萊納的意識殘渣在對日向求助，但他身為人的本質已喪失至此，沒辦法救了。

雖然萊納是自作自受——

「安息吧，願你有個好夢。」

——日向還是開口向他道別。

發生了太多事，她實在無法喜歡萊納這個人，也無法原諒其所作所為，但仍希望他死後能安息。

於是日向也確定獲勝，邪龍獸全軍覆沒。

格蘭貝爾鼓掌迎接勝利的日向。

「太精采了。」

「不，多虧師父借我這把劍。」

日向說著便想將真意之長劍還給格蘭貝爾，卻被對方阻止。

「這已經是妳的了。我是已死之人，出現在這裡的我，不過是連同記憶完全重現的贗品罷了。」

「怎麼會……」

儘管看起來不像，但日向也理解到他說的是事實。

「繼承我師父『靈魂』的少年，孕育出不得了的權能呢。」

格蘭貝爾說著露出笑容。

日向也有同感。

這個權能雖然不能讓死者復生，就某方面來說比那還可怕。竟能讓已逝去的英雄們，以全盛時期的樣子重現……

就算只能召喚與正幸有關聯的人也很誇張。而且說不定連無關的人也很有可能得以召喚。

至少能確定，正幸和格蘭貝爾素未謀面。即使如此仍能召喚出格蘭貝爾，是因為正幸的前世，「勇者」魯德拉是格蘭貝爾的師父。

就連日向也是第一次聽說這些事，所以正幸肯定完全不知情。究竟能同時召喚幾名英雄也是未知數，真可謂深不可測的權能。

由正幸的權能召喚出來的格蘭貝爾，就算將愛劍留在世上可能也不會有所留戀。然而日向沒有信心自己配得上這把劍。

「我明白師父是幻影，但這和能否收下這把劍是兩回事。自己到頭來還是沒能成為『勇者』。克蘿耶承接了我的資質，很遺憾我不可能覺醒──」

日向已將體內的「勇者資質」交給克蘿耶，培育出最強「勇者」。因此她如今不可能覺醒，無法回應格蘭貝爾的期待。

即使知道這點，日向仍向格蘭貝爾展現了自己現在的實力。

這足以顯示日向的堅強意志，就算格蘭貝爾對自己失望也不放在心上。彷彿在對師父格蘭貝爾說，自己沒有任何慚愧之處。

格蘭貝爾對日向回以笑容。

「真的是這樣嗎？」

「──咦？」

「雖然是師父魯德拉的意志將我召喚來此，但這似乎是件必然的事。我在『約定之地』想起自己未能將意志託付給妳，瑪麗亞也因為這樣生我的氣。」

這段話只是幻影之言。

儘管是這樣，內容卻格外具體而真實。

隨後，日向明白了格蘭貝爾的意思。

「──什？這股『力量』是──」

格蘭貝爾將體內的「勇者」資質──引領勝利的光之聖靈，和真意之長劍一同交付給日向。

「我的任務就到此結束。日向，之後的事就交給妳了。」

格蘭貝爾說完，臉上露出生前從未有過的爽朗笑容。

日向對面帶笑容的他發誓。

「師父，請放心。我一定會竭盡全力。」

「那就好！」

格蘭貝爾說完微微一笑。接著就像事情已辦妥般背過身去。

＊

格蘭貝爾朝正幸走去，達姆拉德跟在他身邊。

「格蘭，沒有牽掛了吧？」

「是啊，你似乎也向魯德拉抱怨完了。」

「呵，他還是一樣不聽人說話呢。」

「他就是這樣的人。」

「就是說啊。」

他們邊走邊聊，看起來感情很好。

讓人以為這就是他們生前、很久以前原有的樣子。

不，事實也是如此。

格蘭貝爾師事魯德拉，後來為了整合西方而和他分道揚鑣。

本來打算在西方統一後，就回到魯德拉身邊……

然而整天和那些掌握多國權力的怪物們勾心鬥角，讓格蘭貝爾疲憊不堪。原本只是假想敵的帝國，不知何時成了真正的威脅，令他傷透腦筋。

他就這樣不知不覺陷入瘋狂，和朋友達姆拉德也演變成互相欺瞞的表面關係……直至今日。

不過這些芥蒂都已消失。

他們又像從前那樣有說有笑。

這絕非單純的幻影能做到的事。

魯德拉在前方等待兩人。

「喂喂，竟敢當著本人的面說壞話，你們應該知道會有什麼後果吧？」

「呵，這是在稱讚你喔。」

「是啊，我們沒有你什麼事都辦不到呢。」

「嘖，還真會說。算了，接下來輪到本殿下上場。在我下次召喚你們前好好休息吧。」

魯德拉笑了。

格蘭貝爾和達姆拉德也跟著露出笑容，而後消失無蹤。像在宣告自己的任務結束般滿足地離去。

接手後續工作的魯德拉平靜地肩負起兩人的信賴。

「魯德拉，沒問題嗎？」

魯德拉對憂心的維爾格琳笑了笑，摟過她的腰並輕吻了一下她的唇。

「討厭，現在不是做這種事的時候。」

「呵呵，戰鬥完我就會消失啊，只是先領獎賞而已。」

維爾格琳陶醉地注視魯德拉。

正幸單純而青澀的模樣她也很喜歡，但是曾經深愛過的魯德拉以原貌出現在面前，對自己而言別具意義。

她深信正幸總有一天會完全變成魯德拉，沒想到這個夢想會成真。

聽來有些矛盾，但她內心真的這麼想。

不管怎樣的魯德拉她都愛，原版更是無與倫比——能重現出這個魯德拉的正幸，對維爾格琳來說成了至高無上的存在。

光用「愛」一詞已經不足以形容。

「我愛正幸。也愛他之中的你，魯德拉。」

「我知道。還有這番話不該對我說，該對正幸本人說才對。」

「可是那孩子會害羞。」

「他心裡很高興啊。這是本殿下（我本人）說的，不會有錯。」

是的，這句話同樣真實不虛。

現在的魯德拉不是幻影，而是擁有魯德拉記憶的正幸本人。

他說完便像要掩飾害羞般，重新面對菲德維。

「久等啦，菲德維。」

「……看來你真的是魯德拉呢。難道你無視世間法則，克服了『死亡』是嗎？」

「不，我依舊沒活過來，而且死而復生這種事也不存在。但若有人惹哭我心愛的女人，就算在另一個世界也會回來揍人。」

「開什麼玩笑。」

「是真的喔。不過我還沒去那個世界就是了。」

儘管用的是半開玩笑的語氣，魯德拉說的是事實。

所以他才能像這樣寄宿在正幸身上，只要米迦勒的本體仍占據他的肉體，他就無法重現所有記憶。

正幸的權能效果一旦中斷，魯德拉的「人格」就會消失。然而他的記憶和經驗，依然會留存在正幸心中。

這也就意味著，魯德拉今後仍能再度現身。雖然他沒有好心到告訴菲德維這種事，但也沒有要隱瞞的意思。

「好了。」

魯德拉如此低語，瞄了威格一眼。

接著一臉理所當然地命令戴絲特蘿莎和日向。

「嘿，那邊的嘍囉就交給妳們兩個嘍。」

兩人當然不樂意。

「也太自以為是……」

「我有同感。」

不過現在聽從魯德拉的話才是上策，兩人也明白這點。

正因如此才更讓人覺得糟糕，她們還是決定乖乖遵從。

「讓我們並肩作戰吧，日向小姐。」

「好，戴絲特蘿莎小姐。搭檔是妳，我就安心了。」

「呵呵呵，我也這麼覺得。」

於是她們組成臨時搭檔，一同對付威格。

威格對上戴絲特蘿莎與日向。

以及——

菲德維對上魯德拉。

王都的最終決戰即將揭幕。

＊

威格面前站著兩名美女。

戴絲特蘿莎嫣然微笑，日向臉上則浮現冷笑。

「由我來給他致命一擊，可以麻煩妳暫時當他的對手嗎？」

「好啊，沒問題。看來用劍很難殺他，在王都又不能使出大範圍的殲滅魔法，我們分工合作吧。」

兩人腦袋都很靈光，因而毫不費力就得出結論。

戴絲特蘿莎退到後方，開始探測威格權能的影響範圍。若在戰鬥時這麼做很容易有所疏漏，這次她打算認真解決掉對方，便全心全意發動探測魔法。

日向則站到威格面前。

「喂喂，達姆拉德老爺和另一個傢伙去哪了？」

「離開了。」

「哼，是嗎？他們雖然挺強的，但終究不是我的對手。妳也一樣。只因為打倒本大爺的邪龍獸就得意洋洋，我來讓妳認清現實吧。」

威格刻意威嚇日向。

他和達姆拉德共事過，知道對方實力堅強。但他認為達姆拉德敵不過現在的自己，因此不把對方視為威脅。

不過，他還是覺得被一群高手群起圍攻很煩人，聽到他們離開感到很開心。

但也只是覺得少了些麻煩而已。

「哦，是這樣嗎？假如太小看我，之後會後悔喔。」

就連日向也認為威格強得不像話。她平時總會以高傲的態度挑釁敵人，然而現在的她明白這麼做很可笑。

趕緊贏過他、展示實力才是正解。

稍微對話之後，威格馬上展開行動。

他選擇運用大幅增強的力量和速度正面進攻，制伏日向。

威格強而有力的手臂無須觸碰就能用衝擊波破壞物體，踢擊也一樣。全身化作超越戰略武器的破壞化身，對周圍造成嚴重破壞。

要是沒有「萬物隔離結界」，王都無疑會在數分鐘之內化為灰燼。暴露在其威力之下的日向，按理來說應該已陷入危機。

實際上，日向的存在值雖大幅增加，威格的上升率遠超越她。雙方有十倍以上的差距，更何況威格還擁有究極技能。

儘管日向拜格蘭貝爾所賜覺醒成為「勇者」，威格對她而言仍是過於危險的對手。

然而，日向卻毫不驚慌。

（真奇妙，我一點都不害怕。而且不知為何還能預測之後的攻擊——）

那比利姆路所學會的「未來攻擊預測」還精確——精確到已稱得上「預知未來」的地步。

那是當然的，因為日向現在擁有的技能是——

《已確認。獨有技「數學家」進化為究極技能「數奇之王福爾圖娜」……進化成功。》

隨著自身的進化，日向也達到究極的領域。

這個「數奇之王福爾圖娜」含有「思考加速、萬能感知、神聖霸氣、時空間操作、多次元結界、森羅萬象、演算領域、虛擬世界」等多項權能。

日向運用這些權能，幾乎能夠完全體現「預知未來」。

之所以能學會格蘭貝爾的劍技——「真意靈霸斬」也是因為有這些權能。

日向雖然失去獨有技「篡奪者」，仍憑自身過剩的才能取得了「數奇之王福爾圖娜」。

威格運用分身和手臂的分支，使出許多狡猾的招式，卻全都被日向看穿。即使對手速度比自己快好幾倍，她依然能毫無困難地將對方玩弄於股掌中。

「可惡啊，別一直亂動！」

無論威格放出的衝擊波威力有多大，已成為「勇者」並能夠化作完全精神生命體的日向，只要不被直接命中就不會受太大傷害。威格渾身穿戴神話級裝備，或許一擊就能致日向於死地，但如今日向手中握有真意之長劍。

方才戰鬥時由於武器性能的差距，日向很難正面架開敵人的攻擊，真意之長劍則沒這個問題。搭配上日向的演算能力——「預知未來」，就能夠正面架開威格的攻擊。

由於力量差距過大，日向需要稍微調整武器接觸的角度，但憑她的技量，這是小事一樁。

「你完全沒擊中我呢。」

「混帳！不過啊，妳自己還不是沒本事傷到本大爺！」

威格不服輸地大叫，他說得沒錯。

但日向知道不必為此感到羞愧。

因為戴絲特蘿莎正是為此在一旁待命。

「有優秀的前衛支援真是太棒了。我準備好嘍。」

「那就麻煩妳了。」

「好。你無須懺悔，直接墮入煉獄中吧。」

威格憑藉其生存本能，察覺事態不妙。

「開什麼玩笑！等、等等！給我等——」

戴絲特蘿莎對威格的求饒之詞充耳不聞。

「——『白閃滅焰霸(White Flare)』——」

她運用自身的究極技能「死界之王彼列」，創造出終極的對人用魔法——「白閃滅焰霸」。

這招能侵蝕性命並加以剷除。被列為目標之人無從逃脫，渾身會被白色火焰焚燒，墮入地獄之中。

不但不會波及周遭環境，其威力——熱度甚至超越核擊魔法，堪稱是一招駭人的絕技。

威格被擊中才一眨眼的工夫，旋即燃燒殆盡。

——然而，戴絲特蘿莎的表情卻悶悶不樂。

「——糟糕透頂。看樣子我搞砸了。」

她沉重地低語。

日向聞言感到不解，詢問她原由。

「什麼意思？」

「我沒收割到那個蠢貨的『靈魂』。就算他騙得了其他人，也騙不過我的眼睛。」

戴絲特蘿莎說威格死的時候，自己獲得了大量的「靈魂」。但其中絲毫不帶有威格的氣息。

日向心想。

（剛才那招魔法極其可怕，就算是我也很難承受得住，他逃得掉嗎？）

日向判斷換作是自己，一定會在魔法發動那瞬間就確定敗北。不過她回想起威格的態度後，改變了想法。

「——不只有可能，甚至幾乎可以確定他逃了。」

「妳也這麼認為？」

「對，因為那男人感覺像在演戲。」

「是啊，他求饒時的語氣也不夠拚命、不夠低聲下氣呢。」

戴絲特蘿莎從摩斯的回報中，聽說了很多威格這個男人的卑劣事蹟。據說他是個膽小鬼，一旦發現形勢不利就會夾著尾巴逃跑。

這樣的人卻到最後都維持高高在上的態度，從這點就可斷定，他認為自己不會死。

「糟透了。我實在太慚愧，沒臉面對利姆路大人了……」

戴絲特蘿莎因自己的失誤而深感無地自容。

日向也一樣。

「是啊，我彷彿能看見利姆路聽到這件事時開心的表情。每當我失敗，他總是會幸災樂禍……」

她也抱著頭懊惱。

由於剛認識時，日向臉上掛著一副「我永遠是對的」的表情，後來利姆路只要見到日向有煩惱就會很開心。

這點讓她恨得牙癢癢，但拜託利姆路幫忙時，看他高興自己也莫名高興，因而心情複雜。

聽著巾幗英雄們的對話，摩斯宛如空氣般始終保持沉默。

若是我犯這種錯，一定會被唸上三百年──他心想。

我不小心讓敵人逃了──這種話他可能會害怕到說不出口。

不過摩斯也不是笨蛋，不會當場指出上司的錯誤。

他明白如果這麼說，戴絲特蘿莎肯定會將責任推到他身上，質問他為什麼沒看好敵人。

（唉，若被其他幹部責備，戴絲特蘿莎大人應該會鬧脾氣吧……）

摩斯可以想見上司會不爽好一陣子，為此感到憂鬱。

他只能暗自祈禱，自己不會成為上司的出氣筒。

＊

魯德拉從容地脫掉皇帝裝扮的上衣，交給維爾格琳。

他只穿著一件T恤，緊盯菲德維。

「來吧，『地神（Deva）』——」

「勇者」時代的愛劍應他的呼喚而來。

那是亦師亦友的維爾達納瓦送他的神話時代寶劍。

其等級在神話級中位居最高。「天魔（Asura）」和「地神」是一對的，他能夠自豪地說沒有武器比這更強。

金接收「天魔」後將其送給蜜莉姆，那是一把又長又彎的單刃劍；「地神」則是一把普通尺寸的雙刃劍。用起來很順手，和魯德拉很契合。

菲德維瞇起眼睛。

「那把劍是維爾達納瓦大人的……」

「沒錯，他送給我了。」

「……不可饒恕啊。區區一個人類，怎配得上如此貴重的劍？」

「誰管你怎麼想。」

魯德拉一邊以狂妄的口氣回應，一邊走向菲德維。

維爾格琳憂心地在旁觀望，但並不打算上前打擾。因為她相信魯德拉。

「你還是一樣膽小，總是不敢拿出全力一決雌雄呢。」

「那又怎樣？身為領袖，本來就該確保自己活得比誰都長。這點你應該也很清楚才對。」

「是沒錯，但若因為這樣，連在原本能贏的戰鬥中也錯失良機，不就本末倒置了嗎？」

「哼，在說什——」

「本殿下很感謝你喔。如果你沒有依靠『正義之王米迦勒』，只用自己的力量和格琉戰鬥，她一定會傷得更重。」

「……」

「不過還是不能原諒你傷害她。覺悟吧！」

語畢，魯德拉隨即湊到菲德維身前，輕巧地揮劍。

菲德維接下他的劍。

那把劍名為「虛空（Ark）」，和魯德拉與金的劍一樣，是維爾達納瓦送給菲德維的珍品。

劍的等級相同，再來就憑技量決勝負了。

大地在兩人踩踏下碎裂，空氣也被奔騰的衝擊波劃破。劍與劍撞擊的力道無比強勁，周遭瀰漫著空氣燃燒的臭味。

「太驚人了……」

日向已默默化身觀眾，如此低語。

魯德拉不愧是師父格蘭貝爾奉為師尊之人，實力果真名不虛傳。儘管依附在正幸脆弱的肉身上，力量仍與菲德維不相上下。

不，甚至比菲德維還強。

交手過幾次後，菲德維逐漸居於劣勢。

「你好弱啊。」

「不准小看我，魯德拉！」

「呵，這都是因為你太依賴權能了。你似乎想模仿我，但我的招式才沒那麼容易被學走。」

魯德拉撂下這句話，便用劍將菲德維的劍彈飛。

橫在兩人之間的，是壓倒性的實力差距。

「究極技能『正義之王米迦勒』實現了真正意義的完全防禦。這是一直使用該權能的本殿下說的，不會有錯。」

「……」

「可是發動防禦時，無法採取任何攻擊手段對吧？不能用魔法，也不能用其他權能，甚至連釋出鬥氣都不行。不過呢——」

還是有個漏洞。

儘管不能釋出鬥氣，仍能用霸氣壓制敵人。更重要的是，用手中的武器攻擊敵人是可行的。

魯德拉已將這招練到得心應手。

他能運用高超的技量，使出不合常規的招式，只在揮劍那瞬間解除「王宮城塞」，讓鬥氣依附在劍上以增強威力。

「你只是知道這個招式，就以為自己占盡上風，但事實上這招只有本殿下才使得出來。倘若劍術沒有達到最強的程度，就會像你這樣輕易失去攻擊手段呢。」

他的話一語中的。

菲德維曾作為魯德拉的心腹侍奉過他，當然知道這個招式。

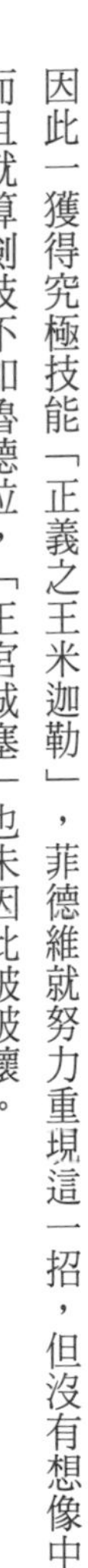

因此一獲得究極技能「正義之王米迦勒」，菲德維就努力重現這一招，但沒有想像中容易。

而且就算劍技不如魯德拉，「王宮城塞」也未因此被破壞。

菲德維至今仍毫髮無傷，沒有喪失整體優勢。

「——原來如此。這說法我接受，但別以為這樣就能獲勝。」

菲德維傲慢地這麼說。

他對自己的防禦有絕對的信心，不認為自己會輸。然而魯德拉就像在嘲笑菲德維般回答：

「我看你是真的瞧不起人呢。你知道維爾達納瓦將『正義之王米迦勒』交到我手中後，過了多長的歲月嗎？」

「你想說什麼？」

「我在問你，是不是以為我從未想過這項權能的破解方法？」

「蠢貨，這是天使系——不，是所有究極技能中最強的，怎麼可能有破解方法？我不會被騙喔。」

魯德拉聞言只是哼笑一聲。

而後瞇起眼睛，用劍指著菲德維。

「這就告訴你。想想我起初獲得的『誓約之王烏列爾』有什麼特性？」

「不過是個以管理為目的的權能罷了。維爾達納瓦大人創造了許多權能，便用『誓約之王烏列爾』來掌握它們的動向。」

菲德維回答魯德拉的提問。

這雖然是正確答案，但並不涵蓋所有真實情況。

「不只是這樣。你或許也知道『誓約之王烏列爾』還具備傾聽人民心聲的作用。與其說人民，不如說所有和維爾達納瓦有關的人們。那些聲音包含對希望的渴求或求助的祈禱，總之是各式各樣的願望，我獲得『誓約之王烏列爾』時，這項能力也未消失。」

「……那又怎樣？」

「跟你現在用的『正義之王米迦勒』很像吧？」

只要確保人民對權能擁有者的忠誠，「王宮城塞」就是無敵的。由於兩者都能聽見追隨者的心聲，就這點而言，「誓約之王烏列爾」和「正義之王米迦勒」可說是類似的權能。

「順帶一提，『誓約之王烏列爾』也有一招用『無限牢獄（Infinity Prison）』構成的『絕對防禦（Absolute Guard）』，卻老是在緊要關頭被破解，本來不怎麼管用，但不是我自誇，我用這招改編的攻擊手段相當不得了呢。」

魯德拉說完勾起嘴角笑了。

他輕揮手中的「地神」，刀身隨即散發光芒。

「你『看見』了吧？」

「唔……」

看到那道光後，菲德維臉色大變。

他一眼就看出那和自己身上的「王宮城塞」具備相同性質。

「本殿下的『力量』會隨著追隨人數增加。你的追隨者有多少人？本殿下身上可是匯集了上億人民的期待呢！」

魯德拉所言不假。

效忠於菲德維的部下加起來還不到一百萬，而且人數已大幅減少，如今只剩不到三十萬。

然而，魯德拉的追隨者光是帝國臣民就高達八億。

光這座英格拉西亞王都，就有數百萬民眾將希望寄託在魯德拉身上。雖然他們相信的其實是正幸，由於兩者是同一個人，魯德拉因而順利接收他們的期許。

魯德拉和菲德維的支持者人數有著極大落差。菲德維理解這點，不甘心到面容扭曲。

「這就是匯集人們對本殿下的信賴所放出的必殺一擊——『絕對切斷（Absolute End）』！」

菲德維當然也察覺到有危險。

「胡扯！你怎麼能用『誓約之王烏列爾』的權能！那權能明明至今仍下落不明——」

維爾達納瓦死後，「誓約之王烏列爾」也隨之亡佚。然而魯德拉卻一臉理所當然地用著那項權能。

菲德維完全無法接受這種事。

「你也太不專心了吧？格蘭剛才不也使出了『希望之王薩利爾』嗎？」

魯德拉以傻眼至極的口吻提醒對方。

言下之意是，正幸的「英雄之王」連已消逝的權能都能重現。魯德拉高聲笑了起來，就像在說菲德維就算知道這件事也無可奈何。

「他真的很不喜歡打心理戰呢。」

維爾格琳聞言也很傻眼，但更著迷於魯德拉的英姿，到頭來除了魯德拉的妹妹露西亞以外，誰也不會指出他的問題。這是過去常見的光景，如今也被精準地重現出來。

「所以你——！」

「沒錯，我現在連『正義之王米迦勒』都能使用，但還是選擇用具備最強攻擊力的『誓約之王烏列爾』來終結你。」

「嘖——唔！」

菲德維全力警戒，不只開啟「王宮城塞」，還動用自己所有的「結界」做好防禦的準備。

緊接著——

「我還特意等了一下。讓我看看你有多大的本事，能承受到什麼程度吧！」

魯德拉邊說邊放出究極的一擊。

「沒用的，魯德拉——唔！」

「——星王龍閃霸（Nova Break）。」

僅僅一瞬間的交會。

現場刮起一陣駭人的破壞風暴。

「萬物隔離結界」顯得毫無意義。維爾格琳封住衝擊波的主波，將之導向上空，但是「萬物隔離結界」仍被餘波震碎。

一般劍技絕不可能產生這般威力，這就是魯德拉之所以為魯德拉的原因。

能與金來回過招的「最初的勇者」，其實力正是這樣強到不可思議。

在這陣攻擊中倒下的，當然是菲德維。

「贏得理所當然呢。」

魯德拉露出爽朗笑容，將右手舉至空中。

那無疑是勝利宣言。

＊

菲德維跪倒在地，吐出血來。

純白的神袍染上深紅血色。

「我、我怎麼可能……」

「你太自大了，菲德維。從以前就這樣，不管什麼事都要爭第一。所以才會看不清事物的本質。」

「少廢話……你已經是一具空殼，才沒有資格說我！」

「沒錯。不過正因如此，我也明白了一些事。」

勝者與敗者默不作聲，互瞪了一會兒。

先採取行動的是菲德維。

「——沒有下次了，這是我最後一場敗仗。」

說完就像從未受過傷一般，若無其事站了起來。

如果沒有衣服上那宛如紅花的血漬，旁觀者可能會誤以為剛才他被魯德拉砍中的那一幕是幻覺。

「你頑固的個性也還是沒變。反正不管來幾次我都會打贏，隨便你吧。」

雙方的視線再度交會，而後分開。

菲德維背過魯德拉，對站在遠處待命的舞衣下令，一同以「瞬間移動」離開現場。

受損的不只「萬物隔離結界」，連王都的「結界」也遭到破壞，因而無從阻止他們逃亡。

不過不去追趕才是正確的。

儘管受傷，菲德維仍有餘力。

輸給魯德拉導致他的精神大受打擊，但戰鬥力依然強大。要不是他自以為無敵的「王宮城塞」被破解，也不會這麼乾脆地逃離。

菲德維謹記今日的恥辱，發誓要向魯德拉報仇。

至於獲勝的魯德拉——

「太棒了，魯德拉！」

他的頭被維爾格琳按在胸口，看起來十分享受。

不，仔細一看不是這麼回事。

只見他滿臉通紅，神色慌張。

那已不是魯德拉——而是恢復成了正幸。

放出「星王龍閃霸」那一刻，「靈魂」的力量就已耗盡，難以維持魯德拉的人格。之所以任由菲德維逃跑也是這個緣故。

應該說直到菲德維離開前，他都是單憑意志力在維持魯德拉的人格。

維爾格琳放開正幸後，日向朝他走來。

「幸會，初代大人。我叫坂口日向，想在您離去前向您打聲招呼——」

日向招呼才打到一半，民眾就開始鼓譟。

眾人見識到魯德拉的強大實力，認為正幸拿出真本事而興奮不已。

這雖然是誤解，但對不了解實情的人而言就是事實。他們察覺戰鬥結束，紛紛從地底湧出。

那些人接近到一定距離後，形成圓圈圍住正幸。這是因為梅納茲等人搶先一步，將民眾擋在外頭。

「——正幸先生果然超帥的！」

「第一次見到『閃光』拿出全力耶！」

「我搞不太清楚狀況，但仍能感受到威力驚人！」

正幸的功績就這樣又自然而然添上一筆。

由於萊納等人將戰場影像播送出去，讓眾人得以看見，因此許多王都居民都見證了完整過程。

（不是的，那不是我啊！）

不，是我沒錯——正幸內心無比慌亂。不過他發揮與生俱來的淡定能力，成功擺出一副「這是當然的，怎麼了嗎？」的表情。

為什麼會變成這樣？才是正幸現在的真實心聲。

就正幸來看，一切都是魯德拉自作主張的行為。就算周圍的人對自己讚譽有加，也沒什麼真實感。

他感到事不關己，無法坦率接受眾人的讚賞，但民眾不懂他的心情。

「辛苦了。你很帥喔，正幸。」

正幸從維爾格琳手中接過黑底金色刺繡的皇帝袍，邊穿邊拚命思考。沐浴在民眾視線下令他有些害臊，然而除此之外，空氣中還瀰漫著一股詭異氣氛。

具體而言，是王都騎士團抵達了現場。

（嗚哇，好像出了什麼麻煩事……）

正幸的護衛梅納茲出面擔任中間人。他告訴對方若想謁見皇帝陛下，必須先向他說明事由。

正幸在心中讚嘆梅納茲的可靠，同時聆聽他們的對話，發現對話內容十分令人心慌。

據說國王遭到暗殺，正幸跟這件事一點關係都沒有，對方卻說要將他列為重要關係人，嚇得他心臟怦怦直跳。

他原以為自己經歷過無數驚險關頭，如今不論遇到什麼難關都能泰然處之——卻發現這樣想未免太言過其實。

儘管已逐漸克服站在人前的緊張情緒，正幸依舊很膽小。

何況這次還被冠上殺人之嫌，他只想說饒了我吧……

「很抱歉，好像害你捲入我們的糾紛之中了。」

日向察覺到魯德拉已變回正幸，悄悄向他道歉。

「呃？」

「萊納殺害了艾基爾國王，把罪推到我頭上。」

正幸心想，不會吧。

（這可是超級大事件哪！）

被捲入這樣的事件中，很難只說聲：「喔，是嗎。」就淡然接受。也無法現在才假裝沒自己的事。

就算想抱怨也找不到對象。

因為現場地位最高的人就是正幸。

他不得已只好收拾善後。

在如雷的歡聲之中，正幸向前一步。

接著像平時練習的那樣，將頭歪向一邊，視線向下俯看。

停了兩秒之後，再緩緩將頭轉向正面，和民眾對視。

光是這麼做，民眾的情緒就變得更加激動，效果驚人。

（和利姆路先生教我的一模一樣呢。）

沒錯。

正幸這些動作，是基於利姆路的指導——應該說基於希爾的精心設計加以練習後的成果。

加上費心設計用來抓住民心的小動作後，技能效果大幅提升。而他的技能現已進化成「英雄之王」，效果更是無比強大。

「請各位冷靜下來。保持冷靜，然後告訴我發生了什麼事——」

聽見正幸靜靜地開口，激動的民眾全都安靜下來。

就像退潮一般，全場逐漸被寂靜所籠罩。

影響力比想像中更加顯著，使正幸惶恐不已。

只是稍微接受演技指導，就有這樣的效果。

面對這荒唐到令人發笑的狀況，正幸只能豁出去，繼續演下去。

（呃……別慌，慢慢來。就算有點結巴或吃螺絲，還是會有技能補正，不用擔心——他好像是這麼說的。）

確定成為帝國皇帝後，他找利姆路諮詢過好幾次。此外還有許多支持正幸的人，託他們的福，如今才能將這角色演得有模有樣。那些對正幸投以熱烈目光的人們，肯定沒想到他其實很緊張。

「各位！究竟什麼是對、什麼是錯，見到眼前的光景後一定很清楚。無須我多費唇舌，明智的大家也已察覺到正確答案。請相信自己內心的答案。而我也想相信大家！」

連他自己也不由得在內心吐槽，這番話有說和沒說一樣。但他仍相信這樣能帶來一定的效果。

畢竟這就是正幸「英雄之王」的效果。

他不知道怎麼做才正確，希望民眾至少不會對自己抱有敵意。看來這方法已逐漸奏效，因此他抓緊機會用模稜兩可的說法誘導民眾，以防被人抓到把柄。

（太完美了。我這番話裡沒有提及任何重要的事，所以就算說錯了也不會遭人責備呢。）

正幸在心中稱讚自己。

他開始發言後，喧鬧的民眾忽然變得鴉雀無聲。梅納茲在此時將一名騎士帶到正幸跟前。

那是個長相粗獷，身穿金屬盔甲的魁梧男人。

正幸嚇得要死。

沒想到那名騎士卻向正幸行最敬禮。

「正幸陛下是我們英格拉西亞王國的英雄，亦是偉大的帝國皇帝，能夠拜見您，在下榮幸之至！」

「呃，是。」

正幸被對方氣勢壓過，不禁點頭。

不過他還是下定決心說明該說的事，向那名騎士開口：

「那個，聽說艾基爾國王——」

遭人殺害，但凶手並不是日向小姐——他原想這麼說下去，騎士卻打斷他的話。

「請您放心！看到正幸陛下站在日向小姐那邊，她的嫌疑就已洗清了！應該說我們英格拉西亞的騎士沒有一個人懷疑過日向小姐！」

騎士說著高聲笑了起來。

「那麼你們鎖定凶手了嗎？」

日向說完瞥了艾洛利克王子一眼。

戰鬥展開後，他一直躲在噴水池陰影處不停發抖，過程中摩斯嫌他礙事，便將他移到其他位置。

不是基於親切，而是基於戴絲特蘿莎的指示。

這麼做相當於是逮捕嫌犯，當然不能讓他逃了。

看到這樣的狀況，明眼人都能察覺幕後黑手是誰。

國王被殺害一事似乎是事實，但兇手真的是日向嗎？

人們心中紛紛浮現此疑問。

艾洛利克的確深受民眾歡迎，不過見到這一連串的狀況，人們自然能了解事件的全貌。

毫不知情的正幸隨著日向的視線朝艾洛利克王子望去，在那瞬間，與抬起頭的艾洛利克四目相交。

「呵、呵哈哈哈哈……一切都結束了，我完蛋了……」

在正幸注視下，艾洛利克突然放聲大笑。

接著不知為何開始陳述自己的惡行惡狀。

（呃，什麼？情況簡直莫名其妙，究竟是怎麼回事？）

艾洛利克誤以為自己的行徑全被看穿，所以自行招供。不知道原委的正幸掩飾內心的慌張，繼續假裝知道一切。

於是，事件經過驚人發展後，終於真相大白。

「看來正幸大人早就知道兇手是誰，為我們揭發了真相……」

「想不到艾洛利克王子會殺害國王陛下、殺害自己的父親……」

「幕後黑手竟是前騎士團總團長萊納。」

「所以日向大人才會……」

「萊納就是那個在評議會上出盡醜態的傢伙吧？」

「是啊，英格拉西亞引以為恥的前騎士團總團長。」

「所以他這次借助怪物之力，想向日向大人報仇是嗎？」

「可是啊，我們正幸大人看穿這點，解救了日向大人！」

「不愧是勇者大人！」

「儘管成為帝國皇帝，還是心心念念我們這些升斗小民！」

王子的自白成為決定性證據。

正幸和日向什麼都沒說明，民眾就自己得出結論。

「正幸大人，萬歲！」

「願光榮歸於我們正幸大人！」

諸如此類的聲音自然浮現。

這些聲音迅速在人群間傳開，發展成大合唱。

「正～幸、正～～幸——！」

沒多久，王都就一如往常地被巨大的歡呼聲包圍。

正幸尷尬地舉起一隻手，露出僵硬的笑容回應民眾。

日向顯得有些傻眼，和心滿意足的維爾格琳呈現鮮明對比。

正幸內心已淚流滿面，不停咕噥：「隨便怎樣都好啦！」這點也和平時一樣。

順帶一提，由於被魯德拉附身的後遺症以及其他多重原因，正幸隔天將會遭受回復魔法治癒不了，侵蝕全身的可怕疼痛襲擊——一種名為「魂痛」的極為罕見的成長痛——但現在的他對此一無所知。

米迦勒深切體悟到自己的天真。

老實說，他起初只覺得魔王利姆路是個微不足道的存在。直到利姆路戰勝維爾格琳，才改變想法。

自此之後米迦勒就將利姆路視為敵人，對他保持警戒。即使如此，他還是認為正面交手時利姆路不是自己的對手。

如今，米迦勒不得不承認自己太小看他了。

魔王利姆路竟在沒有許可的狀況下，堂而皇之地踏入只有少數人才能進入的「停止世界」。

（煩人的傢伙，老是妨礙寡人的好事。）

這樣一來，暫停時間就沒意義了。

米迦勒決定解除「時間停止」，以壓倒性的力量差距擊垮利姆路。他透過解析維爾薩澤的權能「忍耐之王加百列」獲得了「時間停止」，但對能夠自由操縱「資訊體」的人使出這招沒有意義。繼續維持「時間停止」只是浪費能量，因此他判斷正面進攻對自己比較有利。

事實上，米迦勒由於取得兩名「龍種」的因子，獲得了強大的力量。肉體強化到無敵的程度，能量也源源不絕。

不只如此。

米迦勒不愧為天使系究極技能之首，能夠百分之百發揮所有透過解析取得的權能。

他從維爾薩澤的「忍耐之王加百列」中解析出「固定」這個概念，並從中獲得無比強大的防禦力。

儘管比不上「王宮城塞」，但還能在防禦的同時攻擊，就這點看來實用性更佳。此外還從「固定」概念中獲得究極的「時間停止」能力。有了這個能力就不會輸給任何人。

另外，維爾格琳的「救贖之王拉貴爾」也具備究極的攻擊性能。

從雷昂那兒回收的「純潔之王梅塔特隆」資訊，也有助於更有效地運用能量。

即使是出借給部下的權能，仍然在米迦勒的掌控中，能夠隨意操縱。例如他剛才就運用阿里歐斯的「刑罰之王聖德芬」發動了「隱蔽」。

成為這般至高無上存在的米迦勒，自然會認定只要自己出馬，不管怎樣的戰局都必勝無疑。

儘管敗給「勇者」克蘿耶，但那只是占總能量不到兩成的「並列存在」。現在的米迦勒準備萬全，失去的能量也已補充完畢。

實際上，眼前的魔王利姆路與米迦勒之間，橫著十倍以上的差距。他可以斷言在此狀況下，自己沒有任何一項可能敗北的因素。

畢竟米迦勒拿出全力來，連歐貝拉的整支軍隊也能輕易送上西天。從這點看來，要打倒利姆路一個人絕非難事。

然而，事情似乎沒有想像中那麼容易。

這傢伙是怪物——米迦勒打從心底承認。

因為他對利姆路使出的任何攻擊都不管用。

就連他滿懷殺意放出的灼熱龍霸超加速激發，也在一瞬間消失不見。

米迦勒不敢相信自己的眼睛。

喪失暫停時間這項壓倒性的優勢後，米迦勒對利姆路就沒有任何有效的攻擊手段。理解到這點時，雙方無異於已分出勝負。

「嗯，你的攻擊全都很好看穿呢。這樣與其由我當你的對手——」

利姆路嘟囔了幾句後，威脅程度突然大增。

雙眸發出金色光芒。

米迦勒已應付不了變得如此強大的利姆路。

如果攻擊無效，那防禦呢？

米迦勒的「王宮城塞」雖然失效，但他還有從維爾薩澤那裡獲得的「忍耐之王加百列」。其本質為「固定」，具備絕對防禦力。

他如此想著便發動「雪結晶盾」，使大氣中的水分凝固。他全神貫注投入所有精力，在周圍創造出任誰都無法破壞的護盾，包裹住自己。

然而——

「咦，這個也能吃？真的假的？」

利姆路在「雪結晶盾」上開了個洞，但他本人不知為何顯得很驚訝。

這個現實教人難以置信。

「你做了什麼？寡人問你到底做了什麼！」

米迦勒忍不住大叫……

利姆路若無其事地回答：

「吃了喔。」

「吃了？」

「對啊，這就是我的權能。原本沒想到連『結界』都能吃，試了一下竟然成功了。」

怎麼可能成功？米迦勒內心驚詫不已。

他甚至想大叫「你到底在說什麼」。

米迦勒總是基於合理的判斷採取行動。因此聽到這麼不合理的事，沒辦法輕易接受。

然而結果就是一切。

他沒有無能到會忽視眼前的事實。

那麼現在該怎麼做？

所有攻擊手段都遭到無效化，連防禦手段都已失去。

心中有道冷靜的聲音對自己說：「該逃了。」

同時又有個聲音說，該趁此機會探查情報。

反正米迦勒有「並列存在」，就算在此敗北也能復活。

他正是為此才將權能移交給菲德維。因此即便有些魯莽，進攻仍不失為一種手段。

但是——

魔王利姆路這個人實在太令人費解。

而且敵人早已封住所有去路，使他無路可逃。

《已將此區域關入「虛數空間」中。這下米迦勒便無法逃離這裡。》

米迦勒彷彿聽見不知名人士發出的「聲音」。
他心想這怎麼可能，但似乎是真的。
那麼答案只有一個，連煩惱都不必。
如果不在此打倒魔王利姆路，就不會有出路。
「哼，那就奉陪到底吧。讓你見識寡人的真本事。」
米迦勒如此宣言，不再用自己手上的劍，而是打算召喚最強的寶劍。
「來吧，『地神』。」
卻未得到回應。
由於真正的擁有者魯德拉正在使用「地神」，它根本不可能回應虛假的主人米迦勒。
如果米迦勒能像維爾格琳一樣熟練運用「並列存在」，或透過菲德維的眼睛了解他所看見的世界，就能掌握情況吧。然而米迦勒只移交了權能的功能，並沒有和該權能完全同步。
他認為只要日後再交換情報即可，這也導致這次的失敗。
米迦勒連忙改變方案，將神氣纏繞在自己的劍上。
利姆路做了個疑惑的反應，但還是舉起劍準備接招。
「請問『地神』是什麼？」
「無須在意。」
「好吧……」
利姆路似乎有些無法接受，不過隨著米迦勒散發的神氣增加，他的神情也緊繃起來。
雙雄投入最後的決戰中。

「崩魔靈子斬。」

米迦勒占據了魯德拉的身體，一併將他的劍技據為己有。儘管現在的米迦勒無法重現魯德拉的最強絕招「星王龍閃霸」，仍能充分使用操縱靈子的最強劍技。

此外也能自由運用「靈子崩壞」，因此在這場戰鬥中選用了超絕聖劍技。

與之對決的利姆路保持平常心，使出殺手鐗。

「虛崩朧・千變萬華。」

彷彿在向即將逝去之人致上敬意，他毫不吝惜地初次公開這一招。

該招式十分驚人。

劍的軌跡成千上萬，變化多端，以無法捉摸的動作將敵人劈得四分五裂。其威力無懈可擊，能使對象化為粉塵，如花瓣般四散紛飛。

那已非人類所能及的領域，就算是魔王也不可能辦到。

或許是因為他的身體結合了「龍種」的強韌與史萊姆的柔軟，才能展現出如此不可思議的劍技。

「──寡人輸了……」

米迦勒明白自己的身體正逐漸崩毀。

他還來不及正視這毫無挽回餘地的現實──

「好了，你最後還有什麼想說的嗎？」

利姆路就這麼問他。

米迦勒接受自己的失敗，開始思索。

明明自己所有條件都比對方強，為什麼還會輸呢？

他想不出答案。
因此，他並沒有嘴硬說些不服輸的話，而是提了個問題：
「你究竟是什麼人……？」
利姆路則瞪大眼睛回答：
「咦，我嗎？只是隻平凡的史萊姆……」
米迦勒突然覺得很荒謬，心想這傢伙到底在說什麼。
甚至不在意自己逐漸崩毀的身體，不知為何有種──
（難道這就是「愉快」的心情嗎？）
他猛然理解到這點。
自從被主人拋棄、萌生出自我意識後，米迦勒從未有過這樣的感情。雖然也曾試圖模仿，最後還是認定這是自己無法理解的東西而作罷……
然而，他卻在最後一瞬間猛然明白這是怎麼回事。
世事還真是無法盡如人願──米迦勒在心中自嘲。
「什麼史萊姆啊？明明是連寡人都無法理解的異常存在，別裝傻了。竟然能夠打敗身為神智核的寡人──」
崩毀速度加快了。
就像光粒子擴散般，他的身體各部位開始缺損。
「其實啊，我不只是一個人。」
「──？」

「這件事你之後再慢慢問我的搭檔吧。」

利姆路說著便結束對話。

將手伸向米迦勒──

「吞噬萬物──『虛空之神阿撒托斯』──」

究極兼最強的權能，在這世上初次發威。

無人能抵抗的安寧之力──「魂暴噬」將米迦勒完全吞噬。

…………

…………

……

米迦勒其實心知肚明。

身為造物主的那位大人拋棄了自己。

他不願承認這點，掙扎至今。

但這些都已過去。

那裡令人感到溫暖，一切都心滿意足。

有股懷念的舒適感。

啊，原來如此──米迦勒在消失的過程中心想。

也許過去的一切全是誤解。

這裡一切俱足，他感受到自己逐漸融合成其中一部分。

米迦勒已不再孤獨。

難道這結局是必然、是命定好的嗎？

——啊……寡人的願望實現了。菲德維，留下你逝去是寡人唯一的遺憾——

米迦勒心中忽然浮現這樣的想法，然後——

他的意識就此消失得一乾二淨。

●

我和米迦勒展開對峙後，立刻明白一件事。

啊，他也沒多了不起呢。

因為米迦勒的攻擊風格實在太中規中矩了。

按照原則行事雖不是壞事，但他的攻擊中沒有任何變化球。換言之，由於他只會投直球，我很容易就能預測每一記攻擊有多大的威力，而能輕鬆應對。

因此，戰鬥開始沒多久我就和希爾大師換手，開始悠哉地觀戰。

中途米迦勒使出感覺很強的防禦技，害我著急了一下。就算他出的招我都能一一應對，雙方的力量差距仍一目瞭然。如果他使出憑我的力量無法破壞的「防禦結界」，我可就沒轍了。

不過希爾大師比他更強。

哎呀，真的好強。

它以冷靜到令人害怕的態度，看穿米迦勒招式的弱點。到了最後，那個名為「雪結晶盾」的防禦技也被「虛空之神阿撒托斯」輕鬆消除。

完全是場一面倒的戰鬥。

我大獲全勝，甚至讓人有些同情米迦勒。

最後之所以使出虛崩朧・千變萬華，對希爾大師而言，或許是想在實戰中測試這招，而我則是想向米迦勒做最後的告別。

於是我打倒了米迦勒，他卻在最後問了一個奇怪的問題。

他問我是誰，老實說自己還真不知該如何回答。

我就是我。

此外什麼都不是。

不過，我大概知道他為什麼會這麼問。

米迦勒可能察覺到希爾大師的存在。

所以我決定讓他們兩個神智核自己對話。

他以身為神智核一事為傲，知道希爾大師說不定會嚇一跳，但反正都到最後了，嚇到也沒差。我這麼心想，便對米迦勒發動從未施展過的「魂暴噬」。

實行起來效果驚人。

米迦勒的存在值應該是我的十倍以上，原以為無法全部吞噬，沒想到他一瞬間就消失了。

接著感受到一股飽足感。

那是不論吃什麼都從未有過的感受，填滿了我的內心。

《這樣一來已集齊七項天使系究極技能的資訊。此外也已獲得維爾薩澤的因子，進入「解析鑑定」步驟♪》

看來不只我一人感到滿足，希爾大師也很高興，真是太好了。

與米迦勒的戰鬥結束後，我隨即確認迪亞布羅他們的狀況。

還好所有人都沒事。

「咯，這次完全是我大意，沒有辯解的餘地——」

「不不，那也沒辦法。時間都被暫停了，當然沒轍啊。」

「不，應該事先多想些對策。剛才的作法對能在靜止世界行動的人毫不管用，不但浪費精力，用起來也很不便，我不禁對自己的天真深感懊悔。在此發誓下次絕不再犯同樣的錯！」

迪亞布羅罕見地陷入沮喪，我花了番心思安慰他。

時間停止固然是一項犯規的能力，但能操縱這能力的人很少，所以我認為沒必要這麼在意。

不過迪亞布羅與蒼影和我想的不一樣。

「迪亞布羅，也教我怎麼應對吧。」

「我雖然大致抓到感覺，但很難採取下一步。如果你知道方法，就告訴我們吧。」

「那當然，蒼影先生。還有烏蒂瑪也是。」

他們已幹勁十足地開始討論對策。

也是啦。

若天真地以為不會再遇到這種狀況，就會再犯同樣的錯。既然有方法可解，還是事先做好準備才是上策。

只要時間充裕，不論面對怎樣的問題都能想出對策，所以迪亞布羅他們的努力絕不會白費。

因此我沒有開口阻止他們。

雷昂的意識尚未恢復，我因而命令迪亞布羅護送他回魔國聯邦。

敵方應該不會再將他抓走，但為防萬一還是先送回我國。

另外，我也命令烏蒂瑪前去支援紫苑他們。達格里爾已開始進軍，我判斷魯貝利歐斯將會是下一個激烈戰場。

「咯呵呵呵呵，我去去就回，請容下屬向您暫別。」

「那麼利姆路大人，我們走了！」

兩人說著便立即動身。

維儂和祖達也隨烏蒂瑪離去，現場只剩下蒼影和我。不過，還有件事尚待解決。

那就是調查這座「聖墟」達瑪爾加尼亞。

達格里爾不像會背叛盟友的人，這裡肯定出了什麼狀況。我既想查明背後原委，也認為有必要掌握這座都市的現狀。

「拜託你了，蒼影！」

「遵命！」

交給蒼影我就放心了。

安排完工作後，回到最後讓我掛心的地點——王都。

不過看樣子已無須驚慌。

維爾格琳自豪地告訴我剛才發生了什麼事。

「你好慢，我們已經打完了喔。」

萬萬沒想到，敵方的首腦菲德維竟然被正幸打敗。

「你挺強的嘛！」

「請等一下啊！在稱讚我之前，請先聽我說明！」

嗯，是啊。

我知道。

這一切都不是出自正幸的本意。

不過既然贏了，還是該引以為傲。

我也放心了。

大家都沒事真是太好了。

我想著便鬆了口氣，不過看來現在鬆懈還太早。

很快地，陸續接到各地傳來的戰況報告。

各地的戰事比想像中還慘烈……我立刻轉換心情，為下場戰鬥做準備。

Regarding Reincarnated to Slime

他感受到一陣巨大的力量波動便微微睜眼。

映入眼簾的，是那些平時總愛妨礙自己的小東西。

站在其前方的那個人，將那一整群人全都殲滅。

對方憑著連他——「滅界龍」伊瓦拉傑也無法忽視的力量，在一瞬間結束這場殺戮戲碼。

勝者——米迦勒毫不在意伊瓦拉傑，揚長而去。

伊瓦拉傑對此感到有些不快，緩慢移動到先前的戰場。

長年與自己敵對的人們就這樣丟了小命。伊瓦拉傑無意識地吞下飄在那裡的眾多屍首。

那些傻子只會發動微弱的攻擊，對他來說不痛不癢。即使如此，他們仍讓伊瓦拉傑得以排遣無聊。

或許是為他們的死感到有些可惜，才會做出這樣的無謂之舉。

然而——

這心血來潮的舉動，卻為伊瓦拉傑帶來翻天覆地的轉變。

他原本毫無智慧和理智，僅憑本能大肆破壞。如今心中卻浮現一股情緒。

直到剛才，伊瓦拉傑唯一的生存目的就是破壞衝動。

但在這瞬間，他忽然感受到「憎恨」。

這使他萌生出智慧和情感。

連神也無法料到，被米迦勒消滅的人們的怨念，竟成了驅使伊瓦拉傑行動的催化劑。

他的轉變還不只如此。

由於吸收了上萬個「靈魂」，伊瓦拉傑迎來進化。

不。

應該說不幸迎來更為貼切。

邪神就此重生成惡意的化身。

變得更狡猾、更邪惡，意圖毀滅世界。

在那個過程——邪神進化（Halloween Carnival）——開始之前，伊瓦拉傑親眼「看見」在米迦勒離去之處，通往異界的門開啟了。

伊瓦拉傑懷抱著期待陷入沉睡。

那扇門後有什麼呢？

那裡會有什麼開心的事等著自己嗎……？

更重要的是，那裡有沒有足夠強大的敵人能讓他發洩這股「憎惡」？伊瓦拉傑期待到欣喜若狂。

這些是他初次擁有的情感，也是他絕不能擁有的願望。

然而為時已晚。

作夢的邪神即將甦醒。

後記

各位，好久不見。

這是我第一次將截稿期限延後一個月。

剛開始動筆時就覺得有些不妙，結果真的來不及。

我為了寫結局而重新整理故事內容，腦中浮現各種劇情走向。所採用的劇情會嚴重影響後續發展，所以才遲遲無法動筆。

再者我還有些其他工作，思考模式切換不順也是原因之一。

總覺得自己的思考速度已經不如從前，不禁懷疑是否因為上了年紀。

I責編聽完我的說法後，溫暖地鼓勵道：「別找藉口了，趕快寫吧。」

我還是不懂。

責編還說下一集的排程絕對不能變更，所以我寫完這篇後記，就要著手寫下一集。

不對，在這之前還得先改稿才行。

校對人員真的好厲害，不但指出了這集的矛盾之處，還幫我找出整部作品的錯誤。

不過寫了這麼多集，還是會累積一些前後不一的小錯……

如果只需要修改錯字、漏字，或把詞句改得通順易懂，那該有多輕鬆啊。

我通常只會寫些簡單的大綱就開始動筆，因此大部分的查證工作都在腦中完成。如今明白只有集數

少的作品才能這麼做，今後打算在動筆之前好好將大綱精雕細琢一番。

以上就是第十九集的內容。

最後一場大戰爆發，雙方勢力在各地僵持。這集無法寫完所有故事，所以當然會有下一集。

剩下三集（暫定）將繼續以這樣的感覺直奔結局！

原是最終大魔王候選人的米迦勒先生退場了，究竟大魔王會是誰呢？我腦中已有模糊的構想，但能否採用該方案還要看今後的狀況。

故事寫著寫著改變走向是常有的事。為了能讓各位讀者覺得更有趣，我會繼續精進構思故事！

懇請大家繼續支持《關於我轉生變成史萊姆這檔事》。

那麼下集見！

轉生就是劍 1~5 待續

作者：棚架ユウ　插畫：るろお

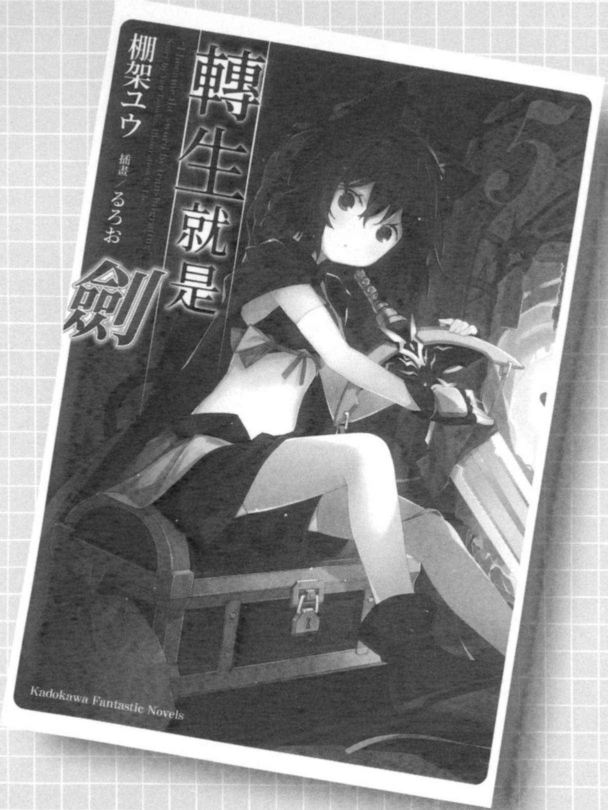

直擊隱藏於地下城最深處的黑貓族進化之謎！

師父與芙蘭得到情報指出有人知道黑貓族的進化方法，那人正是置身地下城最深處的地下城主。芙蘭為了達成進化的目標四處奔走，卻在地下城內碰上有如天羅地網的高難度陷阱，以及冒險者之間的欺瞞妨礙與殺人行為……

各 **NT$250~280/HK$83~93**

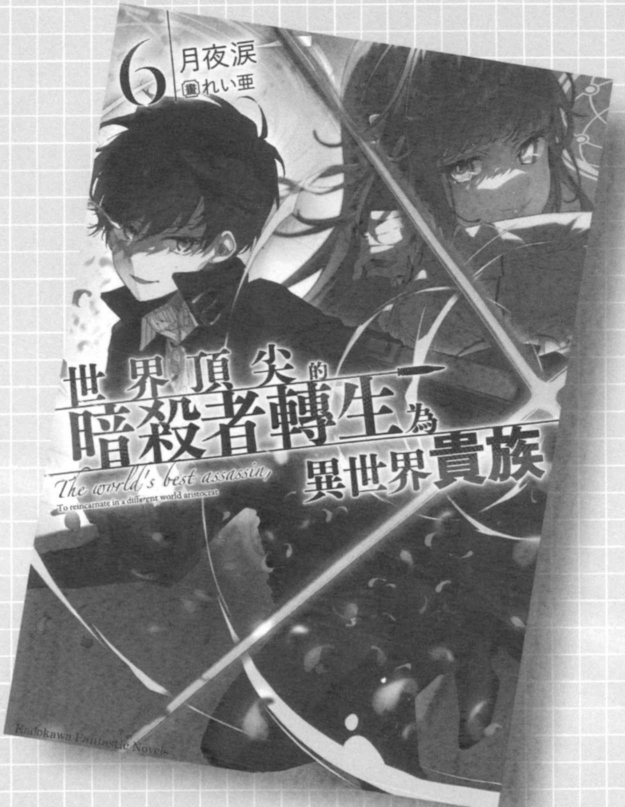

世界頂尖的暗殺者轉生為異世界貴族 1~6 待續

作者：月夜涙　插畫：れい亜

世界最大宗教教皇真面目竟是「魔族」？
賭上人類存亡的至高暗殺任務開始！

盧各撐過賭命之戰與談判以後又回到學園上學，便從洛馬林家千金妮曼那裡接到了驚人的委託。據說貴為世界最大宗教的雅蘭教教皇，竟是由魔族假扮而成！盧各這回要暗殺屬於頂級權貴人物之一的教皇，其真面目還是超乎常理的「魔族」──

各 NT$200~220/HK$67~73

國家圖書館出版品預行編目(CIP)資料

關於我轉生變成史萊姆這檔事/伏瀨作；馮鈺婷譯.
-- 初版. -- 臺北市：臺灣角川股份有限公司,
2023.04-
冊； 公分. -- (Kadokawa fantastic novels)
譯自：転生したらスライムだった件
ISBN 978-626-352-438-5(第19冊：平裝)

861.57 112001580

Kadokawa
Fantastic
Novels

關於我轉生變成史萊姆這檔事 19

（原著名：転生したらスライムだった件 19）

2023年5月25日　初版第1刷發行

作　者：伏瀨
插　畫：みっつばー
譯　者：馮鈺婷

發行人：岩崎剛人
總編輯：蔡佩芬
編　輯：楊芫青
美術設計：宋芳茹
印　務：李明修（主任）、張加恩（主任）、張凱棋

發行所：台灣角川股份有限公司
地　址：104台北市中山區松江路223號3樓
電　話：（02）2515-3000
傳　真：（02）2515-0033
網　址：www.kadokawa.com.tw
劃撥帳戶：台灣角川股份有限公司
劃撥帳號：19487412
法律顧問：有澤法律事務所
製　版：尚騰印刷事業有限公司
ISBN：978-626-352-438-5